我們的故事，從牽手開始

原創小說×改作劇本同步收錄版

徐磊瑄 著

目 次
CONTENTS

Chapter 01 往昔

每個人心裡都有很多個叫做「往昔」的抽屜，
那些抽屜裡關著很多有關於青春的執著，
青春年華可以有很多執著，
歲月卻不允許我們擁有執著太久。
不妨就趁還能揮霍青春的時候，多愛也多執著一些。

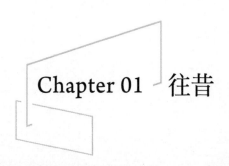

颱風颳起了強大的風雨。

「維哲，救我、救我——」我聲嘶力竭，大聲地呼喊。

當挾帶滾滾黃沙的湍急水流覆向我，將我向下拉的同時，我心裡泛起前所未有的恐懼，知道自己大概已難逃死神的魔爪，在滅頂前一刻我腦海裡所浮現的全是維哲的身影。如果就這麼死了，我想還會有一個人永遠地懷念我。

如果死了以後還會有人將我深深地收藏在記憶之中，那麼，死又何懼？

惡水無情地攫住我的身體，將我帶往離維哲更遠的地方，我閉起雙眼，在維哲愛情的簇擁下，我終究有了赴死的勇氣。

1.

我正在青春的故事裡，踩著青春的腳步向前行。

星期六的夜，是個很浪漫美麗的夜，校園裡樂聲鼎沸，把每個前來參加音樂會的同學與來賓都帶往天籟般的殿堂去。

學校音樂系公演的音樂會剛結束，我帶著大提琴，提著禮服裙襬小心翼翼地走向後臺，一堆學弟妹跟朋友來到後臺簇擁著我，直誇我的表演真好。

「學姐，妳的德弗札克協奏曲拉得實在是太好了！」

「是啊，開場策馬欲奔，氣勢磅礴，太震撼人了！」

「好在大家都認識妳，不然聽妳的琴音還以為妳是個高傲的女生呢。」

「還有啊，妳根本就是用整個身體在拉琴，太感動人了。」

學弟妹們喳喳呼呼地你一言、我一語。

「謝謝你們的稱讚，把我說得太好了。」我笑了笑，朝門口看去。

王俞庭手裡捧著一大束鮮花走了過來。

「景如歆同學，妳的花。」說完，她將花束遞給我。

「誰送的？」我問。

「愛慕妳的學弟囉。」

「別鬧了。」我將花接過放在一旁的桌子上。

俞庭突然對大家說：

「好了，學弟妹們，讓如歆學姐跟我換衣服吧，謝謝大家今天的蒞臨。」

「ＯＫ，學姐，恭喜妳們今天的演出成功喔。bye——」學弟妹們打了招呼，然後一一地離去。

「大家似乎都很喜歡妳拉的那首德弗札克協奏曲，照我的感覺，我喜歡妳拉的巴哈大提琴無伴奏組曲，像陽光一樣暖洋洋的。」俞庭是今晚幫我伴奏的同學，語畢她隨即走進更衣室換衣服去。

我聳肩一笑，也進了更衣室去換衣服。

我跟俞庭換完衣服以後離開學校，來到附近的小吃街，打算在音樂會後吃點兒東西填填肚子順便逛一逛。一路上我揹著大提琴，這個龐然大物幾乎就要壓垮我。

「看妳揹琴還真不方便，趕緊找個攤子坐下來吧。」俞庭同情地對我說。

由於今天是週六，小吃街裡人聲鼎沸、熙來攘往，我們根本找不到位置。最後來到一家小茶館，裡面還剩幾個空位，我跟俞庭走了進去。

俞庭進入小茶館以後有點兒沮喪，「本來想來這兒吃些好吃又便宜的小吃，現在走進這裡不但不便宜，也沒有好吃的小吃可以吃了。」

「我的大提琴先生正在跟妳道歉呢，聽見沒？」我知道她是為了讓我的大提琴「有位置」可坐才選進這家小茶館的，於是打趣地同她說。

「唉，算了！他道歉也沒有用。看看外面人那麼多，要找位置吃東西也難。反正他是妳的寶貝嘛，我可不忍心見妳的寶貝被外面的人潮蹂躪，只好躲進這兒來了。」

我和俞庭各自點了杯茶，外加幾份港式茶點，沒多久服務生就一一地將茶與點心送上，我們有點兒狼吞虎嚥地吃起來。

「吃完了還要去哪兒？我沒辦法陪妳囉。」我說。

「不陪我？妳要去哪兒？」俞庭問。

「待會兒我要去餐廳上班。」從大二下學期開始，我就在高級餐廳或Live Piano Bar打工，演奏大提琴、鋼琴或者是自彈自唱。這件事情我一直瞞著爸媽，要是讓他們知道了根本不可能再繼續做下去，他們對我的期望並不僅止於我在那些餐廳或飯店裡有不錯的薪水。

「真是的，」俞庭笑，「妳家又不缺錢，幹嘛要這麼辛苦去打工？也不想想我們就快畢業了，還得做畢業製作的音樂會呢，打工太浪費妳練琴的時間了。」

「還好啦，又不是天天，而且一個晚上也才兩、三個小時而已。」

「既然這樣，那就別去了。」

「不行，我想靠自己的力量賺錢，不想做什麼事情都跟爸媽伸手。我不希望同學們誤會，覺得我是個什麼都不會，只能靠家裡的小公主。」

「要賺錢等畢業以後再賺啊，妳實力這麼好，還怕沒機會？妳爸媽不是希望妳能考上演奏家文憑嗎？我覺得妳實在是太因小失大了，妳應該要進茱莉亞音樂學院的，那才是屬於妳的地方，那些餐廳、飯店太商業了，妳這輩子就要這樣？」

「現在沒想這麼多，只想做點我想做的事情。我們音樂系的同學從小就照著規劃好的路走，一路從小學、中學、高中音樂班唸到大學音樂系，這個小圈子一直都是同樣的人，我膩了，所以想出去闖一闖，走自己想走的路。」

「受傷了怎辦？」

「在家裡當公主就不會受傷嗎？」我忽然有種悲哀的感覺。「家境再富裕也有可能一夕之間化為烏有，就像是美好的愛情，如果沒有打包好摵在心口，瞬間就有可能會失去。」

俞庭見我哀傷，歎了口氣。「妳是不是，又想起他了？」

我沒再說話，只是將視線拉遠，落在遙遠的天邊。看著夜空點般星星，不由得想起置放於我心底抽屜裡的那個「他」。平時上課、生活，他總是被我小心翼翼地放在左心房的抽屜裡，我儘量不去開啟那個會令我感到傷痛的記憶抽屜，可是不開啟，心就不痛嗎？大一那年他無故地離去，一聲再見、一句分手的話也沒有說，就像是幽魂一樣尋覓不見蹤影，輕易地從我的生命退場而將我傷得很厲害、很嚴重，疼痛自此像是種在我身體裡、流竄在我血液裡，甚至就在我每一個呼吸間。我一直不清楚，為什麼他要如此殘忍地對待我？是我不好，是我做錯了什麼，還是他已經不再愛我了呢？難道說青春年華的愛情是最沒有保障，也最不可能長久的一種情感嗎？不，我一直不願意這麼想，因為當我愛上他的時候，的確真實地感受到一股熱流在我體內流竄，甚至是燃燒，我們朝夕相見，在不見面的時候彼此想念，那段歲月就是我們之間的天長地久。

大二那年，我開始不停地在鋼琴餐廳或者是高級飯店打工；拉琴，彈琴或是唱歌，藉著我的琴音與歌聲，不停地在尋找他。我心裡一直有個盼望，或許將來有一天，會有認識「他」跟我；我們之間共同的朋友發現了我的琴音與歌聲而跑來告訴我，有關於他的下落。

我以這樣的方式，不斷地尋找著毫無預警消失於青春年華裡的那段綿密愛情；我的青春之愛。如果真注定要分開的話，就請給我一個理由，也請正式地向我說聲「再見」好嗎？不然教我如何能夠就此放手，說服自己一切皆已結束了呢？

「如歆，如歆。」俞庭輕聲地喚我。

她的呼喚將我從記憶之中領回到現實；小茶館內對坐的悠黃燈下。

「對不起。」我道歉。

「一定又想起他了，看妳想得這麼出神。」

我斂容笑了笑，「沒事，吃東西吧。」

吃完港式茶點，我與俞庭在小茶館前分手，我直接往打工的鋼琴餐廳去。

轉了兩趟公車，來到唱歌的鋼琴餐廳，入內以後禮貌性地跟同事點了個頭，換了衣服來到臺前。我在鋼琴前坐下，內心青春的往事還悸動著，緊接著將雙手置於黑白琴鍵上，閉起雙眼，深吸了口氣，琴音一下就是一九八六年黃鶯鶯所主唱的那首老歌「留不住的故事」。

在年輕的迷惘中，我最後才看清楚，

美麗和悲傷的故事，原來都留不住。

青春的腳步，它從來不停止，

……每一個故事的結束，就是另一個故事的開始。

……我唱著，將我的悲傷與愁愴一併地寄予歌聲中，直等到有人能夠聽懂我，告訴我，我想知道的，他的消息。

2.

回憶是傷人多，還是安慰人的比較多？如果回意能夠安慰人，那為什麼我的淚水會止不住呢？

從西餐廳彈琴唱完歌下班，我換回原來的白襯衫與黑長褲，穿上皮鞋揹起包包，馱著我的大提琴走出餐廳。四周靜極了！除了閃爍的霓虹燈以外，就只有地面浮起一隻小小斜斜的影子伴隨我，還有我自己的呼吸聲。來到大馬路旁的公車站牌候車，一會兒公車來了，我踩上公車找了個位置坐下來。夜深了，這是晚間的最後一班公車，車廂裡沒有太多人，有的只是白天忙碌疲累而一上車就悠乎睡去的人兒。只有我還醒著，亮著雙溜溜的大眼睛，抱著大提琴，瀏覽車窗外不斷地往後刷去的景致。見到熟悉的街角或者是商家便心頭一緊、鼻頭一酸，被迫復習著從前的往事，一回又一回。

啊，轉角處的那家老唱片行還在！經過這裡這麼多次居然到現在才發現熟悉的唱片行還固執地守在角落裡，似乎在等待久未謀面的老朋友，心中既驚喜又哀傷。記憶它全都回來了！記得念高中的時候就常與維哲一起去聽歌、挑選ＣＤ。年少的記憶是有點兒褪去的湛藍色，淡淡的像浮水印一樣地浮貼在腦海裡。

高二那年發現了這家唱片行，自此這就成了我與維哲祕密約會的地方。會喜歡這家老唱片行有個很特別的原因，那就是店牆上掛有很多幅老闆親自所拍攝的黑白照，另一面牆還有一片很大的落地窗，窗前置放了一張老舊而古典的Love seat，一旁還有一臺壞了的老式留聲機跟一些舊舊的黑膠唱片，每當午后去的時候就能看見光線透過窗欞斜射進來，Love seat前可以看見窗欞細細瘦瘦的影子，還能感受陽光和煦中的一股躍動。光影色調與空間陳列形成一種時空錯覺，加上有時老闆還會播放周璇那年代的歌曲；或一些老樂團與歌手當年受歡迎的西洋老歌，感覺就好像置身於二十世紀的老舊時光裡，氣氛非常浪漫。維哲喜歡聽的是Eagels、BEE GEES、Take That跟Jennifer Paige等老外歌手的歌，我愛聽的則是一些古典音樂，尤其是芭蕾舞劇或者是歌劇的配樂，像是德弗札克的歌劇《露莎卡》（Rusalka）、德利伯的芭蕾舞劇《西爾薇亞》（Sylvia），亞當的芭蕾舞劇《吉賽兒》（Giselle）。我們會彼此交換ＣＤ唱片，去欣賞對方所喜歡的音樂，然後訴說自己聆賞以後心情是怎樣的被牽引或是受悸動的感覺，像是藉由音樂談戀愛一樣。有一次我與他分享了法國作曲家亞當為芭蕾舞劇《吉賽兒》所寫的曲子，這個故事是這樣的：中世紀德國萊茵河畔的一個小村莊，在慶豐收的日子裡村姑吉賽兒與艾爾伯特邂逅，兩人一見鍾情，後來吉賽兒才知道艾爾伯特是領主的身分自覺配不上他，因而拔出他的劍刺向自己的胸膛，死後靈魂仍深愛著他，並且一直地保護他。

「好淒美的愛情故事喔。」維哲說。

「會覺得淒美是因為男女主人公沒有辦法終成眷屬。」我笑了笑，「我會像吉賽兒那樣喜歡你，可是我們之間不要淒美，要很幸福。」

「嗯，」他點頭一笑，「我們現在已經很幸福了。」

「我還要更幸福。」

老舊昏黃的唱片行裡，我們戴上耳機聽著歌劇樂曲，拉拉小手，談歌劇或者是芭蕾舞劇的愛情故事，也談屬於我們的愛情故事。我們的故事在曖昧秋波中一波又一波地蔓延，將我們倆緊緊地纏繞，讓我們幾乎忘了世界還有時間存在。

回過神來，故事裡的畫面有些褪色了，然而心卻還能感受到當時的甜蜜、美好、幸福與溫暖。那年所說過「我還要更幸福」的那句話言猶在耳，如今卻只能孤零零地抱著大提琴，坐在深夜的公車裡看著熟悉的街角與老唱片行，卻再也不敢涉足熟悉的境地。我忍不住地於心裡頭吶喊：我的愛情，我的青春之愛，你到底在哪裡呢？

回到家，客廳剩的是母親所為我亮著的一盞小黃燈，走進客廳我沿著梯子攀上二樓回到房間。書桌上擺著的是我與維哲的合影，那是我們國中一年級校慶時所一起拍的，兩小無猜的笑容對比現下的孤單，一整夜的情緒堆疊讓我再也禁不住地哭起來。我走進浴室，放滿水準備洗臉，雙手掬起一捧水抹向滿是淚痕的臉時，一波波水紋就像是我被回憶攪亂的心湖，也好像時光隧道的入口，正引領我回到小少女時期的舊時光。

記得小五那年，維哲他們一家喬遷到我們社區（通常住在我們這個社區的住戶，家境都很不錯），搬來我們家隔壁。他們搬來的那天天氣很好，天好藍、雲好白、陽光也很金黃燦爛，但卻不熱。我在客廳裡聽見搬家工人的吆喝聲還有嘈雜的匡噹聲響，忍不住好奇地跑到外面看去，那時工人們正忙著搬運家具進屋子裡，高個兒的維哲就站在家門口。

「欸，你們是新搬來的啊？」我問。

「嗯。」

「你叫什麼名字？」

「蘇維哲。」他推了鼻樑上一層厚厚鏡片的眼鏡對我說。

「以後我們就是鄰居了，我叫景如歆。」

一如所有的故事一樣，我們的故事開頭也是那麼的簡單而平凡，兩個原本毫不相識的家庭有緣在同一個社區裡比鄰而居，不久之後我們就成了大人口裡所說的「青梅竹馬」，故事開始得既輕柔且又令人毫無防備。

「你幾年級啊？」我問。

「五年級。」維哲笑著對我說。

「好巧，我也是五年級耶。我念的是××小學，你會念我們學校嗎？」

「會啊，我爸已經幫我辦好轉學手續了。」

「去學校的路我很熟，我帶你走，幾次你就認得了。」

「那我跟我爸說，要他讓我和妳一起去學校上課。」

「嗯。」我的嘴彎起一道小小的弧線。

我們開始一起去上學，剛開始不是坐蘇爸爸的車就是坐我爸的車。有了「學伴」之後我的膽子大起來，開始要求父親不要再載我去學校上學，而是答應我與維哲一起坐公車到學校去。

「妳確定妳要和維哲一起坐車去上學？萬一迷路了怎麼辦？」爸爸問我。

「不會啦爸，從家裡到學校的路你已經載我走了五年了，我十一歲了耶，早就認得路了，而且還有維哲可以陪我啊。」

「知道公車怎麼搭嗎？」

「知道，坐一趟公車就可以到學校了，不用轉車很方便。」

「那好吧，就讓妳和維哲一起搭車去學校，可是有個條件。」

「什麼條件？」

「下了課就要馬上回家，不能在外面逗留，妳還要練琴。」

「好。」我就這麼跟爸爸達成「協議」。

爸爸答應讓我和維哲一起搭公車上下課，這件事也得到蘇爸爸的同意，從此我從「受保護的小公主生活」中得到部分解脫。我開始帶維哲熟悉家附近的環境，我們似乎都對這種能夠脫離父母掌控而「獨立」去學校上課、放學的事情感到新鮮。雖然我答應爸爸下課後絕不在外逗留，但偶爾還是會到小學附近的書店逛逛，我喜歡看書店裡的紙娃娃、絨毛布偶或者是漂亮夢幻小少女的粉紅色鉛筆盒，也很喜歡看少女漫畫；維哲則除了翻閱各種版本的參考書外還對書店裡所賣的小模型汽車很感興趣。或有時我們也會一起去學校旁邊的飲料吧喝飲料、吃完冰才坐車回家。

記不清是從什麼時候開始，我總會在房間的窗臺上往窗外看，看樓下維哲騎著單車在小巷子裡悠哉地繞來繞去。由於我到了小五還不會騎單車，所以就很羨慕他能騎。他喜歡在星期天早上，太陽還沒出來的時候就騎車，那段日子除了每個假日早晨練拉大提琴以外，我最喜歡的就是趴在窗臺上看他騎單車，數著他到底要騎多少圈，能騎多遠，甚至還幻想著他騎到家附近的小公園摘了滿籃的鮮花騎回來，在窗臺底下大聲喊我、揮手跟我打招呼，然後說鮮花要全都送給我的小少女夢幻情節。

有一天，大提琴還沒練完，我終於下定決心跑到樓下，打算正式終結這段「趴在窗臺上數單車騎多少圈」的日子，攔下正騎單車折回來的維哲。

「欸，維哲，維哲——」我喊著從遠處騎車回來的他。

他緩下速度、煞車，停了下來。「什麼事？」

「你可不可以教我騎腳踏車？」

他不可置信地看著我，「妳不會騎嗎？」

我一臉沮喪，「對啊，我不會騎，因為妹妹還很小，也沒有其他人可以教我。」

「妳很想學嗎？剛開始可能會一直跌倒喔。」

「沒關係。」

他搔搔頭想了一下，下了決定。「好吧，那妳坐到前座來。」

我滿心歡喜，攀上單車前座。「哇，好高喔！」

「不要怕，我在後面扶著妳，騎車就是要這樣學的。」

我點頭，坐上前座。他使勁兒地在車後座扶著不讓單車倒下。

「妳開始踩腳踏板，車子就會往前走。試試看。」

我乖乖地聽他吩咐，用力地踩著腳踏板，單車果真往前走了，可卻總是歪歪斜斜的。我心裡一怕，踩了幾步就跳下車來。

「妳怎麼跳下來了？」

「好恐怖喔，好像快要跌倒了。」

「妳害怕就練不會了喔，一開始都是這樣，因為不會騎，還沒學會平衡所以車子才會歪歪扭扭的，只要時常練習，抓到平衡的感覺，久了就會騎的。」

「真的嗎？」

「是啊，我以前就是這樣子學會的。加油，妳那麼聰明一定可以的。」

我點頭，深吸了口氣以後，勇敢地再坐上單車前座。

我坐在單車上，維哲在後面扶著車子不讓我倒下，雖然他的力氣有時還是敵不過我即將跌倒的「重力」而使我摔了很多次，可我還是咬緊牙關不肯放棄，一心想學會騎單車，好能享受騎車的快感還有愜意賞景的車上風光。

由於爸媽很重視我的功課與練琴的事情，所以除了讓我讀些歷史、文學或勵志方面的課外讀物以外，少女漫畫幾乎是不讓我看、紙娃娃也不准我玩，我的生活除了功課跟練琴以外根本就不被允許做其他事情，學騎單車這種事就更不用提了。維哲教我騎單車時，為了怕被爸媽發現，就特地前往離家不遠的另一條小巷子裡學。學騎車難免跌倒，雖然摔傷的傷口很疼，但我都儘量穿著及膝的裙子蓋住它，以免不小心被爸媽看到了又要挨罵，耳朵又得長繭。

皇天不負苦心人，在不知摔了多少回以後，我終於學會騎車了，雖然偶爾還是會因重心不穩、平衡感不好而撞到牆壁或垃圾桶，或者是不小心撞到隔壁鄰居家的狗，疼得牠哇哇狗叫而惹來維哲在一旁哈哈大笑。

為了達謝維哲我邀請他到家裡，打算拉琴給他聽。我將邀請維哲的事情告訴爸媽，不過隱瞞了學騎單車的事情，只告訴他們維哲想來聽我拉琴。爸媽向來對我的琴藝感到驕傲，有人肯聽我拉琴他們高興都來不及了，根本不會說「不」，雖然來聽我拉琴的是一個鄰居家的小男孩。

維哲來的那天，媽媽準備了很多小點心跟飲料招待他。我們到我練琴的琴房，我拉大提琴給他聽，他似乎對這四根琴弦的龐然大物感到好奇與興趣，不斷地問我一些有的沒的，我則跟他說明右手運弓、左手按絃等技巧。記得那天我所拉的曲子是羅西尼的羅曼史組曲。

我跟維哲一起上學下課，一起逛書店跟學騎單車的小祕密很快地就被其他同學知道了，同學們都把我們看成是「一對」的。小學生就是這樣，對於大人世界裡所謂的「愛情」其實很懵懂，不過卻對老膩在一起幾乎同進同出的男生女生大驚小怪，然後學著大人的口吻說些「戀愛了」或是「男生愛女生」之類的話，再不然就會說道：

「吼——，蘇維哲愛景如歆。」或是：

「蘇維哲跟景如歆長大就要結婚了……」接著一群小男生在一旁，嘴裡「登、登、登、登」地哼起結婚進行曲，搞得被配成對兒的小男生小女生羞紅了臉。大家似乎把「揶揄同學」當是樂子一樣，下課或放學以後最好玩的就是這件事情了。

那時候年紀還小，對於同學們的「配對」我跟維哲都極力反駁，說那是因為住隔壁的緣故才會一起上學下課、一起坐公車回家，才不是他們所說的什麼男生愛女生。年幼的我們似乎都將男生愛女生當成是一件噁心又極不光彩的事情，其實我與維哲彼此都不討厭對方，不過就算我們真的一起上放學，假日玩在一起，還是會極力地「撇清關係」，卻又很習慣彼此的存在。

很多感情，其實就是在近水樓臺與習慣成自然之下慢慢地積累起來。我與維哲也不例外。

3.

喜歡一個人竟是這麼突如其來，根本來不及準備好就已經喜歡上了。

念國中的時候，我與維哲是同個學區，所以念同一所學校，也被編在同一班。當年念小學，時常取笑我與維哲「男生愛女生」的男同學莊志杰、高士嘉以及簡家新也被編到我們這一班。

我與維哲仍維持著小學時期所延續下來的習慣，還是一起上課放學，其中若有一個人的動作比較慢，另一個則會等在校門口。不知道為什麼我們還要維持著這種習慣，或許真是「習慣」成自然，一時改不了，若沒有一起放學回家的話就會覺得很奇怪，像落了件什麼東西在學校裡頭沒有帶回來一樣。除此以外，心境上其實跟念小學的時候差很多，因為不知道從什麼時候開始我居然喜歡上維哲，喜歡得猝不及防且毫不露痕跡。在這種情竇初開對愛情懵懂的年紀裡，之所以會喜歡上他的原因不外乎就是：他長得人高馬大、濃眉大眼直挺的鼻子很好看，他很聰明功課很好、很會打籃球，是那種很會玩又很會念書的男孩子，而且對女生的態度向來溫文儒雅又很有禮貌，溫柔之中又不失男孩子的氣魄。像他這樣的男生通常會是被國中女生所喜歡，很典型的男孩類型。我繼續地揣想喜歡他的其他原因，除了上述因素以外應該還有「日久生情」與「近水樓台」這種可遇而不可求的因素，所以在一大群喜歡他的女孩子當中，我則會以跟他認識的「時間」較久與住在他家隔壁的「空間」因素佔有較大優勢。然而即便佔盡優勢，基於女孩兒家的矜持，我仍羞於表達潛藏於心的愛慕之情，只能暗自而偷偷地喜歡他。

我開始會揣想他是否也喜歡我，以致於上課時常心不在焉、惴惴不安，或是想到心都痛了卻還是猜不透他的心思而慌得手足無措，再不然就是認為他可能不喜歡我因而顯得失魂落魄，這才明白原來「猜心」是一件極其痛苦的事情。自此「青春」正式地進駐到我生命，少女情愫在時光的催促下醱酵，像佳釀一樣愈陳愈香，滿溢心口一片芬芳卻又緊緊地牽繫著我的喜怒哀樂。當然聰明如母，早就猜到了我的少女心事。她跟爸都對維哲的印象非常好，因此並沒有阻止我去喜歡他。

有天下課，我跟女同學因聊天的緣故而慢了近半小時才離開教室。我與一群同儕好友一起往校門口的方向走去，在接近校門口的時候瞇眼看去，想從放學絡繹不絕的人群之中找到維哲，不過似乎沒有見到他等在那裡。

「如歆，明天見。」

「如歆，書看完了再還給妳。Bye囉。」

女同學一一地向我道再見，我笑了笑，跟她們揮揮手就往反方向走去，未料走沒幾步就被一隻強而有力的手給攫住，定睛一看，是維哲。

「我還以為你先回去了。」我說。

「不是都一起回去的嗎，妳沒出來我怎麼可能先走？」

「那我剛才怎沒看見你在校門口？」

「妳跟班上女同學一起走，我不好意思讓她們看見我在校門口等妳。」

聽他這麼一說，好像校門口相互等待對方放學一起回家是我們之間的小祕密（雖然很多同學都知道我們是鄰居，放學總會一起走），我心頭暖烘烘、甜滋滋，快樂得就像要飛起來似的，不知不覺白皙的臉龐染上了一片紅暈，臉頰與耳朵也漸漸地熱起來。我不停地在想，那股熱流是什麼，是喜歡一個人所會有的現象嗎？為什麼可以讓我很快樂；卻也可以讓我很緊張？

我偷偷輕聲地噗哧一笑，那股熱流大概把我心裡的小鹿全給溶在一起了。

他沒再多說些什麼，逕自地將手中的提袋交給我。

我看著那只漂亮的提袋，好奇地問道：

「早上上學的時候就看見你拎著了，是什麼東西，為什麼給我？」

「是糖罐子，裡面有一千顆紙星星。」

「送給我的嗎？」我暗自驚喜，而且驚喜極了！

「對啊。」

「為什麼送給我？今天不是我生日，也不是……」我心裡偷偷地臆測，不是情人節，而我們也不是男女朋友，怎麼會想送這個給我？簡直受寵若驚。

「我邊折星星邊替妳許願，希望妳能選上學校樂隊。妳不是一直很想參加樂隊嗎？」

「是啊，我是很想選上學校樂隊。」

「能選上當然最好，只是這樣不知道會不會擔誤妳練琴的時間。」

「還好啦，反正我對音樂本來就不陌生，也有一些程度在，每種樂器我都會一點。」

他點頭表示瞭解，接著又說道：「這個糖罐子裡的紙星星就是為妳許願折的。」

我接過他手中的提袋，滿心歡喜，羞得說不出話來。我忍不住地心想，這些紙星星真是他特地為我所折的嗎？送給我這個是什麼意思呢？

「你是不是也時常折紙星星送給其他女生啊？」我試探，想知道真實狀況。

「沒有耶，這是第一次折這麼多顆紙星星。」

「真的嗎？」

「嗯啊。」

就在維哲說「嗯」的同時，莊志杰、高士嘉以及簡家新不意地從後面竄上來，勾著維哲的肩膀，鬼魅似地笑問道：

「欸，那什麼好東西啊，為什麼只給景如歆我們都沒有？」

簡家新賊偷偷地從我手中的袋子裡拿出那個糖罐子，高高地拿在手上，大喇喇地說：

「好多紙星星喔，真漂亮！」他瞥了維哲一眼，「怎麼樣，獻殷勤喔？」

「對啊，你還是對景如歆這麼好。」高士嘉揶揄地說道。

「人家是郎有情、妹有意，我們喔不要打擾人家啦。」莊志杰有點兒吃味地說，說話的語調還不時向上揚。

「不是，不是你們想的那樣，」維哲見到他們，馬上改口。「這個糖罐子是如歆託我買的，星星是她自己折的，她只是借我看看而已，等等要送人的。」

「是嗎？」簡家新有點兒不太相信地問我，似乎在等待我的回話。

我看了維哲一眼，氣得說不出話來，維哲則是將臉給撇向一邊去，不敢看我。

「這罐子裡的紙星星是我跟我妹妹一起折的，我們要送給朋友，是以前一起練拉大提琴的一個朋友。她今天生日，我等等就要去替她慶生。簡家新，把糖罐子還給我，我參加朋友的慶生快要遲到了。」我憋了一肚子氣，既心痛又勉為其難，強抑著怒氣溫柔地說。

幾名男同學真信了我的話，沒有辦法再拿我與維哲當話題揶揄作樂，簡家新則是乖乖地把糖罐子還給我，一群男孩無趣地摸摸鼻子走人了。

我的心被維哲所說的幾句給劃破、碎成了千萬片，等那幾個男同學走後，我板著撲克臉問維哲道：「你剛才為什麼要那樣說？」

「妳沒看到他們又想來鬧我們兩個嗎？」

「讓他們鬧又怎麼樣，你害怕嗎？還是因為他們把我們倆配一對，你覺得很討厭很不喜歡？」

「不是這樣的，那是因為——」

「夠了！」我截了他的話，搶白，「我不想再聽你說，如果你覺得跟我配對、跟我走在一起會讓你很難為情、很討厭的話，那以後我們就各走各路。」我偷偷地拭去淌在眼角的幾滴淚珠，三步併兩步向前走，遠遠地將他給拋在腦後。

我的自尊心受到傷害，就像玫瑰失去了水的滋潤一樣，花瓣一片片凋零枯萎。我好幾天都不再和維哲說話，上學的時候各走各的，就連放學的時候也不再癡癡地等他。我必需決絕，才能捍衛我的尊嚴。

4.

「猜心」是件在荳蔻年華時，令人煩惱困惑的事情。

一個多禮拜了，我還是沒有同維哲說話，雖然上課、放學他總是默默地等著我，但我還是毫不理睬。今天早上，見他在家門口等著要與我一起去上課，但我假裝沒有看見他，咬牙狠下心來，對爸爸說道：

「今天早上能載我去上課嗎？」

「妳不跟維哲坐公車一起？」

「這陣子覺得有點兒累，不太想坐公車。我跟維哲說過，所以他自己先去上課了。」

「那可以請他一起坐爸爸的車啊。」

「他又不是我們家的小孩，不需要載他。」

「妳怎麼這麼說呢？他是我們的鄰居啊。」

我撒嗲轉移話題，「爸，到底載不載我去嘛，快點，要遲到了。」

「好吧，上車了。」

我上了爸爸的車，車子引擎一發動沒一會兒便駛離了家的院子。爸的車移動時，我偷偷地從後視鏡觀察維哲，只見他愣愣地站在角落裡，身影愈來愈小、愈來愈遠，到最後縮小成為一個黑點，然後慢慢地消失在我的視線裡。扔下他我心裡有種「報復」的快感，但同時也有一絲心疼與不忍揪在心口，情緒像是一團亂亂的毛線球般再也找不到線頭。

我忍不住地在心底吶喊：維哲，你為什麼不上前，跟我說聲對不起？

我要的，只是一句話，輕輕的一句就能趕走我心頭的愁雲慘霧。

隨著他的消失於眼前，我懊喪，幾乎沒有元氣了。這不是一大早就該有的表現，可我卻絲毫沒有辦法控制自己的心情。

放學的時候維哲見到我，燦著一臉笑容上前，我卻技巧地躲開他，假裝熱情開心地跟熟絡的女同學們揮手再見，一點兒說話的機會也沒留給他。我與維哲的疏離似乎引起志杰的注意，他閃過「洶湧」走出校園的人潮，趨近我。

「妳這陣子好像都沒跟維哲一起上放學耶？」

「很奇怪嗎？」我側著臉，很輕聲優雅而毫無情緒地問。

志杰急在胸前大動作揮手，「沒有，一點兒也不奇怪。」

我笑了笑，不再說話。

「我可以跟妳一起走嗎？」他沉吟了一會兒，開口問道。

「你家好像不是往這個方向。」

「從這兒走也可以，我陪妳一起等公車。」

我不置可否，於是他就陪在我身邊一起走，似乎不打算離開而想陪我去站牌等公車。我不意地回頭，見維哲遠遠地跟在我們身後，我噘著嘴回過頭來，心想這樣也好，就讓志杰陪我好了，非得藉這機會氣氣維哲才能消我心頭無可遏止的怒氣。

我們走到校外不遠處的公車站牌，志杰果真陪我等車，還不時與我聊天說笑，可是我卻心不在焉，對於他所聊的那些男孩們打籃球或者是打電動的事情並不是很感興趣，唯獨他偶爾提及維哲，會讓我豎起耳朵竊竊專心地聽。

不久以後公車來了，我上了公車，志杰開心地揮手與我道再見，我勉強地笑著敷衍他，卻在微笑與他說再見的時候看見一旁的維哲。維哲居然沒有上車，只是站在車窗外癡癡默默地凝視著我。一會兒之後公車開走了，他又像早上要來上課時在家門口那樣，隨著車輛的移動而消失在我的視線裡。

這陣子我們的關係僵著，之間的溫度降到冰點，就像是兩個毫無交集的陌生人。而志杰在這種時候填補了我身邊的空缺，我不禁臆測起他真正的用意，難道他的蓄意接近是因為對我有好感？會嗎，怎麼可能？他不是常跟高士嘉還有簡家新一起揶揄捉弄我與維哲，把我們倆配成對嗎？

下午放學的時候，志杰仍陪我去等公車，一路上儘說些我不感興趣的芝麻小事兒或者是話題，我除了禮貌性地敷衍笑笑，什麼話也沒有說。就在這時候，維哲氣呼呼地走過來，拎住志杰的衣服。

「莊志杰，我有話問你，我們到旁邊說。」他一把拎起個頭矮他半個頭的志杰，往一旁走去。

我有點兒愕然，看維哲的樣子像要打架似的，因此不放心悄悄地跟過去。

「你每天像跟屁蟲一樣，跟在如歆旁邊要做什麼？」維哲劈頭就是一句不客氣的問話。

「我跟在誰旁邊你管不著吧？」

「是嗎？當初大家是怎麼說的？」

「我們大家都喜歡景如歆，所以說好了誰也不准追，但是你卻不顧同學道義，背著我、高士嘉跟簡家新，偷偷送糖罐子的紙星星給景如歆。」

我聽見志杰所說的話，心裡嚇了一大跳！原來，原來從前取笑我跟維哲男生愛女生的那些男孩們，居然都喜歡我？而且，維哲竟也是喜歡我的其中一個。

維哲一時語塞，隨後趕緊補上一句，「如歆不是說那個糖罐子是她要送給朋友的生日禮物嗎？」

「你還想騙人？」志杰氣憤不已，「我早就知道了，那些紙星星根本就是你折的，我偷偷問過你弟，他說那陣子你每天回家都在折星星，折到很晚才睡覺。」

「就算星星是我折的那又怎麼樣？」

「不怎麼樣，既然你背著大家偷偷追景如歆，那我們也可以追她呀。」

「不行，你們不可以！」

「為什麼不可以，只有你可以追我們就不行？」

「我跟如歆從小學就住在隔壁，我們認識很久了。」

「別忘了你只是轉學生，我們跟景如歆認識得比你更久。」

「認識久又怎麼樣？反正如歆不會喜歡你們的。」

「那你的意思是說她喜歡你囉？有證據嗎，她有明白告訴過你嗎？」

維哲又是一陣語塞。

「蘇維哲，已經夠多女生喜歡你了，不要霸道得連景如歆身邊有誰也要管。花心大蘿蔔，噁心！」

維哲霎時臉色大變，脖子的青筋爆起，掄起拳頭二話不說就往志杰的臉頰打過去。志杰猝不及防而跌倒，但他奮力地站了起來也不甘示弱地還手一擊。

「蘇維哲你很欠扁，居然敢打我！」志杰氣極了，與維哲扭打成一片。

我從沒見過男生打架，見維哲為了我與志杰扭打在一起，一時張大嘴巴不知做何反應。旁邊經過的同班同學看見了，全擁上前去拉開打架的兩人，一邊拉還一邊大聲地吆呼：「不要打了，好了不要再打了——」

翌日，維哲與志杰被訓導主任叫進訓導處，主任問兩人打架的原因，或許是顧及到我的心情與面子，維哲則說是因為打籃球輸了，在放學的時候跟志杰發生口角才會打架的。結果，兩人都被記了一支小過處分，還在訓導處前罰站了一堂課，又被規定要交悔過書。

維哲與志杰回教室上課，我見維哲的臉上有幾處瘀青，同樣也受傷的志杰倒是被我忘得一乾二淨。這堂課正好是數學，我打開數學課本，拿出一張白紙壓在課本底下，在上面寫著：

昨天你跟志杰吵架打架的事情我都知道了，之前糖罐子的事情是我錯怪你。還有，謝謝你……喜歡我。

我將紙條折好，在外面寫上「TO蘇維哲」幾個字，請坐在旁邊的同學幫我傳過去給他。紙條在桌底下同學的手中一個個傳啊傳，終於傳到維哲手上。維哲有點兒一頭霧水地打開來一瞧，看了之後他笑了，隨即寫了些什麼東西在上面，又傳了回來。

我打開回傳的紙條，見維哲剛毅的字跡在上面寫著：

那，妳喜歡我嗎？

見到他所寫的這幾個字時我的嘴角不自覺地拉開，心裡的那座花園百花齊放。我高興得聽見花開的聲音，看見鴿子飛翔，煙火燦出，今天是青春之愛被確認而值得紀念的美好日子，我開心得好想大叫，好想與維哲手牽著手跑到教室外面盡情地奔馳，甚至乘著夢的羽翼飛到天上去。

我望著癡癡等待答案的維哲，對他含羞卻很肯定地點了個頭。他笑了，笑得好開心好喜悅，我則趕緊地轉過頭來，將視線拉回。沒想到卻同時聽見數學老師喊道：

「蘇維哲，你笑什麼？」

他嚇了一跳，趕緊斂容地站起來。「報告老師，高士嘉剛才問我黑板上的方程式要怎麼解，因為很簡單，所以我才笑。」

士嘉聽了維哲的話莫名奇妙地看著他，因為他根本沒有問他黑板上的數學題究竟要怎麼解。數學老師沒發現士嘉的表情，不疑有他，對維哲說道：

「那就你上去解題好了。」

維哲上臺，輕輕鬆鬆就在黑板上解了大家都解不出來的數學題，回到位置上站著。數學老師檢查了黑板上的解題步驟與解答，滿意地點點頭。「好，你坐下。」

我暗自地鬆了口氣，維哲則是對我眨了個眼睛，要我放心。

今天放學，我與維哲終於「和好如初」又走在一起了。放學回家的時候我們走在路上要一起去等公車，志杰從我們身後快步地跟上，來到維哲身邊不屑地「哼」了一聲便又掠過我們，超前，在前面不遠處的街角轉彎，走遠。

我一直有個問題想問維哲，在心裡幾番來來回回以後終於下定決心問。

「我能問個問題嗎，維哲？」

「妳想問什麼？」

「我真的沒想到除了你以外，連平常愛取笑我們的莊志杰、高士嘉和簡家新都喜歡我。既然你們都喜歡我，為什麼又說好了誰也不能追我呢？」

「因為這麼多人喜歡妳，分不平啊。而且大家都把妳當成小公主，根本就不敢親近妳。」

「小公主？」

「大家都知道妳從小就練習大提琴跟鋼琴，家教又好，就像鍾靈毓秀的小公主，我們這幾個愛打籃球時常滿身是汗的臭男生都覺得配不上妳，所以只能遠遠地看著妳，偷偷在心裡喜歡妳。」維哲似乎有點兒不好意思，低下頭來。

「我不是小公主。」

「但在我們心裡妳是啊。」

「那你為什麼會跟莊志杰他們幾個人做了那種『不能追我』的約定，你不是也，也喜歡我嗎？」我臉紅，有點兒害羞又難為情地又問。

「會跟他們做那種約定是權宜之計，因為我怕我不答應，大家就搶著要喜歡妳、追妳，這樣我的情敵不就多了很多？」

「你這大傻瓜，一點兒都不明白我的心意嗎？從以前到現在我們一起念書一起玩，那些人根本比不過你。不用這麼多人喜歡我，只要，只要你一個就夠了。」我羞怯地對他說，說完便難為情，一股碌地跑走了。

這件事情落幕以後，我與維哲的感情加溫，更加拉近彼此的距離。在這之後我被選為校樂隊，升降旗的時候就可以在操場上演奏國歌與升旗歌，心裡感覺超級神氣。我高興得將這件事情告訴維哲，感謝他為我費心折了一千顆紙星星祈願。只可惜高興的時光並沒有維持太久，才參加樂隊不到一個月就被爸媽知道了，他們阻止我，說什麼學校樂隊跟送葬吹西索米的隊伍差不多，他們從我小時候就花那麼多錢栽培我學樂理、演奏鋼琴、拉大提琴，是期望有一天我能出人頭地、更上一層樓，而不是要我去參加學校樂隊。我哭著求他們，甚至找維哲來家裡幫忙說服爸媽，但爸媽還是不為所動，拗到最後他們只勉強同意我參加到這學期結束為止就必需退出。學期末的時候，我黯然地以功課為由，非常不情願地向老師提出退出樂隊的請求。老師聽了我的理由，表示我的功課還不錯，絲毫沒有被樂隊的練習所影響，是不是要再考慮一下？不過由於我的「堅持」，加上「課業」

這個冠冕堂皇的藉口，到最後老師還是同意了我的退出。我就這樣難離難捨地和心愛的校樂隊說再見了。

5.

我們的故事，從牽手開始。如果牽手是喜歡的話，那麼是的，我喜歡你。

國中二年級開始要上輔導課，因為我是女生，又與維哲同一班，爸跟媽就時常拜託維哲一定要在上完輔導課天黑的時候和我一起回家。維哲是大男生，受到我爸媽所託，當然一定要好好地保護我這景家的小公主；他心目中可愛的女孩囉。

天有點兒涼，秋天到了。秋風蕭瑟，我的心卻還是熱的，因為，有維哲在我身邊陪著我。每年只要到了這個時候，白晝就會變短，上完輔導課的時候，天色已經暗得不像話。

一片落葉飄下來，落在我的髮梢肩上，我撿了它，掏出書包裡的課本夾進去。維哲見我慢吞吞，便折回來對我喊道：「妳在做什麼啊，如歆？」

我翻開課本，遞上前。「你看！」

「一片葉子？」

「是秋天的落葉，你不覺得它很美嗎？」

他噗哧地笑了出來，捏了我的腮幫子一下。「我覺得妳比秋天的落葉還美，我要好好地保護妳這個人見人愛的小美人，把妳安全送回家。」

「唉呀，你好壞喔，居然也學會花言巧語。」

「沒辦法，女生都愛聽啊。」他突然湊上前來，小聲地在我耳畔說道：「不過我只說給妳一個人聽喔。」

我閉上眼睛，咧開嘴甜甜地笑著，覺得自己好幸福。

「吼，有人偷笑。」

「哪有？我是正大光明的笑。」我羞羞地搥了他一計，復又說道：「對了，我要撿兩片秋天的葉子夾在書本裡，等它變黃乾掉了，你就在上面寫字然後回送給我。」

「好啊，」他假裝思考的樣子，瞧著已暗了的天空。「該寫什麼呢？啊，寫蘇維哲喜歡景如歆好了，然後再畫個心。」

「老套。」我噘著嘴，其實心裡洋洋得意。我掩飾心裡那份得意又甜蜜的感覺，不教維哲知道，將他丟在身後便大步地向前走去。

※　　※　　※

自從國二開始上輔導課以後，爸媽總是千叮嚀萬交待，要我一上完輔導課就馬上回家，不得在外逗留。除了學校的功課以外，我還得每天挪出一個半小時的時間練拉大提琴。我對這種「緊迫盯人」的管教方式感到厭煩極了，卻還是日復一日地照著爸媽所規定的生活模式在過日子，絲毫沒有任何抵抗的能力。

今天放學的時候我與維哲在學校旁邊的站牌等公車，我默默地望著馬路上往來的車子，心情悶悶的，一句話也沒有說。維哲發現了我的沉默，有點兒擔心地歪著頭看我，挑了挑眉頭問道：

「怎麼了，一臉不開心的樣子。發生了什麼事情嗎？」

我瞥了維哲一眼，垂下眼瞼還是不說話。

「到底怎麼了嘛？快跟我說！」他將耳朵湊近我。

「沒什麼啦，只是覺得很煩。」

「為什麼？」

我歎了口氣，「為生活煩。」

「妳又不用賺錢養家，幹嘛為生活煩？」

「我說的不是這個。」

「那是什麼？」

「我不想彈鋼琴，也不想拉大提琴，每天要應付學校的功課還要應付家裡請來的音樂老師，好煩。」

「沒辦法，這是妳爸媽對妳的期望啊。」

「我幹嘛要為了他們的期望而活？」

他笑了笑，安慰我。「也許妳現在會覺得很煩，但等到將來妳有成就的時候就會感謝妳爸媽的用心栽培。」

「你說的話怎麼跟老師一樣？這種話沒有辦法安慰我。」

他不再多說，逕自地拉著我的手肘。「走，跟我走。」

「去哪？」

「去鬼混。」

「啊！」我驚呼出來，「鬼混？」

他停下腳步，放開我。「害怕？害怕的話就回家繼續當乖乖女囉。」

我站在原地，愣愣地一動也不動。

他往前走了幾步，回過頭來。「走吧，我們回去等公車回家囉。」

「不要，我不想。」

「回家也不要，要帶妳去鬼混妳也不敢。」

「好！」我大叫一聲，「我們去鬼混。」

他笑了，走近我。「真的？不怕被妳爸媽罵？」

我閉起眼睛，將臉撇向一邊，一副天塌下來也不怕的態勢。「不管了，到時再說吧。」

「好，那我們走。」他大搖大擺地往前走去。

「等等我！」我在他身後追著，大聲地嚷問，「你要帶我去哪兒鬼混啊？」

「鬼混就是要隨心所欲，我也不知道要去哪鬼混啊。」

我們到了西門町，去拉麵館吃晚餐，吃完晚餐後維哲帶我來到一家戲院。

「妳有什麼想看的電影嗎？」他問。

我看了戲院入口處所show的電影海報，不知做何選擇。

他看了我一眼，「決定好了嗎？」

「不知道該看哪一部才好耶。」

「女生不是都愛看愛情片嗎？」他指著其中一部愛情片，「看這個好了。」

「嗯，也好。」

「妳等等，我先去買票。」

「好。」

他買好票後又帶我去買了可樂跟爆米花，在進戲院放映室之前我還先去上了洗手間。

今天所看的電影是一部纏綿悱惻的愛情片，戲裡有男女主角點到為止的浪漫床戲，還有令人臉紅心跳的繾綣激吻。看電影的時候只要一看到這些片段我就把臉別向一邊去，所以不時傳來維哲的竊笑聲，我猜想他大概是笑我少見多怪吧，可是我卻有一種尷尬的感覺浮潛於心。第一次同男孩子來看這種電影，我的心不住地盪著鞦韆，思緒如此不安，臉還躁熱發燙到像是可以煎熟荷包蛋的溫度。

我忍不住地心想，這就是戀愛嗎？如果是，那滋味兒實在是太美好了！就像是吃了一份好吃的焗烤起司，舌尖溫熱、口齒間還有起司醇香，美味幸福；又像是嘴裡含了顆紫蘇梅，酸酸甜甜的滋味兒從舌心竄入腦門再滲入心底，令人永生難忘。

躁熱不安之中，我偶爾偷偷地瞥向維哲，不停幻地想他可能會伸過手來拉住我的手，愈想愈發緊張，臉頰是熱的，而手心則是早已汗濕。兩個小時過去了，電影播映完畢，他始終沒有伸過手來拉住我的手，我卻在這兩個小時裡頭緊張地預備著即將被牽手的心情，根本就忘記要好好地看電影。

走出戲院，我們一起走在西門町的路上，黑夜宛若薄紗一樣降臨人間，停駐在城市裡。夜，向來就有一種魅惑的氛圍，月亮如同一張螢光色貼紙一樣地貼在黑壓壓的夜空裡，夜風若頑皮的精靈般到處地悠遊玩耍，身處在這樣的情境裡，方才在放映室裡緊張害羞的心情似乎又回來了。

「累了嗎？」他問我。

我點頭，「嗯，有點兒累。」

「那我們快回家吧，再晚一點兒就沒有公車了。」

在站牌處等了一會兒公車就來了，我們上車找了一個兩人座的位置坐下，上了一整天的課又來到西門町壓馬路、看電影，體力用罄的我確實是累壞了，上了公車沒一會兒就睡著了。睡睡醒醒間我感覺到有一隻孔武有力的手將我的頭扳靠在一個健碩的肩膀上，我知道是維哲。我的頭靠在他肩上，因公車晃動而不時地在他肩上敲打著訊息，那訊息彷彿是對他說：你是我強有力的保護跟依靠，我不能沒有你。一路上就這麼一直在他肩上敲打著這樣的訊息，直到我們要下車的那一站。

「如歆，到家囉，快醒醒。」

我睜開惺忪睡眼望向車窗外，觸目所及的景致愈來愈熟悉。

下車後，我們並肩走在回家的小巷子裡，一陣涼風吹來，把我眼皮上的睡意吹醒了不少。

「冷不冷？」

「沒關係，等等就到家了。」

我話才剛說完，維哲竟不意地牽起我的手，沒有預警，來不及防備，我的心也還沒有做好準備。

「妳的手好冷。」他牽起我的手時，對我說了這麼一句話。

「你……，我……，你怎麼……」被牽起手的那一剎那我的心跳得好快好快，快到幾乎就要暈厥過去了。天旋地轉間，我一句話也沒有辦法說清楚。

他不再說話，我也不敢看他，但我可以感覺到他臉上掛著微笑。他終於在這美麗的星夜下牽起我的手，我們手心緊緊地相貼，世界頓時縮小到只在我們的掌心間，情愫在曖曖時光的河裡激流，不斷地沖刷著我與維哲。

心情尚停留於二人世界裡，一襲破鑼嗓子劃破了我們靜極了的二人世界。

「欸，啊你們不是蘇維哲跟景如歆嗎？那嘜晚才回來喔？」

聽見鄰居歐巴桑的臺灣國語，我與維哲很有默契地放開彼此的手。

維哲隨即「恢復理智」，對歐巴桑說道：「學校輔導課上完又留在班上看書，所以比較晚。」

「喔，辛苦捏，啊趕快回家洗澡睡覺啦，明天還要上課咧。」

歐巴桑與我們掠身而過，我們被嚇出一身冷汗，從這裡到家門口就再也沒有牽手了。

到家以後，我們各自要進家門前，維哲對我說道：

「晚安，謝謝妳今天陪我吃晚餐看電影。」

我笑了笑，不好意思地說道：

「謝謝你把做作業、溫習功課的時間挪出來陪我鬼混，今天很棒，現在我有勇氣可以接受爸媽的精神轟炸了。」我一溜煙地溜進家門，深怕再多說兩句，我的臉便又燙得可以煎熟荷苞蛋。

走進客廳，只見大燈還亮著，我深吸了口氣做好準備，打算接受父母的責罵，甚至是「嚴刑烤打」。

「爸、媽，還沒睡？」我低著頭，一副準備挨罵的態勢。

「電影看得怎麼樣，寫心得沒有問題吧？」媽媽非常溫柔地問我。

「啊，寫心得？」我來不及問個究竟，倒是張大了眼睛，訝異。

「是啊，維哲打電話來說你們國文老師出了個功課，說要寫什麼電影觀賞心得，今天你們要跟其他同學一起去看電影。」爸說。

我會意，點頭如搗蒜。「對啊對啊，今天看了一部很好看的電影，我要趁記憶猶新的時候趕緊去寫心得。爸媽晚安。」

「晚安，別寫太晚喔。」

翌日一早上學的時候遇見維哲，我問他昨晚究竟是什麼時候替我打了電話回家報備，他說在戲院我去上洗手間的時候偷偷打的，為了怕我挨罵，一定得替我打通電話才行，這是他保護我的「職責」之一。

我覺得既刺激又有趣，真是愛死維哲了！從以前他就是這樣，反應好而且聰明伶俐，我覺得有他在我身邊真好，什麼事情都可以不用擔心，真無法想像萬一有一天他不在我身邊時我該怎麼辦，日子又該如何過下去。

6.

就算已到了世界的盡頭，我還是會將真心奉上。

國中三年級，是每個學子打硬仗的關鍵一年，因為要考高中。我與維哲互相關心又一起念書，他常在假日來家裡陪我練拉大提琴，我們就這樣度過了我們的國三歲月。他的成績向來就好，每回學校模擬考總是排名全校前二十名，讓我佩服得五體投地，幾乎將他當是我的課業小老師。

七月一向是所有學生的考季，不管颳風下雨還是豔陽天，每個人都得一場又一場地應考。炎熱的考季終於捱過，好不容易等到放榜並且寄發成績單，維哲考上前三志願的高中，我則考上爸媽心目中理想的高中音樂班。正因為考得很好，所以爸媽送我一支手機當禮物，還和蘇家爸媽答應我跟維哲可以好好地瘋一個月。我高興極了，打算「竭盡所能」好好地瘋、狠狠地玩。原本想約維哲一起出遊，他卻認真地對我說想去餐廳打工賺零用錢的想法。

「打工？你爸媽不給你錢嗎，還是你有什麼東西想買？」我問。

「都不是。」
「那為什麼一定要去打工呢？」
「用打工賺來的錢帶妳出去玩，不是比較有誠意嗎？」
「你要打工哪還有什麼時間帶我出去玩？」
「暑假結束之前，一定帶妳出去玩。好嗎？」
我以期待的心情點頭，「嗯。」
考完試的這個暑假，維哲在西門町的拉麵館打了約三個星期的工。有天下午他來家裡找我，說是想請我吃飯，好慶祝我們都考上了學校。
「要請我吃什麼呢？」我興奮地問。
「去西門町吃，妳想吃什麼都可以，由妳做主。」
「真的嗎？看樣子你打工賺了不少喔。」
他笑了笑，「還好啦，請妳吃一餐應該沒問題。」
「那我要挑最貴的吃。」
「就怕妳不放過我，所以說好了去西門町；那裡的餐廳館子再怎麼貴也還在我能負擔的範圍。」
與維哲一起去一家迴轉餐廳吃了港式茶點，吃完以後原本以為他要帶我去看電影，沒想到居然不是，而是要去KTV。
來到KTV之後由工作人員指示包廂的樓層，我們搭乘電梯上樓。

「就我們倆來唱歌，好沒意思喔。」我說。
「誰說只有我們倆？裡面還有人呢。」維哲裝神祕。
「有人？誰啊？」
「簡家新他們啊。」
我恍然大悟，一笑。「原來你早就約好人啦，幹嘛不告訴我？」
「這樣才有驚喜啊。呃對了，今天是簡家新的生日。」
「啊，真的？我們沒買禮物耶。」
「不用禮物啦，今天唱歌的包廂費我們其他人買單，莊志杰、高士嘉還有毛曉瑜他們也買了蛋糕，這樣就夠了。最主要是想藉家新的生日，慶祝大家考上高中，在上高中之前聚一聚。」
我與維哲一走進包廂，所有同學全都歡呼起來。
「歡迎光臨簡家新的生日派對，YA——」大夥兒不但大叫還鼓掌。
包廂裡毛曉瑜跟其他同學正在唱High歌，伴唱旋律的音響很大聲。大家的歡呼讓我有點兒不好意思。我大聲地吼道：「你們幹什麼啦，今天的主角又不是我跟維哲。」
曉瑜放下麥克風，過來拉我。「快，來我這邊坐。」
同學們挪了挪身子，空出兩個空位給我與維哲。
「現在人都到齊，可以唱生日快樂歌、切蛋糕了。莊志杰，你插歌一下，播生日快樂歌。」
「ＯＫ。」志杰翻找歌本，找到「生日快樂歌」的代號，輸入電腦，同時其他同學也忙將蛋糕盒子給打開，插上蠟燭點亮。

沒一會兒螢幕上就出現了MV畫面，「生日快樂歌」的音樂同時響起。大家圍繞在家新身旁，隨著音樂大聲高興地唱起歌來。祝你生日快樂，祝你生日快樂、祝你生日快樂，祝你生日快樂；Happy Birthday To You，Happy Birthday To You……

唱完生日快樂歌，家新許好願望又切了蛋糕，將一小塊一小塊蛋糕分給在座的每個人。大家高興地又吃又跳又唱，唱起了許多年前香港男偶像團體──草蜢的歌曲，「失戀陣線聯盟」。

這幾年有些歌在KTV很受歡迎，像黃鶯鶯的「哭砂」、張惠妹的「原來你什麼都不想要」紅極一時，大家幾乎每到必唱。有的同學很常上KTV，幾乎練就歌星般的嗓子。我所學的雖是古典音樂，但對於流行歌曲也很熱衷，所以就偷偷地練了幾首能夠應付同學慶生會的歌曲，以備不時之需。

大夥兒吃蛋糕、唱歌的時候，有同學問家新：

「欸，剛才許什麼願啊？說來聽聽。」

高士嘉插話道：

「一定是許，上了高中能早點兒交到女朋友的願啦。」

「才不是咧！」家新大叫，「我的女朋友人選不是普通人，在我的高中生涯可能遇不到。」他故意地歎了好大一口氣，「早遇到的被人搶走了，沒遇到的就是還沒出生囉。」

「吼，是妳啦景如歆。」一個男同學朝我擠眉弄眼地說。

我有點兒不好意思，「不要胡說八道啦。」

維哲居然加入逗我的行列，笑道：

「沒有胡說八道啊，喜歡妳的不只家新，連高士嘉跟莊志杰地都喜歡妳。我跟志杰還曾經為妳打過架呢，妳忘了？」

我推了維哲一把，這狀況讓我很難為情，維哲卻只顧著笑。

家新倒也大方承認，並拿出一本琴譜跟一張歌劇魅影的ＣＤ遞到我眼前。「喏，這是要送給妳的禮物，我精心挑選的。」

「啊，送我的禮物？」今天又不是我生日，居然還有禮物？

莊志杰、高士嘉以及另外一起挑選禮物的同學不依大叫，「欸欸欸，是大家一起挑的，不是只有你好不好？」

家新收斂，笑笑地對我說：

「是，是大家一起挑的啦，要送給妳。我們大家都考上普通高中，只有妳考上音樂班，以後各忙各的要見面也不容易，所以就趁今天的聚會大家送妳一份小禮物，預祝妳三年後順利考上音樂系，呃……還有出國深造考上茱莉亞音樂學院。」

我接過禮物，「謝謝你們，真不好意思來參加慶生會沒帶禮物，反倒是收了你們的禮物。」

「沒關係啦。」家新笑，突然想到了什麼，轉向維哲。「欸蘇維哲，我的如歆就交給你了，記得好好地對她，不要辜負我們這些想追她的男生希望她幸福的期望喔。」

「對啊，如歆其他人都看不上，所以我們只好祝福你們啦。」志杰說。

「沒錯，」士嘉對維哲說，「要不是看在如歆喜歡你的份上，我們才不甘心罷手，祝福你們兩個咧。」

曉瑜笑了笑，「蘇維哲你要加油喔，對如歆好一點，不然她後面的蒼蠅，隨時都會把她給把走。」

維哲躬身作揖，「謝大家祝福，大家的話小的會謹記在心。」

「好啦，你現在可以親如歆，以示忠誠。」家新說。

「簡家新你說什麼啦，什麼以示忠誠，才不要。」我羞紅了臉。

「快啦，是男人的話就趕快親，不然就沒有機會囉。」高士嘉一旁慫恿兼鼓譟。

「別鬧了啦，你們。」維哲也臉紅，遲遲地不敢有所「動作」。

「唉喲，快親啦，要有一點兒高潮來慶祝一下畢業吧。」志杰說。

「對啊，親親、親親、親親、親親、親親……」所有人居然都拱著維哲親我，還把我們倆給簇擁著推在一起。

我與維哲的臉被他們給硬扳著貼在一起，這種情形下實在是沒有那種浪漫情調讓人想親親的衝動，有的只是閃人想逃避的念頭。一整晚所有人就這麼繞著我們倆不停地促狹兼胡鬧。

慶生會就在眾人熱鬧歡樂的氣氛之下結束。這一年臺北捷運才剛通車不久，眾人一窩蜂地趕湊捷運熱，於是我們搭了捷運又轉了趟公車才終於到家。

月光下我們手牽著手從巷口走進來，維哲問我：

「可不可以去妳家聽妳拉琴？現在還不算太晚，才十點多。」

「嗯，你就來吧。」

維哲進來以後，我們來到我練拉大提琴的琴房，那個房間除了視聽音響、譜架、大提琴跟一架三角鋼琴以外，一旁還有一座大書櫃，裡面置放了許多音樂相關的書籍，還有琴譜。

媽媽送上一壺水果茶、兩個花茶杯子跟一些點心後就留我們在房裡獨處，下樓去了。我打開那張同學所送的歌劇魅影CD唱片，見裡面置放了一張照片；是我們幾個好同學畢業典禮時的合影，我笑了笑，走到一旁櫃子抽屜取出一個木質相框，將裡面的舊照取下，換上這張一起合影的最新照片。

維哲替我把同學們所送給我的琴譜置放在架子上。

「如歆，試著拉拉這些曲。」

我點頭，走回椅子坐下，將大提琴置於身前，以雙腿膝蓋夾緊，忘情地拉奏，逐漸開始強烈狂野的揉弦。

整個房間除了斜射入窗的月光，地板上的光影，大提琴的樂聲，維哲以及我，就再也沒有其他的了。世界好像變得好小好小，小到只剩下提琴樂聲將我們倆給緊緊地纏繞，我們在樂聲裡小心翼翼又愛戀地呼吸著，感受彼此的意念與想望。

大提琴的樂聲是如此令人陶醉，讓維哲幾乎不能自持，他走到我身後將雙手放在我的肩上。這一刻時間好像靜止，我停下拉琴的動作，右手握住他的手，並將臉貼進他掌心裡，感受他所傳來的溫度與雾霈大雨般落下的情愫。他的情，落在我雙肩也落在我心上。

他拉起我的手，我站了起來，他大膽地以手摸摸我的臉頰，輕輕地吻了我的唇。他的吻並不激情，卻是如此細膩而綿長，幾乎讓我的心因狂野跳盪而即將窒息。我的身子癱軟了，他有力地扶住我。親吻中，他的手指穿越我的長髮，將我因親吻而軟弱的頭顱給使勁兒地撐住，使我足以在即將窒息的接吻愛戀之中得到憩息。我的真心，就在他親吻我的瞬間奉上，從此再也無法給別人了。那年我們十六歲，我奉上了我的初吻，他佔有了我的心。

7.

我不是只有一個人，而是有你守護著我。因你的守護我得救贖，這才知道我的天，是你。

我與維哲即將升高中的這個暑假結束前的一個禮拜，計劃好要到南投的廬山玩，這是我們認識這麼多年以來頭一次兩人相偕一起出遊。要去南投的前一天晚上，媽媽替我準備了一些吃的喝的，還有一些暈車藥。由於這次出遊適逢颱風季，要出發的前幾天有個颱風直撲臺灣，但暴風範圍行走到一半，路徑又有點兒「蛇行」，動向不明，前兩天氣象報告說颱風的方向已經偏掉，但是還沒有離去，還是不能掉以輕心。媽不太放心，千叮嚀萬交待，說萬一氣候要是不理想的話就趕緊回臺北。

翌日一早，爸載我與維哲前往車站搭車，我們快樂地往中部出發。頭一次兩人出遊我們都很興奮，不過爸媽卻很擔心，是維哲再三保證會好好地照顧我、保護我，他們才稍稍地放了心。去南投途經臺中市，晴空萬里天氣好得不得了，我們就在這裡逗留了一下午。快傍晚的時候還去逛了逢甲夜市，吃了些好吃的小吃，填飽肚子才又搭車前往南投廬山。一路上巴士愈來愈往人車與房屋稀少的山路駛去，黑夜籠罩下只能看見車燈照得到的蜿蜒公路及其旁邊的樹林，車窗外則是一片黑黝黝而深不見底的山壑。

晚上快十一點的時候，我們才到達目的地；就是之前已預訂好房間的一家日式風格的民宿。維哲向民宿老闆拿了房門鑰匙，先送我到我的房間。

「累了吧，先洗個澡，等會兒我再來找妳。」

「好，你也快去洗吧。待會兒見。」

維哲的房間就在我隔壁，我們帶了幾片電影ＤＶＤ，打算一會兒洗完澡以後再一起看。我洗好澡整理了一下行李，將包包裡的ＤＶＤ拿出來，正巧敲門聲輕輕地響起，我走帶跳地跑去開門，是維哲。

「看看妳，頭髮還是濕的。來！」他一進門就拉起我的手，「我幫妳吹頭髮。」

「沒關係，現在是夏天，不會感冒的。」

「不行，山裡氣溫低，還是吹乾了比較好。」他拉我在化妝臺前坐下，拿起一旁的吹風機幫我吹頭髮。

我一邊享受被吹髮的服務，一邊問道：

「想看哪支片子？」

「妳選好了，妳喜歡什麼我們就看什麼。」

我笑了笑，手裡拿著那些ＤＶＤ，開始看盒子背後的劇情簡介。

我們窩在床鋪上手拉著手看ＤＶＤ，可是愈晚屋外的風雨愈大，對於唏唏颯颯的風雨聲我只覺得恐怖，真有點兒擔心偏向的颱風又要颳回來。

或許是累了，電影播放的時候我不知不覺歪著身子睡著了。不知睡了多久，忽覺得一陣覆蓋式的溫暖，我緩緩地睜眼一看，是維哲在替我蓋被子。

見我醒來，他笑了笑。「吵醒妳了，對不起。電影演完了，妳繼續睡吧。」

我起身走到窗邊，見斜雨傾入山壑，窗外的樹葉被風雨打得七零八落，花草皆已歪歪斜斜地躺下，心知颱風可能躲不掉。

「如歆，」維哲叫我，「妳不睡了嗎？」

「你看外面的風雨好大，我有點兒害怕。」

「別怕！只是雨大了點，受到颱風外圍環流的影響本來就會下雨。」

「你要回去睡了嗎？」

「是啊，很晚了。」

「我好怕，你可不可以在我房裡陪我？」

「被妳爸媽知道了，還以為我佔妳便宜。」

「我們又沒怎麼樣，你只是陪我而已。」

他想了想，微笑地點頭。「好吧，妳睡床，我睡旁邊的沙發。這樣好不好？」

「嗯。」

翌日清晨悠悠地轉醒，原本以為會有刷洗過後清新的山谷與晶燦燦的陽光等著我們，沒想到睜開眼睛看不見躍眼活潑的日光，卻依舊是如昨天一般昏黯灰色調的光線充斥在房間裡。我心裡一緊，趕緊拿遙控器打開電視機，螢幕上播報的新聞是颱風轉向又偏回來，路逕將掃過中臺灣的壞消息。

「唉，慘了！這下子連散步也不可能了，更別說要出去玩了。」我懊惱。睡在沙發上的維哲被電視的聲音吵醒，注視著我。「怎麼了？」

「颱風轉回來了，我們要不要回臺北呢？」

「很嚴重嗎，等等問一下老闆情況好了。」

就在這時候，床頭的手機突然響起，我撲過去拿了機子，見來電顯示，是媽打來的。我按下接聽鍵。「喂，媽……」

「如歆啊，妳跟維哲還好嗎？」

「我們還好。」

「南投的風雨大不大？」

「還蠻大的，我跟維哲正在討論要不要現在回臺北去。」

「我看你們先待在那裡好了，我怕雨下得太大路太濕太滑，而且會有土石流，這樣太危險了，你們還是先別回來。」

維哲示意要和媽講電話，於是我將手機交給他。「喂，景媽媽，我是維哲。」

「剛才如歆說你們要回臺北來，我看還是暫時先待著，萬一橋斷還是山崩，或者土石流就麻煩了，雨這麼大路上反而危險。知道嗎？」

「景媽媽別擔心，我會問問民宿老闆，看他們已往颱風天的情形，我們隨時保持聯絡，有什麼事情我再打電話給您。」

「好，如歆就麻煩你多照顧了。」

「我會的，景媽媽請放心。」

風雨就這麼一直持續，絲毫沒有減緩的跡象，我與維哲迢迢從臺北來到這裡，就只能被風雨困在民宿的房間裡，除了看電視新聞，兩人只能對眼相望。傍晚時分，正是肚子餓的時候，可風雨依然強勢，無情地肆虐著這塊綠色深壑，極盡可能地摧毀蹂躪。

一陣急促的敲門聲傳來，我與維哲對看一眼，有些愕然。維哲從沙發上站了起來，往房門口方向走去。他打開門，民宿的胖老闆堆著一臉憂慮站在那裡，窸窸窣窣地說了幾句話就走了。

「維哲，老闆跟你說什麼？」我問。

「他說要我們趕快收拾一下行李，里長說這裡太危險了，要撤到地勢高一點的活動中心避風雨。」

「啊，」我驚呼一聲，「有這麼嚴重？」

「是啊，風勢雨勢太大；雨量也很驚人。」維哲斂容，緊蹙眉頭，「我們趕緊收拾一下東西，等等要在大廳集合，所有房客都要撤離。」

十分鐘以後我與維哲來到樓下大廳，有幾個房客也跟我們一樣傻愣愣又不知所措地背著行李站在這裡。胖老闆站在大廳中央拉開嗓子吆喝著對大家宣佈道：

「等等我們要撤到附近地勢較高的活動中心，這裡有一些睡袋，還有雨衣，大家一人各拿一個。晚上餓了會有泡麵跟麵包供應，還會有礦泉水。不好意思颱風天就請各位多擔待，忍耐一個晚上。」

維哲上前拿了兩個睡袋、兩件雨衣，走回來遞給我。我偎在他身邊，像是他可以做我的靠山，保護我一樣。

所有客人都拿了睡袋、穿上雨衣，大家跟在老闆身後一起往屋外狂飆呼嘯的風雨走去。大雨毫不留情地打在我們身上，風也不憐惜地刮刺著露在雨衣外面一吋吋的皮膚，所有人手牽著手連繫成一條人龍，正緩步艱難地往活動中心的方向走去。雨水毫不客氣又大喇喇地淹沒整個路面，積水已高至腰部，停放於路邊的車輛顯然也已岌岌可危。

「大家小心，走慢點，手牽好不要放開彼此。」民宿老闆再三地叮嚀。

維哲的手緊緊地牽著我的手，我們小心謹慎地涉水前行。風雨很大，粗暴的雨如鋼釘一般打在臉上、刺進眼裡，視線模糊不清，雙腿也被湍急的水流衝撞得幾乎快要站不住。

「啊——」我不小心一隻腳踩空，整個人跌進湧流於路面的積水裡。

我的手自維哲的手中鬆落，就這樣與他失去維繫。

「如歆——」他發現我被急速流竄的水流沖走，大喊。

「維哲，救我，救我——」我本能地朝他大喊，見一群人驚愕又不知所措地愣在原地。

我驚慌不已，掙扎著想要游回同行的那幫人，可水的力量太大，無情地將我帶走，離維哲愈來愈遠。此刻腦海裡突然浮出很多畫面，都是與維哲相處的點點滴滴。天暗風強雨又急，我墜入水中，心想大約難逃一死，在瀕臨死亡的那一刻我聲嘶力竭拼命地呼喊。垂死前的掙扎，彷彿是向老天做出最嚴正的抗議。

在我覺得積水就快要淹沒我的同時，維哲奮不顧身地撲向惡水，疾疾地向我游了過來，在我即滅頂之際捉住我手臂，緊緊地抱住我，我們在惡狠湍急的水流裡形成一個緊緊相繫的命運共同體。

「喂，抓住樹枝、扳住石頭或游到房子攀緊柱子啊——」遠處的人群朝我們大聲地吶喊。

維哲抱住我，很費力地在我耳畔說道：

「如歆，不要怕！我會保護妳，我們一定沒事的。」

飢腸轆轆、一身濕又喝進一肚子髒水的我根本無法回應，只能躲進他胸口，微微地顫抖。

我們在泥沙滾滾的黃水之中泅游，但似乎力不敵水，能做的就只是緊緊地相擁，在水中相互依偎，以彼此的身體來確認自己生命的存在。

不知被沖了幾十公尺遠，就在我覺得得救無望的時候，路邊一棵大樹攔腰被風雨折斷橫倒了下來，維哲一手抱著我，一手攀在救命浮木上。

「我們暫時沒事了，如歆妳看，這棵斷樹救了我們的命。」

我的臉濕了，在暴風雨中分不清是雨還是淚。我點頭，鬆開維哲，緊緊地抱住那棵樹的樹幹。

與驚滔駭浪搏鬥短短不到十分鐘的驚險，我卻錯覺像是過了一百年。

我們就這樣攀在暴雨惡水中的樹幹上歇息並靜靜地等待救援，載沉載浮了大約數小時之久，維哲突然在一片闃靜之中大叫：

「如歆妳看，是橡皮艇，有橡皮艇來救我們了。」

我抬起已經精疲力竭的頭往前方不遠處一看，黑暗之中確實有光點靠近，當我看清是橡皮艇的同時，也看見兩名救難人員坐在艇上面。

「橡皮艇，是橡皮艇來救我們了。」我迷迷糊糊，已經累得有點兒恍神。

橡皮艇駛近我們，艇上的救難人員將我與維哲一一地拉上去……

當我再度睜開雙眼時，已經躺在一個偌大空盪的建築物裡。瞥頭一看，牆角有很多人皆已沉沉地睡去。我見維哲在一旁擰毛巾，然後靠近我，將毛巾折成長條狀貼覆在我的額頭上。

「妳醒了，覺得怎麼樣？」

「頭昏昏的，好冷、好冷。」我有氣無力虛弱地說。

「妳發燒了，會很冷嗎？我抱妳。」他鑽進睡袋，與我緊緊地相擁。

「我們，還活著嗎？」

他笑了，笑得很疲憊卻又很感恩。「我們得救了，我們都還活著。」他拉我的手貼在他臉上，「妳摸摸，我的臉是熱的。」

我一陣鼻酸，緊緊地抱住他脖子。「我們得救了，終於……終於得救了。」

他拉開我，在我唇上輕輕地一啄。「別哭，大難不死必有後福，要高興啊。」

我邊哭邊笑，窩在他肩窩處不住地點頭，喃喃地唸著：「老天保佑，大難不死必有後福，大難不死必有後福……」

從這一刻開始維哲在我心裡成了天；成了我的救護英雄，我知道我們的生命與未來已密不可分地結合在一起。重生的那一刻，我告訴自己這輩子我都是他的，就像是兩個泥娃娃打破了又和在一起，已成了一體，我欠他一輩子。

這件事情之後，爸媽對維哲似乎更加信任了，確定將我交託給他是一種明智的抉擇，他們比我更愛維哲，幾乎將他當成是自己的兒子一樣疼愛關懷。

上高中之後，維哲參加了吉他社開始練彈吉他，也教我彈。他說吉他也同大提琴一樣是弦樂器，他希望跟我在音樂方面能有共同的話題與交集。他與我分享了一首老歌，是吉他社時常練習的一首歌曲「留不住的故事」，自此之後那成為我們之間的歌，我們經常哼唱，不管散步或者是牽手，還是我們相守的每一個時刻。甚至維哲所學會的每一首老歌或是民歌，都陪伴我們度過很多快樂或是煩惱沮喪的青春時光。

『在年輕的迷惘中，我最後才看清楚，
美麗和悲傷的故事，原來都留不住。
青春的腳步，它從來不停止，
每一個故事的結束，就是另一個故事的開始。』

「留不住的故事」留住了我們的青春往事，我們的情深藉歌聲彼此纏繞，此刻才得知原本空置的年華，只為今生的相識與守候。

Chapter 02 今日

時常，我們身處現下，
卻仍感覺像是活在過去。
一個轉角；一個熟悉的微笑；一個畫面；一首老歌，
就可以將心境拉回舊時光的迷霧裡，
久久不能自己。

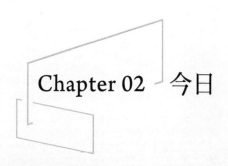

8.

你在哪裡，是不是遺忘？我的琴音可否成為你尋找我的憑藉？

考上高中那年為簡家新慶生在ＫＴＶ唱歌那次過後，我就再也沒有跟家新、志杰、士嘉還有曉瑜他們聯絡，那次是維哲無故失蹤之前，我最後一次見到國中的同班同學。七年後的今天，我感到十分懊悔。如果說我沒有和同學們失聯這麼多年，沒有丟掉國中的畢業紀念冊，或許還能夠由這幾個與維哲要好的同學口中問到有關於他的下落，雖然我並不確定他們一定會知道他的消息。

維哲失蹤以後，我開始藉由拉琴或者是彈琴以抒發抑鬱之情，好像從那時候開始就有一種很深沉的悲傷種在我身體裡，緊緊地箝制著我的靈魂，我拉琴彈琴的時候變得很用力，好像用盡全身的力量；甚至是靈魂深處的某種意念在拉琴，俞庭跟幾個大學要好的同學常說，我的琴音聽起來好像很悲傷。

今天在學校琴房裡練完琴，我揹著包包到附近的小吃街吃了點東西就回家去。晚上還有西餐廳彈唱的班要上，我隨便編了個理由，得到爸媽的同意就出門去。來到鋼琴餐廳已是晚上九點鐘，走進休息室我隨即換了衣服化了點淡妝，之後就直接上臺表演。我向來不太喜歡跟這裡工作的人們打招呼，來這裡打工最主要的目的是想藉由我的琴音與歌聲尋找一個我生命中很重要的人——維哲，這是我唯一的目的，至於其他人對我而言則是一點兒意義也沒有，我不想浪費時間跟精神同他們周旋、交際，甚至連朋友也不想做。

上臺後我坐在鋼琴前，換上制式愉悅的笑臉，彈唱著極其商業魅俗的流行歌曲以取悅來餐廳裡吃西餐、聽歌的客人。我無所謂，只要來聽歌的客人聽了我的歌能放鬆心情或者是開心起來，我其實是很樂意為他們奉獻一點兒什麼的。我在西餐廳跟飯店打工彈唱或者是拉琴，兩年以來學會不少時下所的流行歌曲。大學學古典音樂的同學知道我做這種商業性質的表演，很多都抱持質疑的態度，一來他們看不起流行樂；二來他們認為我的資質天份，實在不該被這種商業味兒充斥的地方所「糟蹋」，甚至是被那些所謂的靡靡之音淹沒我的才華，就像前沒多久學校音樂系公演那天晚上，俞庭跟我所說的那些話：妳應該要進茱莉亞音樂學院，那裡才是屬於妳的地方，那些餐廳、飯店太商業了。

反正同學們的反應大抵就是這兩派，但我管他們怎麼看我？我只是做自己想做的事情，我不想出國進修，不願照著爸媽的期望去過我的人生。在餐廳或飯店打打工，唱些平易近人、大家都聽得懂的歌曲，去撫慰他們受傷的心，或是與他們同樂就是我學音樂最大的期望與樂趣。即使我的心並不快樂，但我還是在客人面前隱抑了我的真心，希望藉由我的歌聲與琴音，讓來聽歌的客人都能感到高興與快樂。

臺上，我正彈唱蔡琴多年前所唱的那首老歌「跟我說愛我」，餐廳裡昏暗悠黃的燈光氣氛與琴音以及歌聲做完美結合，我陶醉在自己的音樂裡。無意間我抬眼往某個角落望去，見有一張桌子只坐了一位客人，他的存在立刻就引起了我的注意。

那身形看似年輕的男孩身著一身黑衣、頭戴鴨舌帽、鼻樑上還橫垮著一副墨鏡，靜靜地坐在不顯眼的桌位，不時由黑暗之中偷偷地露出兩隻水亮的眼睛在墨鏡上緣，像是在窺探什麼似的。看樣子他好像只點了杯咖啡，形單影隻地坐在那不遠不近的位置上聽歌。他不時手握咖啡杯，微微地轉動著杯子，又或者小啜一口以後再放下杯子，窺探的眼神始終沒有離開過我彈奏鋼琴的這方小小舞臺。

我異想天開地認為他的一身黑是一種保護色，他並不想讓人發現他的存在，然而他在黑暗的空間裡做這種色調的打扮，眼神透露出太多窺探，很難不讓人發現他的存在。他動也不動靜得像尊雕像，除了握著咖啡杯的手有著細微的移動以外，再也沒有其他的動作，臉上也幾乎沒有什麼表情，又或者因雙手遮去了半張臉，以致於我察看不到他的表情變化。

我幾乎就要懷疑他是一隻鬼，在黑夜裡尋覓著生前所執著的人與事。

我低下頭來，繼續地融入琴音與歌詞情境之中，等我唱完歌再往方才那個位置一看，那位身著一身黑的男孩已經離開，無影無蹤且沒有留下任何一丁點兒痕跡，就好像是一縷輕煙無聲無息地消散在空氣中。

太詭異了！從沒見過像他這樣的客人，我幾乎就要將他當成是一隻真正的鬼。一想到這裡，我的心前所未有的顫慄，因為整個鋼琴西餐廳裡，似乎只有我注意到那名身著黑衣的男孩，其他客人不是交談就是愉悅陶然地聆賞歌曲，服務生則仍是一如往常地為客人們送茶、端菜，誰也沒有注意到黑衣男的存在。

9.

你是如此陌生而遙遠，卻又有種似曾相識貼近的氣息，讓我難以忘記你。是你嗎，真的是你嗎？

由於我素行良好，學校成績一直保持應有的水平，平時沒事的時候就乖乖地在家練琴，儘量不出門，因此當餐廳或者是飯店排了我的班，我找藉口要出門上班的時候，爸媽都不加懷疑，所以這兩年瞞著他們在餐廳打工的事情便一直沒有被發現。更何況我都已經二十二歲了。

我上餐廳或飯店打工彈唱並不是天天，不過一連七個晚上，只要是有我的班的當天，之前那位穿黑衣戴墨鏡來聽歌的男孩就會出現。好奇怪，真的好奇怪，難道那個男孩是專程來聽我彈琴唱歌的嗎？可是以前我怎麼從來沒有見過他？有沒有一種可能，那就是我被變態給盯上了？仔細地回想自己在打工的餐廳跟飯店的所有言行，除了上臺彈唱以及與同事禮貌性地招呼以外，我根本不曾與人交友、攀談或者是有任何瓜葛，怎麼可能會莫名奇妙就招惹變態的盯梢呢？為了確認男孩是否就是變態，我問了其他在餐廳彈唱的歌手，他們都說沒有見過那樣奇特詭異的客人，顯然他是專挑我有打工的時候才來。

這幾天我特別注意了那個男孩，只要是有我上班彈唱的當天他就會出現，還是一如我第一次見到他的時候一樣，一身黑衣、戴墨鏡，習慣以手遮臉，點了杯咖啡靜靜地坐在不遠不近的位置上。除了在我每次彈唱的時候出現以外，他並沒有任何踰矩或者是「不軌」的行為，所以我也不能拿他怎麼樣。

在臺上彈唱的我，心思一直繞著這個男孩的怪異行為打轉，已到了有點兒不專心的程度了。就在我心思來回游走於恍神與清楚之間，一張點歌紙條被遞了上來，唱完歌後我打開那張紙條，上面清楚地寫有六個字「留不住的故事」，書寫的字體是胖胖圓圓像是手繪POP那種手寫字。我看見有客人點了這首歌，當下一愣，急忙揮來送上點歌紙條的服務生。

「這首歌是誰點的？」

服務生指向那一身黑的怪異男孩，「好像是那位先生。怎麼了，有問題嗎？」

我笑了笑，「沒有，沒問題，只是隨口問問。」

服務生頷首，離開了小舞臺。

我看向臺下的觀眾，目光搜尋，見到了那名男孩。我清了清嗓子開口說道：

「有一位沒有署名的客人點了一首老歌『留不住的故事』，不知道您點這首歌有沒有什麼特殊意義，或是要紀念某位朋友。現在就為您演唱這首歌，希望您會喜歡。」

其實見到紙條的當下除了震驚、愕然、難以置信以外，實在不知道該用什麼形容詞來形容我的心情。一首一九八六年的老歌幾乎已被遺忘，然而今天竟會被一位年輕的男孩所點唱？我不禁要想，難道臺底下的男孩就是「他」？那個我以為可能是變態的男孩其實就是蘇維哲？

一時之間內心翻江倒海、波瀾洶湧，我幾乎沒有辦法彈琴，在臺上獃了大約三十秒或甚至更久。總之我記不清到底待了多少時間，這種時候，對時間的感受大概會是錯覺居多。

我深深地吸了口氣，緩緩地吐出，將雙手放在鋼琴琴鍵上，琴音一下就是「留不住的故事」的前奏，前奏一完我便開始唱歌了。這一唱，所有關於維哲的記憶全都回來了，邊唱邊在時光的甬道裡來回地奔跑，唱完時我已淚如雨下。收拾灑落一地的愁緒，收斂淚水向臺下望去，那名點歌的男孩已經不見了。心底一慌，我的手微微地顫抖，真想丟下臺上的鋼琴衝出餐廳尋找那位點歌的男孩，可是一個專業的表演者是不該因任何情緒的波動而丟下自己的觀眾，我絕不能在這時候做出這種會令觀眾（客人）莫名奇妙又愕然的舉動來。一直等到彈唱的鐘點時間到了，我才拎著裙襬匆匆地來到餐廳門口，然而這時候除了熙來攘往的車輛跟路人以外，並沒有那名男孩的身影。

我獃獃地站在大門口，心想男孩究竟是不是維哲，還是這首歌只碰巧也是他的歌；他與情人之間的歌？到底他是知音，還是跟我一樣也同是天涯倫落人？

從那天開始我就更常一個人哼著「留不住的故事」，還有「被遺忘的時光」，在家的時候甚至時常抱著吉他彈唱，唱我與維哲所曾經唱過的所有歌曲。

媽媽見我反常，好奇地問道：

「妳是怎麼了，為什麼最近常抱著吉他唱歌？妳吉他又不是彈得很好。」

「我喜歡吉他的聲音，輕輕柔柔的，聽起來很舒服。」我隱藏了心裡真正的想法。自從維哲不告而別以後，爸媽就認定他不喜歡我、拋棄我，自然對他的觀感就差了，要我別再留戀這種無情的男孩子。

「真是的，妳該要練的是大提琴或鋼琴，不是吉他。」

「媽，可不可以給我一點兒私人空間？難道我在學校拉琴拉得還不夠嗎？」我有點兒煩躁，不耐煩地對她說。

「幹嘛用這種口氣跟我說話？」她沉吟了一會兒，「好吧，妳要彈吉他就彈吧，我沒意見。」她眼一閉，丟了這麼一句話，不高興地走出我房間。

10.

這是誰的故事？是你的，我的；還是——我們的？

今天我來餐廳上班，又見到那位身穿黑衣的男孩來餐廳聽歌。我的心思隨他的出現而受到影響，老是彈錯音、唱錯詞，不過由於我在學校的公演與餐廳的演出經驗非常多，所以有足夠的臨場反應可以將錯誤給拉回來。為了能與黑衣男孩有近距離接觸，我彈唱的鐘點還沒到就先請下一位歌手代了我半小時的班，我立刻衝下臺去，打算攔他個錯手不及。

當我衝到男孩面前，他似乎有些驚愕，一頭霧水地愣在那裡，我猜想他可能是以為我應該不會發現他的存在，然而事實上我不僅發現了他，還非常注意他的一舉一動。見我站在面前，他隨即將鴨舌帽的帽簷拉得更低，並且拿出口罩戴上。

這個舉動著實讓我感到好奇，不過我並沒有問他，怕過於唐突而嚇到他。

「你好，我是景如歆。」我在他桌子的對面坐下來。

男孩並沒有說話，而是立即起身就要離去。

我拉住他的手，「等等，我沒有惡意，只是發現你好像常來聽我唱歌，我想認識一下我的粉絲而已。」

他趕緊將手給抽回去，獃愣地站著。

「請坐，我只是想向你致意。能夠遇見支持自己的粉絲，對我這種打工的小歌手來說其實很難得。」

他默默地坐下，但低著頭，並不打算脫帽、拿下口罩或者是摘下墨鏡看我。

「謝謝你常來捧我的場。」

他搖搖頭。

我猜他搖頭的意思應該是要我不用客氣之類的。於是又說：

「你很喜歡聽〈留不住的故事〉這首歌嗎？你上次來好像有點這首歌。」

聽聞我的話，他像是有點兒手足無措，不過既沒有點頭也沒有搖頭，只是不動如山地杵在那裡。

「我今年二十二，我猜你的年紀應該也跟我差不多。是嗎？」

他還是不說話，不點頭也不搖頭。

我自顧自地又說，「〈留不住的故事〉這首歌是一九八六年的老歌，流行的時候我們大概才五、六歲而已，像我們這種年紀的人大多不太熟悉這首歌。我是因為以前有個朋友常彈吉他陪我一起唱，所以才知道的。你呢？」

他一陣靜默，像一尊塗上黑漆；黑黝黝的雕像坐在原處，動也不動，只是將頭壓得更低。

見他這反應我覺得很奇怪，試探地問道：

「是我說錯了什麼嗎？」

他突然猛烈搖頭，之後又再低下頭去。

「你怎麼都不說話？」

他搖頭，還是沉默不語。

「是不想說話？」

他搖頭。

「難道，你不能說話？」

他愣著，不點頭也不搖頭。

見他如此反應，我當他是個不能說話的人，而我的問題刺傷了他，便同他道歉地說道：

「對不起，不知道你不能說話。」

他沒有任何反應，獃坐在位置上，端起眼前的咖啡杯，啜飲了起來。

我聞到他杯裡的咖啡香，是熟悉的Espresso。

「你喜歡喝Espresso嗎？」

他依然沒有任何反應。

他杯裡的咖啡香，引我回想起從前維哲與我分享咖啡的故事與手煮咖啡的事情來，記得那是高三準備考大學，在星巴克邊K書邊喝咖啡的情景……

「維哲，你好像很喜歡喝Espresso喔？」

他右手輕輕地晃著杯裡的咖啡，端起來放在鼻前聞香，接著輕輕地啜了一口。「沒辦法，我的瞌睡蟲特別大隻，如果沒有義大利濃縮咖啡陪著我，書就K不下去，大學肯定考不好。」

「才不呢，你從小學的時候成績就很好，既會念書又很會玩，大學不可能考不上。」

「以前念小學、國中的時候精力旺盛，一升上高中每次念書就瞌睡連連，所以Espresso是我的好朋友，每當我K書打瞌睡的時候它就陪著我，說真的，還真要謝謝阿拉伯人呢。」

「咦，為什麼？」我不解。

「古時候阿拉伯人是最早把咖啡豆曬乾煮來喝的民族，他們把咖啡當成胃藥喝，認為它能幫助消化。後來他們偶然發現咖啡有醒腦的作用，就把它當作提神的飲料。由於阿拉伯人的緣故，咖啡就慢慢地在埃及、伊朗、土耳其跟敘利亞流傳開來。」

「喔～～～，原來咖啡是這麼來的呀。」我說。

「是啊，不過咖啡雖起源於阿拉伯，卻是在歐洲才發揚光大成為一種咖啡文化，因為鄂圖曼（土耳其）大軍西進歐陸，在歐洲打仗駐留了幾年，當他們離開的時候留下咖啡豆，巴黎人跟維也納人得到了這些咖啡豆，也從鄂圖曼人那裡學到了烹煮咖啡的技術，從那時候開始咖啡才在歐洲漸漸地普及了起來。一直到義大利濃縮咖啡Espresso出現，咖啡的飲用方式才逐漸有了變化，而且愈來愈受到普羅大眾的歡迎，所以有興趣栽種咖啡樹的人才會愈來愈多。有了前人的努力與發揚，現在的學生才能藉咖啡提神念書，想想我們還真幸福。」

我聽得專心，覺得非常有趣，不停地點頭微笑。

「咖啡文化深深地影響巴黎，喝咖啡成了巴黎的全民運動，街道轉角的咖啡館如雨後春筍般林立。妳應該聽說過『左岸咖啡館』吧？」

「嗯，我聽過。是一家叫做左岸的咖啡館嗎？」

「當然不是。」維哲笑了笑，「是因為咖啡館愈來愈多，有很多就集中在塞納河畔，塞納河左岸的咖啡館全部都是左岸咖啡館。」

我跟著笑了，「呵，原來是這樣啊，我真是井底之蛙。」

「不是井底之蛙，是除了音樂以外，其他的生活資訊妳太少主動去瞭解了。不過也不能怪妳，畢竟妳爸媽不允許妳做拉琴彈琴以外的事情。」

「你說得沒錯，我覺得自己真是既丟臉又無知。記得我到了小五還不會騎單車，多虧你教我。還有念國二那年，有一次想溜出去鬼混卻不知道上哪兒去才好，也多虧有你帶著我。」

維哲摸了摸我的頭，對我微笑，似乎要我別太在意。

我突然想到了一件事情。「呃對了，之前去你家有喝過你所煮的咖啡，很香很好喝。你是怎麼煮的啊？」

「煮咖啡啊，其實煮一杯好喝的咖啡要熟悉的技巧還真是不少呢。」

「喔？」

「第一，咖啡磨粉的粗細是由所選的咖啡設備決定的，不同的咖啡製作方法需有不同的磨粉粗細。第二就是要用92至96度的開水烹煮。第三，不同的製作方法則需要不同的烹煮時間……」

臺上的琴音與歌手的歌聲結束，我的思緒也瞬間拉回現實。注視著眼前的黑衣男孩有著似曾相識的身形，他低頭將口罩拉至下巴，喝著Espresso咖啡，右手輕輕地晃著杯裡的褐色液體，還放在鼻前細細地品味聞香。除了將口罩下拉的動作以外，他其他的舉動都太令人熟悉了。人可以偽裝成是陌生的，習慣卻無法掩飾，我幾乎就要說服自己，將他當成是維哲。

他可能發現了我正在注視他，於是放下杯子拉上口罩，然後正襟危坐。

「你要不要再喝杯Espresso，我請你。」

他沒有說話，驟然地站起來，在臺上歌手唱完歌準備離去的時候也跟著跨出腳步，伸手招來服務生，由服務生扶著他非常緩慢地離開餐廳。

我見狀有些吃驚，獃了好幾秒才追上前去，問道：

「怎麼了，不方便走路嗎？需不需要我幫忙？」

他猛然地搖頭，似乎嫌我多事。

「我可以幫你的，讓我幫你好不好？」

他的頭搖得更劇烈了，好像是希望我能就此消失似的。

我愣著站在原地，傻傻地看著服務生扶他離開了餐廳。

一會兒之後我不甘心地追了出去，見那男孩孤單地站在餐廳門口，似乎是在等什麼人。

他發現我站在他身後，隨即慌張地離開，但仍走得很吃力、很緩慢，走到轉角黑暗的地方突然像鬼魅一樣消失不見。我在後面一直追、一直追，一路上風聲呼嘯，一片漆黑的夜只高掛著一圓牛奶色的月亮，除此之外什麼也沒有。注意力隨著追丟了人而轉移到周遭的闃靜上，這才發現四周只有樹葉與雜草相互摩挲的沙沙聲。一陣恐懼感驟然地從心底竄上來，我簡直害怕到不行，只好放棄追逐的念頭並且匆匆地從黑夜裡逃走。

11.

如果不告而別是愛情世界裡最殘酷的一種對待，那麼你如此離開是不是就代表著你不再愛我了？

過了幾天我又再去餐廳上班，以為那名黑衣男孩會再來聽我唱歌，但是並沒有，之前那個桌位的客人不是黑衣男孩而是別人。一連幾次的班都是相同的情形。等了幾次還是等不到那個男孩，我想或許是那天我的態度嚇到他了，歌手與粉絲之間的關係應該是維持著一定的禮貌與友善卻不交淺言深，我不該問他年齡、不該問他為什麼會喜歡〈留不住的故事〉、不該問他是不是不能說話，甚至不該熱心到想攙扶行動不便的他，或許我的舉動反而令他更難堪。我……，我真是太失態了！想到這裡我不禁失笑，之前還懷疑人家是變態，我看變態的人應該是我自己才對。

今天我從另一家打工的飯店下班回家，失魂落魄地走在夜的城市裡，彷彿這城市的喧囂繁華與我無關；與我不屬於同一個世界。搭了公車回到家，我心事重重地掠過客廳上樓，好像有聽見爸媽在喊我，可是我不確定，心事佔據了我整個心頭，讓我的知覺變得很是遲鈍。

上了二樓回到房裡，聽見房間的分機響起，我想這時間來電的通常都不是找我的，所以就沒有接聽。電話響了幾聲就停了，應該是被樓下的爸或媽給接起來。

沒兩分鐘時間敲門聲就響起，我走到房門口打開門，是媽。

「妳怎麼了，剛才回來叫妳都不理人。」

「喔，是嗎？我在想事情沒有聽到，對不起。」

「對了，俞庭打電話來找妳，妳要不要聽一下？」媽問。

「喔好，我聽。」我來到書桌前坐下，拿起話筒。「喂，我是如歆。」

「是我啦。」

「快十二點了，什麼事啊？」

「今天我跟瑾絹還有曼雅約好這個星期六要一起去崎頂海邊玩，野餐順便打海灘排球，想問妳要不要跟我們一起去。」

「幹嘛跑到崎頂這麼遠，怎麼不去福隆呢？」

「唉呀，遠一點兒才好玩嘛，可以坐電車慢慢、慢慢地搖到崎頂海邊，很棒的感覺不是嗎？」

「這種浪漫的感覺應該是跟男朋友在一起比較適合吧。」

「才不，跟同學一起也很好玩啊。邱杰、柯騰耀也會一起去。怎麼樣，要不要跟我們去？」

我輕歎了口氣，也不知道究竟要不要跟他們一起出去玩。雖然同學一起出遊既有趣又能交流同窗情誼，但這半個多月以來黑衣男孩的事情佔據我的心頭，即便出遊我也不一定能打開心房真正高興起來，既然這樣，那還要垮著張臉去掃同學們的興嗎？我開始猶豫不決。

「喂，幹嘛歎氣又不說話？怎麼了？」

「沒有啦，沒事。」

「才怪，說沒事就是有事。說！到底什麼事？」

「俞庭，我不想談。」

「說啦，有心事憋在心裡不是很不舒服嗎？」

我深吸了口氣，整理一下思緒，接著就將黑衣男孩一連多次到餐廳聽我唱歌又神祕詭異的事情說出來。聽完我冗長的敘述，俞庭哇啦一聲叫了起來。

「景如歆，妳醒醒好不好？並不是喝Espresso、喜歡聽〈留不住的故事〉、跟蘇維哲身形相像的男孩就一定是蘇維哲，妳實在是中蘇維哲的毒太深了啦。唉，真是的。」

「可是，怎麼可能這麼巧，這個黑衣男孩不但跟維哲的身形很像，還剛好喜歡喝Espresso，愛聽〈留不住的故事〉，更巧的是他一直來捧我的場。我唱了快兩年了，從沒有遇過像他這樣的歌迷。」

「妳啊，根本是自己給自己催眠。如果那個男孩是蘇維哲的話，那他為什麼要默默地來捧妳的場，為什麼不馬上和妳『相認』還要遮遮掩掩？又或者如果他真的變心離開妳，也不可能來捧妳的場，看見妳一定馬上掉頭就走。不是嗎？」

「那是因為……」我接不上話，俞庭分析得沒錯，我有點兒語塞。

「還有，我以前常聽妳提起蘇維哲，也看過他的照片，他是個健康的人不是嗎？如果妳說的那個男孩就是蘇維哲，那他怎麼會行動不便，甚至是不能說話？」

是啊，俞庭說得沒錯，我確實是中維哲的毒太深。我哭了，哭維哲無聲無息，不說再見也沒說分手就殘忍地離去，他的行徑打亂了我的生活與未來，那像是遺憾與缺口，不停地把心底的洞愈撐愈大。我原本的自信，對愛情的熱切，都在他離開我的當下被他無情地一起帶走了。

聽見我的啜泣，俞庭安慰地對我說：

「好啦如歆，別哭，我說這些話不是要粉碎妳可能找到蘇維哲的希望，我只是要妳以平常心看待妳與蘇維哲之間的感情，有緣的話你們一定會再相遇，再續前緣。不是嗎？」

「不，我不可能以平常心看待我與維哲之間的感情。維哲對我而言是個很重要的人，我們從小一起長大，一起上放學，他教我騎腳踏車、教我做功課、教我彈吉他還一起唱民歌，帶我放學後去鬼混，跟我分享喝咖啡、煮咖啡這種生活裡有趣的事情，他還在風雨之中救過我的命，他之於我的意義是別人無法想像的，我沒有辦法去等待所謂『有緣相遇，再續前緣』這種事情，甚至是放棄他。」

「我知道，我都知道，我沒有要妳放棄他呀，只是妳這樣將一個不在妳身邊的人看得那麼重，那真正在妳身邊的朋友呢？妳的父母呢？還有妳的生活跟未來呢？難道要因為失去蘇維哲就全都賠進去嗎？」

我擦了擦眼淚，倔強地說道：「我沒有，沒有把生活跟未來賠進去。」

「我看妳根本是死鴨子嘴硬。好，不跟妳強辯，反正事實會說話。身為妳的好友，我希望妳好好愛妳自己，唯有自己愛自己，別人才會來愛妳。妳可以去期待妳那段青梅竹馬的愛情再回來，但千萬不要強求，強求只會讓自己更痛苦。還有，多放點兒心思在我們畢業製作的巡迴音樂會上。聽我的勸，好不好？」

「好了，我們不要再繼續維哲的話題了，我累了，不想再多說。」

「好，不說維哲的事情。如果妳累了的話，那我最後只問妳要不要跟我們一起去崎頂海邊玩，邱杰要我無論如何一定要說服妳。」

我想了一下，還是決定不去。「不了，你們去吧，我最近的心情不太適合出門，更別說是玩了，怕會掃你們的興。」

「不會啦，就算去吹吹海風也好啊。如果妳不想打沙灘排球的話我們也不會勉強妳。就一起去啦，好不好？」

「還是不要好了，你們去玩吧。等下次你們要再出去玩的時候我再跟你們一起去。就先這樣了，晚安。」道了晚安之後我馬上掛斷電話，不再給俞庭說服我的機會，因為我真的毫無興致也沒有心情出去玩。

Chapter 03 相識

我們不是很幸福嗎？為什麼幸福像斷了線的風箏飛遠了？
是不是我們的相識根本不是對的時間，我們倆也不是對的人？
我呼喊著想要答案，卻有個微小的聲音對我說：
人生的答案誰也無法給，只有讓故事繼續地走下去，
你才能知道最後的結局。

12.

正當我就要失去信心的時候，你來了，就是這麼悄悄地走來，走進我的視線也走入我心裡面。

這幾天俞庭一直相勸，她所勸我的話無非是說，那黑衣男孩可能只是個比較自閉害羞的粉絲而已，要我別太執著於他的事情上，但我就是無法忘記他前來聽我唱歌的事，甚至沒來由而瘋狂地相信男孩與維哲之間一定有什麼特別的關聯。我說不上具體的理由，只是一種第六感，很虛幻、很不切實際的感覺。

那個黑衣男孩好久好久都沒有再到餐廳來聽我彈唱，算算時間大約也快一個月了，我一直等、一直等，從希望等到失望，從失望等到絕望，最後放棄每一次的等待。我想，他應該是不會再來了吧。

絕望而徹底放棄的我，心情終於又回歸到我沒有遇見黑衣男孩之前的狀態。今天我坐在鋼琴前，正閉起眼睛唱著多年前的一首老歌〈跟我說愛我〉。

曾在門外徘徊，終究進得門內，這不是一場夢，只求時光你別走……

邊唱邊陶醉在優美的旋律裡，等我再度地睜開眼睛時，卻發現那個黑衣男孩正吃力地走進餐廳，由服務生替他安排好桌位坐下來。雖然他還是戴著帽子、墨鏡跟口罩，但我可以感覺到他的目光正從臺下遠遠地攫住我，我心頭一震，非常訝異於他今天的出現，目光跟隨著他而移動，心思，卻飄遠去了。

我隱忍著想衝下臺去的躁動，耐著性子將今天所安排的歌曲一一地唱完。演唱的鐘點到了，我對臺下的客人道謝說聲晚安，卻看見那名黑衣男孩拄著楞杖，正由服務生扶著他慢慢地走出去。

我奔下臺去，與他們保持幾個步子的距離，深怕再因我的失態而驚嚇了那名男孩。服務生扶男孩走到餐廳門口的霓虹燈下，然後就踅了回去，只剩男孩一個人孤零零地站在那裡。我見狀，在他身後輕聲地喊著：

「嗨……」

他聽見我的聲音回頭一望，像是震驚，又像是不知所措，之後他頭也不回吃力地就往馬路走去，沒走幾步路就跌倒在地。我一驚，上前撿起他的楞杖想要交給他，他卻似乎嫌我多事，生氣而粗魯地從我手中搶回楞杖，吃力地站起來，一跛一跛拄著楞杖邊走邊攬計程車。我在他身後跟著，只將視線專注在他身上，天黑路暗，我不慎被路面的大窟窿給絆倒，狠狠地跌了一跤。

「唉喲！」當我叫痛時，一輛計程車正好停在他面前。

他聽見我叫痛，回頭，站在原處動也不動地瞅著我。

我怕他立刻就要坐上計程車揚長而去，就趕緊爬起來走到他面前。「謝謝你今天來聽我唱歌。」

他沒有說話，只是低著頭，看起來好像是在歎息。

「我，真的沒有惡意，」我深吸了口氣，「只是希望能時常見到你來聽歌，因為知音難尋。如果可能，很希望我們能有機會好好聊聊。」

他還是不說話，默默地站著，計程車司機則搖下窗子問道：

「年輕人，到底要不要坐車？」

他向司機點了點頭，意思是要他稍等。他從包包掏出紙跟筆，寫了一些東西，寫完遞給我，然後上了計程車。

我手裡握著那張他遞給我的紙條，看著計程車緩緩地離去，最後消失在我的視線裡。我折回餐廳大門，在霓虹燈下看著那張紙條，上面寫有e-mail address跟一個ＭＳＮ的帳號，我高興地大叫起來。（那是個流行ＭＳＮ即時通訊的年代）

「是他的電郵信箱跟ＭＳＮ帳號，太棒了！」

我回到餐廳休息室，以最快的速度換好衣服，接著就揹著包包離開。

回到家，我掏出鑰匙打開家門走進客廳，爸媽正在看電視。

「回來啦。」

「嗯。」我笑著點頭。

見我一臉高興，媽媽好奇地問道：「今天是不是發生了什麼好事，看妳一臉高興的樣子。」

「是啊，好久沒看妳這麼高興了，該不會是有男同學跟妳表白吧？」爸也說。

「不是男同學跟我表白，不過確實是有個男孩子給我他的電郵信箱跟即時通帳號。他呢，是個很特別的人。」

「真的嗎？」媽叫了出來，「妳終於肯交男朋友啦？」自從維哲無故失蹤找不到人以後，爸媽就一直希望我能儘快地從失戀的傷痛之中走出來，再跟其他的男孩交往。

我不置可否，聳聳肩，將黑衣男孩當成我的祕密。我不再跟爸媽多說，趕緊回到二樓房裡，打開我的電腦，將男孩的信箱地址輸進Out look通訊錄，再打開MSN將他的帳號加入我聯絡人的群組裡。我不知道自己為什麼會這麼興奮，都還不能確定那男孩就是維哲，不過興奮的情緒就是無法遏制地一直在我心裡翻騰。希望天見猶憐，最好他就是維哲，那便不枉我長久的等待跟癡心地尋覓了。

13.

我瘋狂無可理喻地陷入執著的泥淖，為得就是要尋到你，同時也治癒我自己。

今天下課我回到家裡，打開電腦上網收信，又到部落格去回覆網友的留言，留完言卻見螢幕右下方有一個小小的視窗浮起，視窗裡所顯示的是那名黑衣男孩的即時通帳號。我點了屬於黑衣男孩的那個綠色小人，隨即有一個對話視窗跳出來。我在訊息列上打了一串訊息，傳送過去。

「嗨，你好。我是景如歆。」訊息後面還有一個可愛的笑臉符號。

一串簡短的訊息立刻傳過來。「妳好。」

如歆：不知道該怎麼稱呼你。

男孩：叫我天使就可以了。
如歆：天使你好，真高興在線上遇見你，輸入你的MSN帳號好幾天了，都還沒見你上線，以為那天你給我的帳號有誤呢。
天使：對不起，這幾天忙寫報告所以沒有上線。
如歆：寫報告啊，你還在念書嗎？
天使：對。
如歆：是研究所還是大學，哪一所學校？
天使：哪所學校無所謂，「知音難尋」才是我們的重點。
如歆：對不起，我太冒昧了，你不說沒關係。
天使：謝謝妳的體諒。
如歆：對了，你很喜歡聽歌是嗎？
天使：對。
如歆：很高興你常來捧我的場。
天使：妳唱得很好，琴也彈得很棒，所以我很喜歡。
如歆：謝謝你的稱讚，不過我的家人並不知道我在餐廳跟飯店打工，他們並不希望我在那種商業的場合表演。
天使：原來妳的家人並不知道，我想他們對妳的期望可能很大吧。
如歆：我還在念音樂系，是大四，爸媽希望我畢業之後能夠出國進修，將來考樂團，當演奏家，可是我不想。

天使：那妳想做什麼呢？

如歆：就教人彈琴、拉大提琴，還是像現在這樣在餐廳、飯店彈琴唱歌就可以了，這才是我想做的事情。

天使：如果這樣，妳爸媽可能會很失望。

如歆：雖然知道他們會很失望，不過這畢竟是我自己的人生，他們也不能拿自己的期望硬加在我身上，要我照著他們的期望替我規劃好所有的路。

天使：是沒錯。不過妳有沒有想過，萬一他們要是知道妳在餐廳跟飯店打工的話會有什麼反應？

如歆：我知道他們一定會很生氣、很不能理解我的想法，我也不知道該怎麼說服他們，讓他們答應我可以照我自己的想法走。我其實很不想再被爸媽左右，但又不敢告訴他們我心裡真正的想法，所以不知道該怎麼辦才好。如果，我男朋友還在我身邊的話，那他就可以替我想辦法了。

他停了好一會兒都沒有回覆訊息，那讓我產生了一種錯覺，認為應該是我剛才輸入的訊息扎到了他的痛處。如果他是維哲的話。

如歆：怎麼了？離開位置了嗎？

天使：沒有，我還在。

如歆：你沒回應，是我說錯話了嗎？

天使：妳沒說錯話，我只是在想該如何回妳話。我個人認為，這是妳自己的事情，妳不該再依賴妳男朋友來替妳拿主意才對。

如歆：雖然是我的事情，但我也有茫然需要有人給我意見的時候啊。不過我其實也只是說說而已，我男朋友根本就沒有辦法給我任何意見。

天使：為什麼？

如歆：我們從小就認識，國中就在一起，不過他在大一那年就莫名奇妙地離開我，沒說再見也沒說分手。手機號碼換了，休學了，家也搬了。

當我輸入完訊息傳送過去，他又好久沒有回我訊息。我猜是不是我的話又再一次地扎進他心裡？其實整個狀況我還不是很確定，所以必需一次又一次地試探他。

如歆：天使、天使，你還在嗎？

天使：我還在。很遺憾妳男朋友無故離開妳。

如歆：天使，你是男生，我想問問你男生的心態。為什麼會有男孩子莫名奇妙一聲不吭就離開自己的女朋友？尤其是在沒有預警，沒有任何爭吵，沒有誤解也沒有嫌隙的狀態下。

天使：可能，妳男朋友有不得已的苦衷，妳要試著去諒解這種狀況。

如歆：有什麼苦衷不能告訴我，我是他女朋友，有任何事情都可以一起承擔。不是嗎？

如果，他就是維哲的話，那麼他所說的「不得已的苦衷」會是什麼？除了大一那年他父親經商失敗以外，究竟還有什麼悲慘的事情會加諸在他身上呢？

天使：我知道這對女孩子來說是很難承受的一件事情，但請妳一定要諒解他，我想他一定不是故意要離開妳。誰會願意讓一段好好的愛情支離破碎呢？除非是有不得已又很突發的狀況。

如歆：你不是我男朋友，你的想法不一定就是他的想法。

天使：沒錯，我只是就妳所說的狀況，用一個客觀的角度去分析。

如歆：你的說法還是無法安慰我。你知道嗎，我很愛、很愛我男朋友，失去他就好像失去了生存意義，我的生活變得很無趣，我也變得很意興闌珊，對愛情、對未來都沒有一丁點兒熱情了。

他停了好久好久都沒有再回傳訊息，這次我不再催他，而是靜靜地坐在電腦前，等待著他回覆訊息過來。

大約十分鐘以後，他才再度地傳了一串訊息給我。

天使：妳不該這麼看重愛情，人生還有很多事情很有意義，很值得妳去細細咀嚼。

如歆：你根本不明白我男朋友對我的意義才會這麼說。我有很多第一次做的事情都是跟他一起完成的，他的重要性不只是在我的愛情裡，同樣也在我的生命裡。

他又沉默了，不過這次並沒有沉默很久，他很快地又輸入了一串訊息傳給我。

天使：好了，先不說這個了，我覺得妳的心情好像變沉重了。
如歆：呃，對不起，影響你了。
天使：沒有，只是擔心妳太沉溺於過去。
如歆：我一直沉溺於過去的世界、活在過去的記憶裡，同學曾勸我不要這樣，但你知道那很難。
天使：我知道，也瞭解妳的心情。
如歆：謝謝你聽我說了這麼多。
天使：別這麼說，我很願意傾聽，妳說過知音難尋。
如歆：你會是我的知音嗎？
天使：妳需要談心的時候，我希望我是。
如歆：嗯。好高興能和你成為朋友，線上的你健談多了，比在餐廳聽歌的你更容易親近。

他沒再回應我，顯然又沉默了。我也沒再多說，打了個笑臉符號，接著又貼了個網址在訊息列上，傳過去。

如歆：這是我的部落格，上面PO了很多心情小品跟散文。如果有空的話可以上去看看。

天使：好。

14.

是住在心裡的距離近，還是看得見的距離近？

上次俞庭邀我去崎頂海邊，我因心情不好的緣故所以沒有跟他們一起去，最近他們又找我說要一起去參加貢寮的海洋音樂祭，我答應他們的邀約，一來是補償上次崎頂之行的缺席，二來則是我與天使已藉由網路即時通和e-mail的方式維持彼此的聯繫，也算得上是朋友了。心情好的狀態下，就沒有理由再拒絕俞庭他們的邀約。

為了時間跟交通上的便利，我們一行人捨棄搭火車改騎摩托車殺到貢寮去。我們是下午從臺北出發的，到達貢寮時剛好已是四點多。那裡只有一家7-11，路邊還有一些小麵店，人卻多到擠得不得了，而且遠遠就看見彩虹橋上有好多人正排成一長條粗粗的人龍，還看見有人已經在玩仙女棒。沙灘上有很多穿著比基尼的年輕女孩，雖不是每個都苗條窈窕，但來到這裡大家好像都不在乎了，換上比基尼就一窩蜂地衝到海灘上戲水玩球、追逐嬉戲、撿貝殼，或者是埋在沙堆裡。

俞庭、瑾絹、曼雅、邱杰還有柯騰耀他們去海邊玩水，玩得不亦樂乎，幾乎玩濕了頭髮。之後他們上岸就在沙灘上打排球，亂打一通，打到一半邱杰還轉過頭來大聲地喊我：

「如歆，過來一起玩嘛。」

瑾絹跟曼雅也喊道：

「對啊對啊，過來一起玩啦。快點！」

「不要啦，我想聽音樂。你們玩就好。」

「真的不一起玩？」

「嗯。」

「那好吧，待會兒再過去找妳。」邱杰說。

我朝他點了點頭，他又跑去跟柯騰耀他們一起玩。說真的，我對「玩」這件事情其實並沒有多大興趣，所以就坐在沙灘上吹海風、吃東西、喝著冰涼爽口的啤酒，或躺著聽音樂，順便還能觀賞天邊繽紛又美到不行的彩霞，十分愜意。

到了晚上約莫六至七點鐘，天色開始黑，星星也出來了，大螢幕這時候才打開來，從螢幕上可以看到很多知名歌手正在臺上做表演，他們演唱著耳熟能詳的歌曲，現場的音樂震天價響，所有人都跟著臺上的表演High起來，或跟唱、或拍手、或搖擺、或揮舞著螢光棒，總之熱鬧到不行。

我依然躺在原處，邊聽演唱邊看星星，沒過多久邱杰走向我，在我身邊坐下來。

「咦，你怎麼不玩了？」我問。

邱杰笑了笑，「想說沒人陪妳，就過來了。」他眼裡充滿溫柔與體貼。

「沒關係，這裡有成千上萬的人陪我，你不用怕我一個人孤單。」

他又笑，沒再多說什麼，逕自地拿了一瓶啤酒喝起來。「啊，好舒服。」喝了幾口，他躺在我身邊跟著一起看星星。

「上次妳沒和我們去崎頂真可惜，那天我們在沙灘上打海灘排球，大家拼得你死我活，一直打到太陽下山才從崎頂搭火車回臺北，回到臺北已經很晚了，不過大家都玩得很開心、很盡興。」

「對不起，上次家裡有點兒事。」

「沒關係，這次妳跟我們一起來了，今天一定要好好玩。」

「我們還是不要太晚回去啦。」

「妳放心，我會負責把妳安全送到家，保護妳是我的責任。」

我迴避他柔似水的眼神，不說話。他貼心地問道：

「要不要吃蘋果，我在家裡削好切好的，怕黃掉還泡在鹽水裡。我拿給妳。」

後來我們所有人就在那裡聽樂團跟歌手們唱歌，一直到很晚了才從貢寮騎車回臺北。邱杰負責載我，當他送我回到家的時候已經凌晨快兩點鐘了。

邱杰將摩托車引擎熄火，我從車上跳下來。

「謝謝你送我回來。」

「不會。呃對了，今天晚上感覺怎麼樣，是不是覺得很棒？」

「是啊，以前從來沒有參加過這樣的活動。」

「以後每年都去，好不好？」

「那麼遠。」

「我載妳呀，怕什麼。」

「你說的？」

「嗯，為了載妳，我趕快去考汽車駕照好了，這樣以後要去遠一點兒的地方就不用騎機車，頭髮也不會亂掉，」他撥了撥我的頭髮，「看妳的頭髮都被風給吹亂了。」

聽見他這麼說又見他撥了我的頭髮，我覺得好像太親密，有點兒尷尬不好意思，所以技巧地閃避他，且轉移了話題。「好了，很晚了，趕快回去吧，免得你爸媽擔心，要當孝子替你等門。」

「好，妳早點兒休息。晚安囉。」

「嗯，晚安，騎車慢點喔。掰。」

我進了家門，客廳裡只留下一盞小黃燈，顯然爸媽已經睡了。我回到房間打開電腦，上網收信又看看部落格。打開ＭＳＮ，見天使正好就在線上，我點了代表他的綠色小人，開啟一個對話視窗。

「嗨，晚安。還沒睡？」我輸入一串訊息傳送過去。

天使：上網找些資料。對了，妳今天晚上沒去唱歌。

如歆：你今天去餐廳聽歌？

天使：對，不過是另外的歌手，不是妳。

如歆：我今天跟同學去參加貢寮音樂祭的活動，請人代班了。雖然今天沒去餐廳唱歌，但在我心裡，我天天都在唱歌給你聽，你聽見了嗎？

我見訊息列底下顯示「天使正在輸入訊息」，不過他似乎沒有把訊息傳過來可能就直接刪除或者是停下來。他並沒有回應我的話。我不想等他回應，直接在訊息列上輸入一串大膽而簡短的訊息：

「我很喜歡你，你知道嗎？」輸入完成我傳送過去。

隔了很久很久，他才傳送訊息回來。「為什麼？」

如歆：因為你很像我男朋友。

天使：像妳男朋友？

如歆：是的，氣質很像，感覺很像，連身形也很像。

天使：妳從來沒看過我的臉、沒聽過我的聲音、對我也不瞭解，連我的姓名、年齡，家住哪兒都搞不清楚就喜歡我？妳這麼輕易就能喜歡上一個人，那為什麼還要執著在過去的戀情裡，不肯讓自己好過一點兒？

如歆：不是這樣的，你誤會我的意思。

我正要再輸入訊息向他解釋，但他不等我說明就立刻又傳來新訊息。

天使：妳將我當成是妳男朋友的替代品？

如歆：不是。

天使：妳是。

他回訊息的速度快了起來，我有點兒吃驚。

如歆：我不是。

天使：妳就是！別再自欺欺人了……

我的情緒有點兒激動。

如歆：就算我自欺欺人，你也不該殘忍地揭開我！

天使：我不但殘忍，而且還要告訴妳，妳應該要將過去的戀情跟男友遺忘，去追尋妳的新生活，而不該一直沉溺於過去，甚至還莫名奇妙地將我當成替代品。這是身為朋友的我，所能給妳的一點兒忠告。

如歆：你真的，只能是朋友？我不能靠近你，貼近你，跟你面對面嗎？

我哭了，不知道為什麼哭，好像真心再度被蹂躪，就像是幾年前維哲無聲無息地離開我而糟蹋我的感情。此時心理上的感覺跟那時是一模一樣的。

天使：妳真以為我能取代妳所喜歡的人嗎？人可以相像，但再怎麼相像畢竟是不同的兩個人，既然如此，兩個不同的人就不可能共存於一段愛情裡。

如歆：難道我的愛情只能停留在過去？

天使：只要擁有新戀情，妳的心就能夠活過來，而且活在當下。

如歆：為什麼你的說法跟我爸媽還有我同學全都一個樣？為什麼你們都不能懂我？夠了，我不想再說了。

天使：景如歆，妳為什麼要別人懂妳的愛情？妳所認為天長地久的愛情是妳的，並不是他們的呀。

如歆：如果不想懂我的愛情也可以，那就別再一直說些我不想聽也不願意聽的話。

天使：那些妳不想聽也不願意聽的話才是忠言啊。聽我的勸，不要沉溺，也不要將感情隨便投射在別人身上。清醒點、堅強點、實際點，妳不該是這種軟弱、濫情的女孩。

如歆：好了，我很累，不想再說了，改天聊。晚安。

不再等他回應，我隨即離線，關掉電腦。

我好難過，好傷心，淚水不住地滑落臉龐，滴落在書桌上。我抬頭看向窗外的星空，喃喃低語，像是問天，問祂為什麼要給我一段與維哲美好的青梅竹馬情，卻又同時傷害了我的青春？我不停地尋找、不斷地追逐，追到的卻是這般不堪的景況。事實上我並不像天使所說的，是個隨便就能喜歡上一個男孩的女孩，但他為什麼要誤解我，還要用這麼「看不起我」的話來傷害我？難道他真不是維哲，是我投射感情在他身上？就算真是這樣，我還是心疼被他所誤解的自己，也疼惜自己被他的話給狠狠地刺傷。我痛恨他話裡粗暴的態度、怨懟他的不懂憐香惜玉，甚至是不肯為女孩子保留尊顏。

隨後我收拾了爛到不行的情緒上床睡覺，但悲傷還是一直在心裡頭浮沉，躺在床上我幾乎一整個晚上都無法入睡，直到天明。

Chapter 04　揭密

是相信感覺，還是相信眼之所見？
如果相信感覺，為什麼我無法說服我自己？
如果相信所見，為什麼我的心會這麼痛？

15.

是你，一定是你，命運之神早將我們圈繫在一起，拉近城之兩端的你和我。

今天從學校下課回家吃過晚飯後，我搭乘公車來到打工的餐廳唱歌。由於昨天晚上跟天使在MSN上的談話幾乎是「不歡而散」，而且還是我主動斷線的，所以我認為今天晚上他根本不會出現在這裡聽我唱歌。晚上在臺上彈唱的時候我意興闌珊、一無所謂地唱著一些平時常唱的歌，唱到一半的時候，遠遠地就瞄到一個黑影飄來，離臺下愈來愈近，不用仔細看也知道那黑影就是天使。

天使坐在離舞臺不遠的位置，還是一如往昔身著黑衣、戴著帽子與墨鏡，雖然進入餐廳時他有將口罩摘下，但雙手總是撐在桌面上，以右手遮去口鼻，根本看不清楚他究竟長得是何模樣。我冷冷地瞥他一眼，又將目光收回，放在琴譜上。只要一想起昨晚在線上的對話，到現在我的心都還隱隱地刺痛著。

唱完歌，我收拾好琴譜正準備離去，服務生卻送來一張很小很小的卡片，外加一朵白　莉。

「是點歌單嗎？我鐘點已經到了。」

「不是，是臺下有位客人要送給妳的，他說想向妳道歉。」服務生說。

「道歉？」我有點兒莫名奇妙，打開小卡片一看，裡面是電腦列印出來的標楷體字：

昨天我在線上說話太直接、太不考慮妳的心情，我向妳道歉，希望妳能原諒我。寂寞的天使。

一見到「寂寞的天使」這五個字，我所有的氣就全都消了，不過心情還是處於低潮，根本沒有「能力」去追逐今天前來聽歌的天使。回到休息室換好衣服，我拎著包包，拿著天使所送的小卡片與白茉莉，走出餐廳。

我見到天使戴著口罩拄著枴杖，正站在餐廳大門口的霓虹燈下望著我。我走上前去，頷首對他說道：

「收到你的卡片了，接受你的道歉。」

他沒有說話，只是以手語比了「謝謝」，雖然我不太懂得手語，但「謝謝」很簡單，我還看得懂。

「不用說謝，我又沒做什麼。」說完我逕自地往前走。

天使跟在我身邊。

我好奇他今天的「跟隨」，便問道：「你今天不早點兒回去嗎？」

他搖頭。

「那，你陪我好了。今天是我生日，不過沒有任何人記得，除了我爸媽。」

他聽完我所說的話，好像有點兒怔住，不過由於隔著墨鏡與口罩，我無法清楚地看見他的表情，所以不知道他的怔愣代表的到底是什麼意思。他似乎發現了我的注視，旋即按下情緒。我則暗自地認為他是假裝泰然。

他停下腳步，從脖子上摘下一條細黑皮革串有一只銀戒指的鍊子，遞給我。

「這是什麼意思，是要送給我當生日禮物嗎？」

他點頭。

我接過他所送我的鍊子，「謝謝你，我會好好保存的。」

他又點了點頭，然後繼續地拄著枴杖往前走。走沒幾步路他從口袋裡掏出一張列有電腦字體的白紙遞給我，上面寫著「我請妳喝咖啡，好嗎」？顯然這張紙條是早就準備好了的，他今天應該是專程來請我喝咖啡。

「你要請我喝咖啡？」我確認。

他點頭。

「如果我們一起去喝咖啡的話，你會脫下帽子、摘下墨鏡跟口罩嗎？」

他搖頭。

「你只能出現在黑夜，用這種遮掩的方式面對我嗎？」

他停了下來，對我躹了個躬，我猜想他的意思應該是對不起。於是我說道：

「算了，不勉強你。」

我們搭乘計程車來到天使所熟悉的一家巷弄裡的小咖啡館，裡頭的陳列與裝潢都是原木的，而且全是咖啡色系所搭配起來的色調。館子裡不是很亮，只有牆角跟桌上置有小小的昏黃色燈光照明，光線看起來很有氣氛。館內一隅有座長長的深咖啡色吧臺，不時傳來縷縷咖啡香，牆上則掛有很多歐風建築、咖啡館或咖啡吧的黑白照片，另一面牆還繪有巴黎香榭大道的壁畫。

我與天使坐了下來，鄰座的客人見天使戴著帽子、口罩跟墨鏡的裝扮，紛紛投以不解與異樣的晔光，但他似乎無所謂，無視於他人的好奇與不解。他點了杯Espresso，我則點了Macchiato。在等待服務生送咖啡來的極短時間裡，天使童心似地玩起置放於桌上花瓶裡的小白花，看起來很像是個大孩子。我注視著他那撫摸小白花的手，那雙手的手指既修長又好看，簡直就跟維哲的一模一樣。維哲的那雙手我記得，永遠也忘不了！他用他的手救過我、煮過咖啡給我喝，還曾經在冬天用手暖過我冰冷的手心、我被風給刮過的臉頰。看著天使的那雙手，我幾乎要確定他就是維哲了，只是不明白為什麼他要一直隱暱自己的身分，而且又為什麼會行動不便，甚至是不能說話？我的維哲在無故失蹤以前都還是個陽光笑臉、健健康康的高大男孩，我不相信他會變得跟眼前的天使一模一樣。不可能，這太不可能了！可是，天使的一雙手跟維哲的卻又是那麼像。這到底是為什麼？

正在思考的時候，服務生送上咖啡，打斷了我的思緒。

「Espresso是哪位的？」

我指向天使。

服務生放下那杯咖啡，接著又把我的Macchiato放在我面前。「請慢用。」

「謝謝。」我對服務生頷首。

服務生端著托盤離開，只剩下我與天使相視而坐。

這是我與天使頭一次這麼近距離相對，雖無法看清他的容貌，但至少感受到他呼吸的氣息。他總是在黑夜裡出現，今天的相視而坐起碼能證明他是個活生生的人，而不是一隻鬼。

他將口罩拉至下巴，低頭啜了幾口咖啡，整個杯子遮去了他的半張臉。之後他放下杯子拉上口罩、掏出紙筆，在紙上寫著「Happy Birthday To You」，寫完以後將紙推到我面前，祝我生日快樂。

我笑了笑，笑容牽動嘴角，也牽動我心裡最寂寞孤獨的那一絲落寞情緒。

「生日不快樂！」我喃喃地對著自己說。沒有維哲對我說「生日快樂」，我的生日就再也沒有任何意義了。

16.

我們的生命早已被命運之神繫在一起了，沒有你就沒有我。所以就算天翻地覆、海枯石爛我也要找到你，只要你還活在世界的某一角。

由於學校每次辦音樂會的時候我跟俞庭都會替對方伴奏，從大一到大四已經成了我們的習慣，所以也養成絕佳的默契。最近我們又在練習伴奏的曲子，所以不是在學校的琴房就是俞庭到我家的琴房同我一起練習。

俞庭彈鋼琴的叮噹聲與我拉大提琴渾厚的嘶鳴琴音相互繚繞，我們在樂曲中規律地前行，她似乎非常陶醉在音樂裡，閉起雙眼、身體隨旋律而擺動，已然完全地進入曲子的情境之中。

反觀我自己，心情一直起伏不定，無法融入曲子的情境，「拉琴」對這時候的我來說，根本只是肢體動作而毫無任何情感。我停下動作，琴音戛然止住。俞庭似乎有些錯愕，張開眼睛不解地著我。

「怎麼了？剛才就發現妳心不在焉。」
「今天到這裡為止，好嗎？」
「有什麼心事嗎，要不要聊一聊？」
我不理她，自言自語地道，「一定要跟蹤他。」我暗下決定。
「跟蹤誰？」她的耳朵靈敏到不行，居然聽見我的喃喃自語。
我回神，搖搖頭。「沒有，沒事啦。」
「還說沒事？該不會妳是要跟蹤那個穿黑衣服、戴黑帽子跟墨鏡的粉絲吧？」
我沒有直接回答她的問題，自顧自地對她說道：
「知道嗎，昨天是我生日，他來餐廳聽我唱歌，還請我去喝咖啡。」我想到昨晚他所送我的那條串有銀戒指的鍊子，從口袋掏出來，亮在俞庭眼前。「妳看，這是他昨天送我的生日禮物。」
「他居然送妳禮物？怎麼回事，妳是不是打算跟一個不曾看過臉、聽過聲音，只能在ＭＳＮ上說話的男孩子交往？」
「我沒有要跟他交往，我們只是朋友。」
「妳確定妳只將他當成朋友？我看妳八成是把他當成蘇維哲了是不是？」
「昨天一起喝咖啡的時候我看過他的手，手指好看又修長，跟維哲的手簡直一模一樣。」
「吼～～」她受不了似地大叫，「妳又來了！」
我不理會她的大叫，「一定要搞清楚，一定要證明他到底是不是我的維哲。」

兩天以後我又到餐廳彈唱，天使一如往昔在我的時段來捧場，靜靜地坐在位置上聽我的歌。一個小時後我結束彈唱，正在收拾琴譜時，天使卻起身拄著枴杖離去，看樣子他今天並不打算和我打招呼。我深怕來不及追上他，衣服沒換就抓著琴譜跑下臺，跟在他身後。

跟他來到餐廳大門口，打算偷偷地跟蹤他時，突然一輛車子駛近，速度慢了下來，停在門口，他打開那輛車的後車門坐進去，將枴杖一收，車門關上，車輛揚長離去，只留下一股排氣管排出來的汽油味，還有傻眼愣在原地的我。

我折回餐廳換好衣服走出來，像洩了氣的皮球走在黑夜裡，沮喪的情緒不斷地醱酵。我不停地於心中吶喊天使的名，好希望能夠看清他的臉。他的氣息這麼熟悉，身形如此似曾相識，即使所有人都阻止我，不相信我的直覺，我還是相信我自己。

17.

難道是命運之神開的玩笑嗎？為什麼我還是我，你卻不是你？

今天是週末，晚上我到餐廳彈唱，唱完歌我直接抓著琴譜下臺，走到天使的桌位，拉開椅子坐下來。他見我垮著臉不說話，覺得奇怪，以手指敲了幾下桌子，藉以引起我的注意。

我猜他大概是擔心我，我看了他一眼，說道：

「心情很不好，你可以陪我走走嗎？」

他看起來好像很遲疑的樣子，我不想給他遲疑的機會，佯裝不高興地抓著琴譜就要離去。他拗不過我，急忙要扶著桌子站起來。

他拄著枴杖，我陪他慢慢地步出餐廳。我攬來一輛計程車跟他一起坐進去，我決定要去華納威秀走一走。

車子裡的天使靜靜地端坐，還是全副武裝不教人看見他的眼和臉，我只能藉由車窗外透進來的月光或路燈光線，約略看見他擺放在大腿上的雙手，除了手背，他全身上下沒有一吋皮膚是可以看得見的。

我盯著他，一股想要看清楚他臉的意圖愈來愈強烈，不斷地在心裡吶喊著「讓我看清你的臉」。想著，只要能夠看見你，就算是幾秒鐘的時間也可以。

不久以後計程車抵達華納威秀，天使正要掏錢付車資時，我搶先他一步，將紙鈔遞給了司機。下車後我輕輕地扶著他，一起走在華納威秀繁華的熱鬧裡。

我們走了一會兒，走到一張椅子旁，我坐下來，他也跟著我坐下來。我沒有開口說話，只是看著一旁閃爍的霓虹燈，他則是低頭靜靜地坐在我身邊。

我無聲無息地撇過頭去看他，做好準備，在他猝不及防的時候伸手扯下他的黑口罩與墨鏡。他被我突如其來的舉動給嚇到了，表情非常扭曲，我則從他扭曲的表情清楚地辨識出他根本不是維哲，而是一張陌生卻有幾分眼熟的臉。

盯著那張陌生的臉其實只有幾秒鐘的時間，但震驚的情緒卻讓我對時間又產生了錯覺，我覺得那張臉好像在我面前停留了好久好久，久到我必需一次又一次地告訴自己，他不是維哲，不要再看了不要再看了，我才能真正地相信眼之所見。

天使很驚慌，拄著枴杖落慌而逃，我看見一個倉皇奔逃的黑影掉下了一個什麼東西，趨近拾起一看，是一個很小的黑色皮夾，專放證件的那一種。我打開皮夾翻看裡面的證件，只找到幾張信用卡，還有一張機車駕照，上面所標示的名字是：「向士鈞」。原來天使的名字是向士鈞。

今天晚上回家，不見天使在線上，我寫了一封e-mail給他，除了道歉以外，也向他述說我的心情。

收件者：天　使
寄件者：景如歆
傳送時間：××年××月××日，上午一點五十分
主　旨：對不起。

天使：

這麼晚了，不知道你睡了沒有？沒見你上線，我想你一定很生氣我今晚的行為才會沒有上線的對不對？

像我這樣不尊重別人的女孩子，恐怕要被你列為拒絕往來戶了是不是？如果你正有此打算的話，那麼請你在將我打叉之前先看完我所寫的這封信，如果看完了你還是不能理解我的

想法與做法，甚至覺得我很可惡，那麼我再也不會要求你的諒解。

我們曾經在線上談及我的男友蘇維哲，你勸我捨下舊情重新再找一段新戀情。我不是不瞭解你勸我的苦心，但是我做不到。因為一個陪我一起成長、一起念書又曾救過我性命的男孩，我實在是沒有辦法在他離開我之後短短幾年就忘掉他。要愛一個人並不難，但要忘記一個人卻很不容易，因為感情很長、遺忘的路更長。我太習慣，習慣有維哲的日子。在這兩三年沒有他的日子裡，我的心，變得很荒涼。

大一那年，我的維哲不告而別，一直到現在都還音訊全無。我不明白自己為什麼會像個沒有人要的孩子一樣被拋棄，一切都是那麼不可理解甚至是莫名奇妙，我想你應該可以想像這件事情所帶給我的傷害有多大。由於被拋棄的傷痕太深太深，所以從那一刻開始我再也不相信愛情，拒絕所有追求我的男孩，甚至懷疑我自己，覺得是不是我不夠好，還是做錯了什麼維哲才會無聲無息地離開我？或許是這樣的心理創傷一直沒有復元過來，所以當我發現你跟維哲有很多地方都很相像，甚至是一模一樣時，我才會在誤以為你就是維哲的情形下瘋狂地想要揭開你神祕的面紗，對你做出那樣無禮的舉動，甚至還想要你給我一個當年不告而別的理由與說法。請原諒我的心情，不要生氣。如果你因我的莽撞而不開心，甚至再也不願到餐廳來聽我唱歌，那我豈不是更罪過了？

對你所做的事情已經做了，說再多的抱歉也無用，我不是為自己的無禮辯解或開脫，只是想讓你知道我做這件無禮之事的動機。你遇到的並不是囂張任性的嬌嬌女，只是一個被愛情所傷、心底有了破洞的可憐女孩。

好了不再多說，以免打擾你想平靜下來的情緒。

晚安

如歆

18.

直到看見了真相，才知道自己其實脆弱得不堪一擊。如果說上帝還不打算放過我的話，那麼就請繼續地折磨我吧。一無所有的人，已經沒有什麼好害怕再失去的了。

自從我出其不意地揭開天使的口罩跟墨鏡以後，已經好久好久都沒有再見到他來餐廳聽我唱歌，甚至連MSN他也沒有開，即使我寫e-mail向他道歉，他仍未回我的信。我很想照著駕照上的地址將皮夾送回去，但是我沒有。我對他做了這麼失禮的舉動他已經很受驚嚇也很不高興了，我相信此刻他應該很不願意看見我出現在他家大門口才對。我不清楚他為什麼不肯讓人看見他的臉，其實他長得挺好看，正確來說應該是個很帥的男孩子。我輕歎了口氣，思緒回到自己身上，一想到為了維哲而去傷害一個朋友的隱私就覺得很懊惱，這陣子以來心情陷入低潮，實在是很討厭這樣的自己。

這件事情過了大約快一個月，我才復又看見天使突然出現在餐廳裡。雖然他的臉已經被我看過了，但他還是全副武裝，將自己包得密不透風。
唱完歌我走下臺去，在天使的桌子對面坐下來。
「對不起。」我怯懦地對他說。
他低著頭，沒有說話。
「一直沒見你上線，我寫信給你，你沒回我信，我知道我的舉動讓你很生氣。是我不好，是我不對，如果你生氣不能原諒我，我沒有話說。」
他只是搖頭，並沒有再多表示些什麼。
「你原諒我了嗎？」
他點頭。
我好高興能得到他的諒解，看見他桌上有杯Espresso，便對他說道：
「Espresso要不要再續杯，我請客。」
他點頭。
我招來服務生，點了一杯Espresso，也為自己點了一杯Cappuccino。在等待服務生送咖啡來之前，我進後臺換了衣服，拎著包包走出來，回到天使的桌位坐下。
我打開包包掏出那晚撿到的皮夾，推到他面前。「那晚你離開的時候不小心掉了這個，裡面有信用卡跟駕照，一樣也沒少。還給你。」我心想他行動不便，應該也不方便騎機車，機車駕照大概用不上，所以擱了這麼久才還給他。
他收下皮夾，放進牛仔褲的口袋裡。

「對不起，我看了你的駕照，原本是想把東西照著駕照上的地址送去你家還給你，但我想還是等你來聽我唱歌的時候再把東西交給你會比較好。我，我還要再叫你『天使』嗎？還是叫你士鈞？」

他搖頭。

「你不希望我叫你士鈞是不是？」

他點頭。

「那好吧，還是跟以前一樣喊你天使好了。」

與天使一起喝完咖啡，他表示想回家，我陪他到餐廳門口攬了一輛計程車，他坐了進去，車子緩緩地駛離。望著離去的計程車，我當作是送維哲離開，他將不再回來。我在心裡喃喃地唸著：

維哲，你知道我若花一年的時間來愛你，要花幾年的時間才能忘記你？

回到家，我亂糟糟的心情久久不能平復。我拿出紙筆亂寫亂塗，心痛難過地掉下眼淚。我在白紙上寫下今晚臨睡前的最後一段心情，算是一種「終結」的宣誓。

如果緣份已盡，是不是就讓我忘了「我們的故事」？

因為唯有這一段故事的結束，才是下一段故事的開始。

Chapter 05 訴心

我將心交給你，是不是就是愛你的表現？
如果這樣就是愛的話，那為什麼我又要逃離你？
如果不是愛你的話，為什麼又要將心交給你？

19.

新戀情真能夠治癒舊傷痕？如果能，我決定用盡全力，傾情去愛。

三年多了，維哲音訊全無。我相信他還在臺北，但臺北說大不大，說小也不小，在餐廳彈唱了快兩年，我還是沒有辦法碰到以前的同學，甚至是與維哲在西餐廳裡巧遇重逢。最糟糕的是，向來很喜歡維哲的爸媽不准我再找他、不想我再自怨自艾，他們認為一個有肩膀的男孩不該一聲不吭地離開，即便不再喜歡身邊的女孩，也要勇敢地說出來。

經過「對天使做出無禮舉動」的這件事情以後我感到很受挫，不過也因此想開了，我要放棄尋找維哲，我的人生不能斷送在這種莫名奇妙就結束的戀情上。如果有機會的話，我要去寫新的愛情故事，讓新故事的主角來救贖我，再也不想因過去的故事而深陷其中，將自己搞得遍體鱗傷。更糟的是，還打擾到別人的平靜。

隔天來到學校，在音樂系館遇見邱杰，他笑地問道：

「怎麼了，兩隻眼睛好腫喔。」

「沒事，睡前喝太多水了吧。」

「吃早餐沒？」

我搖頭。

他遞上一份早餐，「先吃吧，一早不要餓肚子。」

我點頭。

中午的時候，我待在琴房裡發獃，邱杰跑來找我，將一個放有午餐飯盒的提袋亮在我面前，一陣菜飯香撲鼻，我的肚子居然跟著餓起來。

「還沒吃飯吧，要不要一起吃？」

邱杰陽光般的笑臉感染我，覺得他的笑容好溫暖。

我凝視著他，沒有說話。

他跟俞庭是我高中音樂班的同班同學，從那時候開始就很喜歡我，常來找我，圍繞在我身旁，只是當時我還與維哲在一起，所以他只能以同學的身分遠遠地關心我，給予我祝福。自從大一那年維哲離開我之後，他就鼓起勇氣追求我，時常在我有需要的時候出現在我身邊，送早餐或者是午飯，甚至還時常邀我一起出遊，只是我大多拒絕他。在我將所有注意力都集中在「尋找維哲」這件事情這幾年以來，我絲毫沒有注意到，默默守在我身旁的邱杰已為我做了很多很多他根本就不需要做的事情。直到這一刻，我才驚覺到他就像是一個家人一樣已經照顧我很久很久了，為了我，他犧牲自己太多太多。

「幹嘛一直盯著我看？」邱杰摸摸自己的臉，「我臉上有髒東西嗎，還是長痲子啦？」

我笑了笑，「沒有，你看起來很好。我只是突然很感謝你。」

「謝我什麼？」

「謝你——」想說的話卡在喉嚨，想表達謝意卻又覺得只說一聲謝謝根本不夠。他為我所做的，不是我一聲謝就可以報答或者是還清的。

見我吞吐，他感到奇怪。「怎麼不說了，到底謝我什麼？」

「沒什麼，反正就是謝你；謝你很多很多，要用很大的誠意才能謝得完。」

「既然說到誠意，哪有一句『謝你』就能夠表達誠意的？」

「那你想要我飛吻一個嗎？」說出這句話的同時我自己噗哧笑了出來，壞心情從昨晚延續到現在，這麼糟的心情居然也能開玩笑。

「如果是飛吻的話不只一個，當然多多益善。而且如果能再加上一頓晚餐的話當然最好啦。」他似乎被我拒絕慣了，也不在乎，用輕鬆詼諧的口吻跟我開起玩笑來。

「好！」我爽快地答應，「一起吃晚餐。」

我話一出，他倒是睜大眼睛又張大嘴巴，顯然是吃驚到不行。

我笑了笑，「怎麼，嚇到你了？趁我還沒改變主意之前趕緊點頭Say yes，不然我就收回承諾囉。」我心裡當然知道他是被我的爽快答應給嚇一跳，因為以前我泰半都託辭婉拒，根本不曾給過他機會。

「Yes, I do.」他馬上回話。

「又不是進結婚禮堂，別耍寶了你！」我似笑非笑地皺了眉頭。

「妳答應一起吃飯跟進結婚禮堂一樣值得我高興。」

他所說的話總是充滿曖昧、緊盯在後，且永不退縮。我有點兒不好意思，因此低下頭來。

他高興得自顧自地說，「晚上我騎車去妳家接妳方便嗎？」

我點頭。

「那我們去陽明山吃晚餐好不好，那裡有很多咖啡館可以用餐、喝飲料。」

「就你拿主意吧，我沒意見。去哪兒都好。」

下課回家我先洗了個澡，媽媽煮好晚餐叫我下樓吃飯，我跟媽說今天和同學約好一起去陽明山上的咖啡館用餐，媽很好奇，一直問我究竟與誰有約。我知道自從維哲離開我以後，她就很希望我能趕緊交個男朋友走出情殤，不過我沒有多說什麼，只說是系上同學要聊畢業巡迴音樂會的事情，所以才一起吃飯的。

晚上六點半，邱杰準時在離家門口十公尺以外的地方等我，我出門左右張望了一下就看見他。我朝他的方向走去，給了他一個微笑。

「等很久了嗎？」我問。

「不會，才剛到一會兒。上車吧，我們出發囉。」

「嗯。」我跨上摩托車。

他發動引擎，載著我緩緩地繞離了巷子揚長而去。

我們來到陽明山，找了家咖啡館，很愉快地一起吃飯，聊了很多高中時期的往事，像是班上誰喜歡誰，誰又念了哪個大學的音樂系，誰出國深造跟了哪個知名教授，或者是高中同學會的趣事……等等。原本說好今晚我請客，但真正買單的時候邱杰卻搶先付錢，他說這是他的權利，希望我能滿足他想請我吃飯的願望。聽他這麼說我就不再堅持，而是遂其所願地讓他把錢給付了。

吃完晚餐，我們一起在山上觀星賞月。今天的夜空有點兒星星，明明滅滅地閃耀著，有點兒像是黑絨布上點點的小碎鑽。而且風很輕很柔，在身邊簇擁著我們向前走。

我們走到一個至高點向下眺望，臺北美麗斑斕的夜景盡入眼簾。

風大了起來，掀動我的中長髮，我除下戴在手上的鬆緊帶髮飾，想要將頭髮紮成馬尾，邱杰卻接過髮飾，主動地為我編起髮辮。沒一會兒一條辮子就被編好了。

我心裡很驚慌，這樣的動作太親密，情愫的暗示太強烈。我，有點兒難以招架。

他將我的辮子拉到前面，讓它自然地垂落在我胸口。「妳這樣很好看。」

我有些靦覥，抿抿嘴，不知道該說什麼才好。

他出其不意，低頭在我頰上快速雨點似地親啄了一下，我有點兒酥酥麻麻的感覺，腮幫子烘熱了起來。雙眼直盯著他，卻不知作何反應。

他沒讓我靦覥尷尬太久，主動靠近我，輕輕地攬著我的腰。「我，可以嗎？」

我知道他的意思，不過我並沒有說話，而是垂下眼睫。

他托起我的下巴，我閉起雙眼，立刻就感受到一股溫熱的柔軟覆在我唇上，所傳遞給我的是一種珍惜與憐愛。我想，這個吻邱杰應該是盼了很久很久，我可以感受到他是以一種「神聖」的態度在品味著這個終於得到的吻。

星空下，我們有了第一次關乎情感的接觸。

也好，就讓我躲進邱杰愛與守護的羽翼底下吧，失去維哲的我幾乎同時遺失了自己的心，如果要再寫新愛情故事的話，那麼守候在我身邊這麼久而我也很熟悉的邱杰應該會是一個讓我比較容易產生感情的對象才對。接受他吻的這一刻，我決定要把心交託給他，同時也要試著對他很好很好。

20.

你真情的淚水融化我的心，我答應你，一定要對你很好很好。

下午，我在琴房拉琴的時候，俞庭喘噓噓地從外面跑進來找我。

「如歆，快，快跟我走！」她拉住我正在拉琴的手。

我中斷拉琴的動作，不解地注視著她。「什麼事啊，要跟妳去哪兒？」

「到，到頂樓，我們音樂系館的頂樓。」

「去那裡做什麼？」

「邱杰跟江皓昕在頂樓比西洋劍。」

「是社團練習，要比賽嗎？」雖然音樂系的同學很少玩社團，大部分都將時間放在樂器練習、參加比賽或是開音樂會這上頭，但邱杰卻是音樂系裡少數參加社團的其中之一，而且還是西洋劍社。

「當然不是，」俞庭喘了口氣又繼續說道：「如果只是單純的社團練習，我就不會這麼緊張跑來找妳了。」

「怎麼回事？」

「因為妳啊。」

「我？」

「唉喲，總之就是江皓昕說邱杰這幾年老跟在妳身邊像隻跟屁蟲一樣，可是又追不到妳。反正就是出言污辱邱杰啦。」

「他幹嘛這麼說邱杰？柯騰耀不在場嗎？」

「柯騰耀也攔不住他了啦。唉呀，妳快點，跟我到頂樓。妳快去阻止他們，叫他們不要比了。」俞庭拉著我，連走帶跑地上系館頂樓去。

我們砰砰砰地拼命跑，等跑到系館頂樓的時候，見一旁已有很多圍觀的男同學正在「下注」，賭誰會贏，不過有一半以上都不是音樂系的同學。

柯騰耀見我和俞庭跑上來，三步併兩步地來到我們面前。「如歆，妳去勸勸邱杰，教他不要再比了，妳看那麼多同學在下注，要是被教官或老師知道就慘了！」

「嗯。」我點頭。

邱杰與江皓昕手握西洋劍正在比劃、攻擊，一旁下注同學的嚷嚷聲吵得實在是不像話。

「邱杰加油，你一定要贏。我賭你贏啦，不要讓我漏氣啊。」

「江皓昕加油，快，快！從他胸口刺下去！」

「加油邱杰，打敗江皓昕、打敗江皓昕！」

「邱杰不是江皓昕的對手啦，輸了啦輸了啦。」

「才怪，邱杰是西洋劍社最厲害的高手，不可能輸的。」

見他們手中的西洋劍彼此糾纏，我慌忙地大叫道：

「邱杰，不要比了，停，快點停下來！」

邱杰像是沒聽見我的喊叫似的，仍專注於「對付」江澔昕。

「邱杰，邱杰——」我再次地大吼。

他還是將注意力放在與江皓昕的纏鬥上，根本毫不理睬我。

我跟俞庭在一旁不知如何是好，我並不希望邱杰為了我與江皓昕比西洋劍，甚至還引來一大堆同學們的起鬨下注。我簡直無法相信，就在我願意將自己的心交給他的同時，居然看見他這麼殘酷嗜鬥的一面，這跟我印象中的他完全不同，我幾乎無法將現在逞兇鬥狠的他和那個柔情似水的他聯想在一起。

好巧不巧就在這時候，一向很難在校園裡找得到人的教官居然出現在系館頂樓。他用力大聲地吹著哨子，所有同學嚇一跳，紛紛地拔腿就跑。

「跑什麼跑，門都被我鎖起來了，一個都不准跑。」

教官話一出，所有人都愣在原地，面面相覷不敢說話。

「有同學說，音樂系館頂樓聚眾下注我還不信，沒想到居然是真的！你們真是無法無天，當學校是賭場嗎，啊？」教官走上前去，將丟了一地的紙鈔撿起來。「這些錢全部沒收，直接給西洋劍社當社費。」他指了指邱杰與江皓昕，「你們兩個，聖誕節的化妝舞會罰出公差，不准參加。其他同學除了錢沒收以外還要寫悔過書，寫好交到我辦公室來。再有下次就記過處分。」

教官請俞庭登記在場所有同學的科系姓名，直到登記完了才放所有同學們離開。

我瞥了邱杰一眼，難過地跑下樓去。來到校園僻靜處，我慢下腳步，在一棵樹下停下來，心裡難掩對邱杰的失望。我倚在樹下，無聲地歎息，突然有一隻手溫柔地放在我肩上，我轉身一看，是邱杰。

「剛才我怎麼喊你就是不停，你還追來做什麼？」

「對不起。」他在我面前低下頭來。

「我不想聽，你走開！」

「如歆，不要趕我。」

「知不知道你讓我好失望？」

「我知道。」

「既然知道為什麼還要跟江皓昕比西洋劍？你們是賭氣比試，沒戴頭盔沒穿防護衣，知不知道這樣很危險？」

「江皓昕太過份了，他拿我追妳的事情來刺激我。我可以追妳，妳也有權可以不愛我，我的感情可以被辜負，但我對妳的心意絕不容許任何人羞辱看輕，或被拿來當是茶餘飯後聊天的笑話說。妳懂嗎？」他說完的時候眼底浮起一層厚厚的淚水，情緒顯然很是激動。

我被他的眼淚給嚇了一大跳，凝視著他晶瑩含水的雙眼，這才發現他眼瞳深處所埋藏的情感不是我所能想像的。原本失望難過的我，在他的含淚凝視下，怨懟與怒氣整個地都消融瓦解了。

他儘量噙著不教淚水滑落臉龐，但右眼一顆剔透的淚珠還是負載不了太多委屈而掉落。我伸手輕輕地拭去他滾燙的淚珠，心裡覺得很是抱歉。「對不起，是我讓你承受太多的等待與不公平。」

他驟然地靠上來緊緊地圈抱著我，將頭靠在我肩上，我可以感受到他的身體因哭泣而微微地顫動。

「沒關係，我可以守候，也可以等待，只希望妳能讓我留在妳身邊照顧妳、愛妳就好。不要趕我，不要生我氣。我答應妳以後絕對不做這種事情，相信我，請妳相信我。」

「好，我相信你。」我也緊緊地抱著他，輕輕地撫觸著他的背脊安慰他。遇上一個這麼深情不移的男孩，我還能生氣嗎？根本是整個人都被他的深情給降服了。

21.

原來你的幸福是來自於，像座山一樣地被我倚靠的感覺。

學校今年的聖誕化妝舞會訂在聖誕節的前兩天舉行，而且還設定了舞會主題——王子公主也瘋狂；凡是參加化妝舞會的同學都必須打扮化妝成為中古世紀的歐洲騎士、王子、公爵，或女王、公主，而且歡迎攜伴一起參加尬舞，不管什麼舞，只要能夠跳得High、跳到帶熱場子讓所有同學瘋狂的都可以。

俞庭在做造型方面似乎很有天份，巧手總能把看起來很平凡的同學打扮成為天仙美女。在她熱情的自我推薦下，我決定讓她為我化妝、做造型，跟班上幾名比較要好的女同學一起參與今年的化妝舞會，打算在畢業以前留下一點美好的回憶。由於平時我們音樂系的同學常開校際或者是個人音樂會，因此每位同學幾乎都有自己上臺表演的幾套大、小禮服，俞庭上網搜尋一些中古世紀女王或者是公主的服裝造型圖片做為參考藍圖，打算以我們幾位同學原有的禮服再做修飾，去買些材料或相同色系的布料加工縫製成為我們所要穿去參與化妝舞會的晚禮服。

俞庭真的很不簡單，我們幾個約好要參加化妝舞會同學的禮服都被她「加工」成為漂亮的公主或女王服飾，她很會利用一些荷葉邊造型、蓬蓬袖、珠珠啊、亮片啦、玫瑰花……等配件做裝飾，或是在長裙裡面加縫鐵圈使裙子變蓬，加工下來的效果不輸禮服公司所出租的禮服，所有同學看了全都高興得不得了。

化妝舞會那天，我跟媽借了套首飾，帶了自己的化妝品到學校，瑾絹、曼雅跟我換好我們的服裝，正在教室裡畫妝梳頭。

因為我燙過髮，所以出門前先洗好頭髮，來到學校教室後俞庭則用電棒為我把所有的頭髮都燙捲，她打算幫我把頭髮梳成從前流行的法拉頭。她為我在額頭上留了點瀏海，在頭頂上梳了個小小的髮髻，然後再將前面未梳的頭髮覆蓋在髮髻上，以髮夾夾緊，成為一個高聳的公主法拉頭，接著再將買來的小皇冠以夾子固定在我的頭髮上。

「哇，太漂亮了！如歆妳照一下鏡子看滿不滿意？」俞庭得意地嚷著。

我照了鏡子左看右瞧，一邊看一邊戴上媽借給我的項鍊、耳墜子以及髮飾，確實覺得很美麗。

「俞庭妳手真巧，看我都變成真的公主了。」

瑾絹跟曼雅聽見我們的對話，也湊了過來。

「嗯，真的很漂亮耶！」瑾絹的眼睛都亮了起來。

「對啊如歆，妳今天肯定是所有人矚目的焦點。」曼雅也說。

「哪有，」我有點兒不好意思，「妳們的衣服也很漂亮啊，而且曼雅很會畫妝，妳的妝畫得好好喔。」

「真的嗎？」曼雅笑了笑，「等等我畫好了也幫妳畫。」

俞庭的「傑作」受到我們幾個女生的稱讚，很受激勵，所以得意地對瑾絹和曼雅說道：

「等一下把如歆打扮好了，就換幫妳們倆梳頭了。」

「那妳自己呢，也先去換衣服吧。」

「別擔心，我動作很快的啦。」

我們幾個女生換好衣服畫好妝也梳好頭以後，小心翼翼地提著裙襬來到化妝舞會的現場。抵達大禮堂之後發現好多前來參與的同學都打扮得讓人很是驚豔，大夥兒都挖空心思做準備，我想今天的舞會肯定很熱鬧。

我見邱杰與江皓昕還有其他出公差的同學們正在搬桌椅、佈置入口處，我將手中那面綴有亮片、羽毛跟小碎鑽的華麗巴洛克半罩式面具戴上，走到邱杰背後，手指輕輕地點了他一下。

他回頭，看看我。「妳，妳是如歆嗎？」

我不說話，只點頭微笑。

他看著我笑開了，沒有聲音的笑容，嘴巴張開，看起來很驚訝的樣子。

「妳這樣，好漂亮喔！」

「真的？」我有點兒不好意思。

「當然是真的。」

突然，俞庭偷偷地走到邱杰背後，打了他一掌。「口水擦一擦啦，都流出來了。你見色忘友喔，都不會跟我打招呼，也稱讚一下我很漂亮？」

邱杰收斂自己忘形的注視，靦腆一笑。「對不起，妳，妳也很漂亮！」

「欸，那我咧？」瑾絹說。

「還有我啦。」曼雅也說。

「妳們，妳們都很漂亮！」

忽然有個王子打扮的男生竄出來，是柯騰耀。「還有我，帥哥王子來了。」

「哇！」邱杰大叫，「你這條緊身褲從哪兒弄來的？重點部位太突出了吧？」

「我本來就很『不凡』啊。」

我們幾個女生「很不小心」地看了柯騰耀一眼，之後收回目光，全不敢再繼續地盯著他的重點部位瞧。

俞庭鼓起勇氣走向柯騰耀，將他的衣服拉低了點。「你不要這麼『曝露』好不好，不然人家還以為音樂系同學都跟你一樣。已經知道你很『雄偉』了好不好，拜託你低調點兒行不行？」

所有人聽了都哈哈大笑起來。

柯騰耀不怕羞，大家的笑聲更加「鼓舞」他，他挑了挑眉對俞庭賊笑地問道：

「妳什麼時候知道我很雄偉啊，妳又沒有親自『試』過。」

「我——」俞庭支吾，眾人又是一笑。她氣惱柯騰耀言語上吃她豆腐，於是說道：

「唉喲，啊我，我就剛才不小心看到的啦。怎樣？」

「吼，是妳承認自己看過的喔。不管，妳要對我負責啦。」

柯騰耀話一出俞庭臉都綠了，大家則笑到前彎後仰無可遏止。

俞庭不依地說道：「豈只我看過，如歆、瑾絹跟曼雅也看到啦。」

我們幾個女生聽了趕緊斂容收笑，紛紛地搖頭不肯承認剛才的「驚鴻一瞥」。

笑鬧過後我們幾個人整裝好等在禮堂前面，俞庭走到邱杰身邊偷偷地跟他不知說了些什麼。我很好奇地瞧了他們一眼，只見邱杰對我笑著比了個ＯＫ手勢，沒再多表示些什麼。

聖誕化妝舞會開始了，所有等在入口處的同學們魚貫地進入會場，舞會現場佈置得很是漂亮，除了有很多彩帶汽球與鮮花以外，還有很浪漫很有氣氛的燈光跟很棒的音響設備。音樂透過喇叭放送出來，迴盪在整個封閉空間，震天價響的，幾乎就要讓耳膜跟心臟受不了。室內的燈光很精彩，除了有Spotlight之外還有會旋轉的七彩霓虹，既絢爛又繽紛。來參與的同學皆樂在其中，不管是抒情慢舞或者是搖滾尬舞全都玩得很是盡興。

舞會當中，不乏有外系的男同學邀我跳舞，一下子要跟這麼多人跳舞，我顯得有些不自在，但曼雅與瑾絹都推著我出去玩，不讓我在一旁當壁花，說我應該是被矚目的焦點，當壁花的話實是在太可惜了。

正當我和一位外系的男同學跳舞跳到一半的時候，一位裝扮美麗高雅的公主出現在我面前。

「小姐，我有榮幸和妳跳支舞嗎？」那聲音細細尖尖的，很明顯是裝出來的。

「妳是……」面對前來邀舞的陌生公主，我覺得有點兒「怕怕的」。

「我是妳的好姐妹啊。」

那聲音尖細到令我發顫，霎時雞皮疙瘩掉滿地。「我……」

公主打扮的女生對跟我一起跳舞的男同學鞠了個躬，「對不起，我想跟我的好姐妹一起跳舞。」

男同學聳聳肩，無趣地離開。美麗的公主拉著我的手一起共舞。

「對不起，請問妳是哪一系哪一班的呢？」我好奇地問。

公主附耳過來，輕聲地說道：「我是邱杰。」

「啊，你是——」

「噓！」邱杰將食指放在唇上，示意我小聲點兒。

「誰把你搞成『這樣』的？」我的意思是誰把他男扮女裝扮成公主的。

「還有誰？王俞庭啊，妳不知道她的手很巧嗎？別忘了妳的裝扮也是她的傑作之一。」

見眼前男扮女裝，頭戴紅色假髮、耳環、臉化濃妝、身穿蓬蓬公主服飾的邱杰，我忍俊不住地噗哧一笑。

「怎麼，很醜嗎？」他問。

我笑得無法遏止，趕緊以手掩嘴。「對不起，你不醜，可是真的很好笑。」

「為什麼？」

「論扮相是真的很漂亮啦，你的五官立體明顯、輪廓很深，皮膚也白，打扮起來很好看。可是我從沒見過長這麼高大槐梧的公主啊，看起來就好像長頸鹿一樣，很好笑嘛。」

「妳別笑，要是沒這麼打扮怎麼能騙得過教官呢？」

「對吼。」我小小聲地說。

「俞庭幫我跟教官撒謊，說我佈置場地佈置到一半就不舒服回家休息，我才能利用時間變裝成公主的。」

「原來是這樣。」

「所以啦，就好好玩囉。對了，柯騰耀跟瑾絹他們在哪兒？別說是我，過去捉弄他們一下。」

「好啊好啊。」我興奮地與邱杰去找柯騰耀他們，還捉弄柯騰耀說美麗又槐梧的公主喜歡他，害他嚇得一直想藉機落跑，最後答案揭曉笑煞了所有同學。

舞會完我們換了衣服，柯騰耀、俞庭跟瑾絹說要回家，曼雅則說要和男朋友去約會。我與邱杰打算去吃東西，不過由於我們在一起的事情還沒有在同學們面前「曝過光」，一時也不知道該怎麼跟同學們說明，所以就各自說要回家，卻以手勢做暗號，等出了校門再以手機聯繫，然後再一起去吃東西。

我與邱杰約在校門口對面的那家咖啡館前見面，等我到了以後已看見他等在那裡了。

「我來了。」

「想去哪兒吃東西？」

「去士林夜市好嗎？」

「好。先去騎車吧。」我們一起走到停放機車的地方。

從咖啡館走到停放機車的地方並不是很遠，可是這短短的路程我卻始終隱隱地感覺身後好像有人一直竊竊地跟著。我不時地向後望去，可每每轉身卻什麼也沒看見。

「妳看什麼呀？」邱杰問。

「好像有人在跟蹤我們。」

「有嗎？」他向後看去，不過並沒有看見些什麼。「會不會太敏感了？」

「我不知道，就是覺得身後好像有腳步聲和影子。」

他聽了先是哈哈一笑，接著突然地肅起臉來，以詭異恐怖的聲音在我耳畔說道：

「我知道了，一定是阿飄在身後跟著我們，他跟著我們，跟著我們，因為妳長得太漂亮了，所以他捨不得離開～～」

「唉呀，」我打了他一下，躲進他懷裡。「你很討厭耶，不要嚇人家啦。」

「呼～～」他裝出鬼叫的怪聲，繼續地嚇我。

「邱杰——」我大叫一聲，要他別再裝神弄鬼。

但他根本不理我，「呼～～來了，來了！」

「啊——」我偎進他胸膛，將他摟得更緊了。

他卻哈哈大笑，還笑得前彎後仰。

我白了他一眼，嬌嗔地說道：「笑什麼啦？」

「笑我的目的達到啦。」

「什麼目的？」

「看看妳，把我摟得這麼緊，我覺得自己就像座山，穩穩地讓妳依靠。我覺得好幸福喔。」

「討厭，耍寶！」我覺得既好氣又好笑，放開他，與他保持一個拳頭寬的距離。

這時候，我又覺得身後好像有人，倏地轉身回眸，一掠而過的居然是俞庭。

「邱杰，我看到了，好像是俞庭在跟蹤我們耶。」

「俞庭？不會吧，她剛才不是說要回家？」

「是啊，可是我真的看到她了。」我有點兒擔心，擔心被俞庭看見我與邱杰在一起。不知道為什麼，我還不是很想讓同學們知道我與邱杰在一起的事情。

「她幹嘛跟蹤我們？」

「不曉得啊。」

他想了想，想不出個所以然來，索性不管了。「好啦，別想了，先去吃東西吧。等碰到俞庭的時候再問她好了。」

22.

我在青春的故事裡繞了一大圈才發現，原來心口有傷的人，是最沒有愛人能力的人。

今天是平安夜，邱杰邀我去教會參加平安夜的活動。由於他母親是信徒，在他很小的時候就常帶他上教會去，所以他很習慣在教會度過平安夜。

晚上八點鐘，教會的表演活動揭開序幕，一開始是青少年團契傳統的詩歌獻唱，他們穿著像天使一樣的白袍，頭戴金色圈圈，手裡拿著蠟燭站在臺上唱出天籟般美妙的詩歌，臺下所有教友則全都跟著陶醉在獻唱少年的優美歌聲裡。我看見邱杰的眼神發亮，嘴角噙有笑意，他聆賞詩歌的神情與在拉小提琴的時候很不一樣。

接著，是一年一度的舞臺劇表演，教會最常演出的聖經戲碼就是「耶穌在馬槽裡誕生」、「被釘十字架殉道」、「路加拾穗」或者是「浪子回頭」的故事。邱杰所屬的教會今年演了兩個劇，是耶穌誕生與浪子回頭的故事。所有演出的人都是由教友當中選出來擔綱的，演技或許不是很純熟，但大家全是利用下班或放學後的空檔，不拿任何一毛錢來練習、排戲的，光衝著這份心意就很令人感動了。

之後還有一些長青團契與婦女團契的獻詩以及樂器演奏，整個平安夜的表演活動在晚間十點鐘正式結束，不過報佳音的重頭戲才正要開始呢。

我跟邱杰與青年團契的夥伴一起去報佳音，我們所有人都帶著糖果與彩蛋沿路挨家挨戶地按門鈴，然後將糖果、彩蛋與福音單分送給住戶。過程之中當然有被拒絕的，不過也有很可愛的住戶要求我們要唱兩首詩歌，唱完了才願意開門接受我們的饋贈與祝福，或有某些住戶的孩童出來鬧著我們玩。總之非常有趣。

凌晨兩點鐘，所有人走到邱杰家附近，邱杰請我到他家坐坐，說待會兒就送我回家。我們脫隊，逕自地走回公寓，搭電梯上六樓，他掏出鑰匙打開大門。

「如歆，請進。」

我有點兒猶豫，「會不會碰到你爸媽？有點兒不好意思。」

「這麼晚了，他們早就睡了。」

「喔，好吧。」我將鞋子脫放在陽臺，進入客廳。

客廳裡除了一盞小黃燈，其他的地方都是暗的、安靜的，邱爸爸跟邱媽媽顯然早已經入睡了。

邱杰領我到他房間，順手亮了電腦桌上的黃色桌燈並且打開電腦，放了一片CD進去，接著打開喇叭，好聽的音樂立時就迴盪在七、八坪大的房間裡。

我看見房裡有一大扇落地窗，窗簾掩上，便上前拉開一點，再將窗戶打開，適時一陣冷冽勁風不容允許卻強勢地灌進來。

我打了個哆嗦，「好冷喔。」

邱杰馬上圈抱住我，「這樣還冷不冷？」

被他一抱，我身子有點兒僵住，獃了一下。「不冷了。」

他將下巴靠在我肩上，在我耳畔說道：

「以前都沒有辦法想像抱著妳是什麼樣的感覺。妳知道嗎，能夠抱著妳的感覺好好。」他很幸福地說。

「有多好？」我問。

「就，很好很好，妳嬌小又軟軟的，好像抱著一團雲一樣。」

我笑了笑，有點兒不好意思，不知道該說什麼。

他將我扳過來，正面抱我，隨著音樂的旋律擺盪身體，就好像在跳舞一樣。

不知道這麼相擁著跳了多久，我抬眼望他，他也正在看著我。我們的鼻息相通，臉的距離好近好近，他情不自禁地吻著我，輕輕的像雨點一樣。情愫與氣氛的陷阱很難設防，他的吻愈來愈深，呼吸也愈來愈劇烈。我確實有點兒掉入這樣的陷阱裡，而且似乎有種錯覺，錯將邱杰當成是維哲，所以吻的力道加重，甚至是熱烈回應，兩人的雙手緊緊地擁住對方的身體，甚至是游移。這是我與邱杰第一次如此激情的擁吻，之前約會的時候至多是並肩而行、拉拉小手、輕輕一吻或者是抱抱，從來沒有像今晚這樣。吻了不知多久，邱杰開始親吻我的頸項，我感覺他的手已開始在我的胸口游移，正在解我襯衫胸前的排釦，我們雙雙地跌落在床，他的身體正壓在我身上。解了幾顆之後我的胸口坦露，他拉下我胸罩的肩帶，輕輕地撫揉舔舐，整個人埋進我胸懷裡，若朝聖一般雨點式地親吻我胸口。我必須承認浪漫氛圍的陷阱與情慾的火焰讓我即將失去理智。就在他解開我下半身牛仔褲的釦子，拉下拉鍊即將褪下的時候，我像是失去記憶的人霎然清醒一般，驚覺到身邊的人不是維哲而是邱杰。

我猛然地推開邱杰，他跌落在床的另一邊，而我則是一臉驚恐。

幽黃的光線中，我見他既挫折又懊喪的臉。我不知道該怎麼辦，只好怯生生地對他說道：

「對不起邱杰，我……我還沒有準備好。」

他搖頭，「是，是我不好，對不起我太心急了。因為好不容易擁有妳，所以，我想再擁有一點兒更確定的東西。我只是——，」他話到嘴邊停了下來，「我先出去，妳把衣服穿好，我送妳回家。」他轉身打開房門，走了出去。

我起身在床邊坐下，難過地掉下眼淚。我知道今天在我身邊的男孩如果是維哲的話我一定不會拒絕的，可是卻偏偏是邱杰。不是都說新戀情會讓人快速地從舊情殤之中復元過來的嗎？為什麼我只感到前所未有的沮喪與不自在？

將內衣拉好，襯衫穿好釦子釦好，並將牛仔褲的拉鍊拉妥，整理完自己的服裝儀容以後揹起包包。我走出邱杰的房間，見他很是頹喪地坐在黑暗中的沙發上等我。我尷尬地上前，不知道該開口說些什麼才好。

他沒等我說話，逕自輕聲地對我說道：

「走，我送妳回家。」說完，他率先地出了家門。

我只能無奈又歉然地跟上，替他將家門給帶上。

他騎車送我回來，我跳下摩托車，拉著他的手肘。「對不起！」

「不用說對不起，我知道妳心裡還有蘇維哲。沒關係，等這麼久我都等了，我會等妳有一天真正地愛上我。」

我陷入沉默，無言以對。他說中了我的心事，我沒有什麼可以反駁的。果然是邱杰，愛一個人時毋需言語亦可知對方內心事。老實說這其實頗令人感動的，於是我主動上前，側著頭靠近他的臉，在他的唇上吻了吻。但這個吻，似乎不帶太多情感成份，而是歉然償還給他一點甜頭以彌補今晚煞風景時他的失落。他或許知道，因此我摟他的腰吻他的時候，他一如木頭人一樣，一點兒反應也沒有。他如此這般，則更教我心裡難受得緊，卻又無法再安慰他了。

「天很冷，妳快進去吧。我回去了，晚安。」
「嗯，晚安。騎車小心！」
他沒再多說什麼，只是發動引擎，摩托車緩緩地離去。
我在他身後望著，直到他離開了我的視線。

Chapter 06 情殤

是誰的情殤，低泣著心痛的歌曲？

心痛是什麼感覺？

是不是當喜怒哀樂的情緒，都牽繫在一人身上，

再也沒有自己而揪心得無法呼吸，就叫做心痛？

如果是，那我在心痛之中死去的次數已多到無法計數。

23.

你在我的青春，劃了一道太深太深的痕跡，讓我想忘你也難。

我狼狽地從邱杰家逃了回來，進門以後我很快地就回到我的房間裡。坐在書桌前我打開抽屜，拿出幾年前自己與維哲的合影，一遍又一遍地凝視。腦子裡有好多與維哲相處的畫面浮了出來，我想起剛上大學那年，維哲因蘇家爸爸生意失敗賣了房子要搬離開社區時的情景……

「維哲，你們真的非搬不可嗎？」

維哲的神情黯然，「非搬不可，爸的生意垮了，我們家的房子賣了還要還債，只能換到比較小的公寓住。」

「那，給我地址跟電話，安頓好了我去找你。」

他拿出紙筆，將新公寓的地址電話寫下來，遞給我。

我看了看，「離這裡不遠，那我可以常去找你了。」

「如歆，對不起不能常陪妳，以後我就要去打工，白天上課，晚上兼家教或是到餐廳去Part-time。」

「需不需要我幫忙，我也可以去餐廳唱歌賺錢，教小朋友拉琴，或到音樂教室去兼課什麼的。」

他猛烈地搖頭，「不要這樣，別讓我難過，妳只要在我身邊陪著我就夠了。」

「可是……」

「別擔心，其實爸爸名下的土地、車子跟房子賣了還債還有剩，我們的日子不會太苦，只是再也沒有辦法跟以前相比了。」

我點頭，「那你答應我，以後如果有什麼需要我幫忙的地方一定要告訴我。我們從小一起長大，都認識這麼久了，你千萬別有什麼不好意思的想法。好嗎？」

「好，我答應妳。」

蘇家搬家那天正好是星期六，一大早我就起床，怕太晚起床的話維哲一家就搬走了。我拉開窗簾，進浴室裡刷牙洗臉，之後來到一樓大門外，見蘇家門前已停了一輛搬家公司的大卡車，幾名工人正忙不迭地從蘇家搬出大大小小的家具，一件件地往卡車上堆放。

維哲提著簡單的行李袋走出來，放進機車的置物箱。我看見他，跑了過去。

「家裡的東西都打包好了嗎？」

「細軟的東西都ＯＫ了，等一下我哥會開車載過去。」

「你等等要把車子騎過去吧，我跟你一起坐摩托車去你新家好不好？」

「先不要好了，才剛搬過去，一團亂，我們都還要忙著整理東西呢。」

「那我可以幫你們一起整理啊。」

「如歆，妳乖乖聽話，等家裡整理好了我就會打電話給妳。好不好？」

離情依依，我一陣鼻酸，在他面前掉了一串淚珠。「知道嗎，我好捨不得你搬走。小五那年，一樣是現在這個情景，幾個搬家工人在搬你們家的家具，但那時候是搬進去；現在是搬出來……」我的喉頭滿了，哽咽著說不下去。

他拍拍我的背脊安慰我，「我知道，我也捨不得妳，可是很多事情不是小小的我所能夠掌控的。換個角度想，我們其實住得也不遠啊，拉長了一點兒距離不是更有神祕感？以後約會起來就更有感覺了。好，別哭了，讓妳爸媽看見了還得了？要說我欺負妳啦。」他替我拭去淚水。

我勉強地笑了笑，點點頭。

蘇家的家具全搬上卡車了，搬家工人也上了卡車。

蘇家爸媽跟我爸媽正在話別，維哲跟我也在一旁說著我們的悄悄話。

十分鐘以後，搬家工人從車裡探出頭來。「蘇先生，要走了嗎？我們還要趕下一攤喔。」

「呃對不起，可以走了。」蘇父對我說道，「如歆，我們要走了，有空多來我們家坐坐喔。」

「好，我一定會時常去的，到時蘇伯伯可別嫌我煩才好。」

蘇父笑了笑，「妳來我們高興都來不及了，怎麼會嫌妳煩呢？」

蘇家爸媽跟蘇姐姐上了蘇家哥哥的車，維哲也騎上摩托車，跟在搬家公司的卡車後面，靜靜地離開住了七年多的別墅社區。

然而讓我意想不到的是，就在蘇家一家人搬到附近的公寓大樓半年多之後，突然又神祕而莫名奇妙地搬走了。我找不到維哲，打他手機打不通，甚至到他學校找人也聽他同學說他已經休學了。我錯愕到不行，問他同學為什麼他要休學，他的同學們都說不知道。

24.

為什麼你呆若木雞地坐在那裡，是因為在乎所以怔愣嗎？

自從那天晚上，我與邱杰纏綣到一半就急喊卡的事情發生以後，邱杰雖表面上說沒事，但他好幾天都不曾理會過我。以我對他的瞭解，他絕非生氣，也並非對我失去耐性，而是這件事情對他而言是個極大的挫折，甚至我的斷然拒絕於他而言，是很沒有面子的一件事情。一思及此，我對他的歉意便愈來愈深。

我特別邀他前來家裡見爸媽，並且陪我一同練琴。心想再重新開始與他之間的一切。既要重新開始，那麼總得釋出一些誠意才能顯示我的真心，邀他來家裡做客，見爸媽，等同於是有點半公開我與他之間的戀情了，至少他可能會開心一點。我強迫自己必須忘掉維哲，這已是一個在我生命之中消失不見的人了，我不能一直因為他而讓自己過得不快樂，甚至是因他而傷害了深深愛我的邱杰。

在琴房練琴的時候，我陶醉於大提琴的琴音裡，心想邱杰一定也同我一樣地陶醉。拉琴拉到一半的時候，我抬眼望他，見他一臉木然、紋絲不動地坐在一旁，像靈魂出竅一般沒有任何表情與舉動。

我停下拉琴的動作，走到他身旁。「邱杰……」我輕喚。

他抬起眼來凝睇著我，沒有說話。

「你是不是還很介意、介意那天……」

他雖沒有回答，然而他的表情足已說明一切。

我深吸了口氣，鼓足勇氣，然後對他說道：「今天，我準備好了。」

他愕然地望著我。

「我準備好了，把自己給你。」

他仍是動也不動。

我拉他起身，將他帶向自己，然後主動地吻上他。

他掙脫我，似乎有點驚嚇。「就在這裡？」

我點頭，「爸媽出去了。而且，其實他們從來不會在我練琴時進入琴房干擾我。」

聞言，他臉上的表情很是複雜，又像是猶豫。總之，說不出是高不高興。

我偎近他，然後擁抱著他。

畢竟是有血氣的男孩，如此這般的靠近與擁抱，讓他很難以自持。尤其，他是如此愛我。

他將我推向琴房的牆面，深情濃烈又帶有點急迫粗魯地擁抱與親吻。他如是表現是珍惜外加害怕失去，復又加上對於我的渴望。那一刻我覺得自己是被他需要的，因此，就算明知他不是維哲，但那又如何？至少他愛我、視我為珍寶、需要我，那麼就將自己當是一件禮物餽贈給他亦無不可。

他拉提我的裙襬，邊吻邊撫觸著我的大腿，接著，他一直地往前攻陷……。就在關鍵時刻他驟然頹然地放手推開我，然後迅即地衝出琴房，往廁間的方向跑去。

我有些錯愕，臆測他是去冷靜自己。我則是不知該如何是好地歎了口氣，然後將自己的洋裝整理好。

稍後，他回到琴房來，一臉頹喪地望著我。「對不起，我做不到。妳心裡還有別人，妳不是心甘情願，妳只是可憐我，將自己當成禮物要償還我。我不要，我不是一個用下半身思考，可以有性無愛的人。」

老實說我有點震憾，為何我內心的所有想法，他都可以完全清楚地洞悉？如果不是真的用心深愛一個人，在乎一個人的感受，那是絕對做不到的。

我拒絕了他一次；他拒絕了我一回。好的，我們終究是扯平了。

尷尬，十分尷尬，我與他之間都有點兒不知所措，因此都避開了彼此的眼神。

最終，他仍展現了男士風度，沒讓我一直尷尬地杵在原地。他上前擁抱著我，輕輕地拍著我的背脊。

「妳乖乖練琴，不吵妳了，我先回家好嗎？」

我只能乖乖地點頭，「好。」除此以外，實在沒有他法可解除彼此間的不自在。頭皮，一直發麻，滋滋滋地麻到無可言喻。

於是他放開我，頭也不回地離開琴房。

我沒有送他，只是在樓上窗臺邊，靜靜地看著他騎了摩托車緩緩地離去。

※　※　※

翌日一早在學校教室裡遇見俞庭，我上前拍了她一下。

「嗨，早啊。」

俞庭回頭，「是妳啊。」

「妳沒有話想問我嗎？」

「什麼意思？」她不解地看著我。

「化妝舞會結束要回家的時候，我看見妳了，妳跟在我還有邱杰後面。妳不問我這件事情嗎？」

「呃，」俞庭怔了一下，笑了。「妳說那天啊，我也不知道怎麼走著走著就走在你們後面了。怎麼，妳介意啊？對不起啦。」

「別再裝了，妳是故意跟蹤我們的對不對？」

俞庭沉吟了一下，深吸了口氣又緩緩地吐出。「我不是故意跟蹤，只是看到你們各自說要回家卻又走在一起，因為好奇所以才跟的。」

「既然跟了，那妳應該知道我們已經……」

「我知道，所以我沒有什麼想問妳的。」

「為什麼不問？」

「妳能夠走出蘇維哲的陰影跟邱杰在一起，我替妳高興。」俞庭勉強地一笑。

我從她的表情讀出了不尋常，難道她……「妳喜歡邱杰，是不是？」

她愣了一下，笑。「從高中的時候邱杰就很喜歡妳了，我一直是知道的。」

「妳沒有回答我的問題。」

「如歆，妳要我回答妳什麼呢？邱杰喜歡的人是妳不是我呀。」

「妳應該要讓我知道妳的想法，」我從俞庭的回答之中，已猜出她喜歡邱杰的心意與事實，所以我好怨恨我自己。「同學這麼久了，我居然沒有察覺到妳喜歡邱杰。」

「我的想法是什麼不重要，重要的是邱杰到底喜歡誰。而且，我對感情這種事情向來不是很執著，既然他喜歡妳，而妳也不再拒絕他，那麼你們在一起是很自然的事情，妳沒有對不起任何人。」

我搖頭，「對不起，我居然搶了妳喜歡的人。」

「我說了，妳沒有對不起任何人，況且之前妳又不知道我喜歡他。」

「可是這樣的事情發生在我們身上我心裡很不好受，畢竟妳是我的好朋友。」

她拉著我的手，笑了笑。「別這樣，老實說我知道妳跟邱杰在一起之後心裡確實有點兒失落，但其實我反而高興妳能接受別的男孩。我是說真的，不是違心之論也不是安慰妳。」

我低頭，對於這種狀況感到無力。心裡還沒完全接受邱杰，卻又知道俞庭喜歡他的真相。

「如歆，妳不要因為這件事情有罪惡感，我希望妳跟邱杰可以好好在一起。他人很好，對妳也很認真，妳應該比我更清楚才是。」

和俞庭談完邱杰的事情，沒想到就遇見邱杰。俞庭見他走來，自動迴避，讓出機會給我們倆單獨說話。

「如歆早。」他拎著一袋早餐走向我。「一定還沒吃吧，這給妳。」他將早餐遞到我面前。

「謝謝。」我們坐在位置上，不過之間的氣氛很是尷尬，除了「早餐」這種無關緊要的對話與事情以外，我們都很難想出其他能夠維持我們關係的點，或者讓我們能夠自在相處的方式。

自從平安夜那天晚上在邱杰家與我家琴房發生了那些事情以後，我與他之間就有種說不出的怪異氣氛與尷尬的感覺存在。

我低頭吃他送來的愛心早餐，我們彼此靜默了很久，直到我快將早餐吃完的時候他才問道：「妳哪天要去餐聽唱歌，我送妳去。」

「不用了，這樣太麻煩。」

「接送自己女朋友不是麻煩的事，是我樂意做的事。」他的眼神很是堅定，不容我拒絕。

「好吧，那，那就今天晚上八點來我家接我。」

「今天晚上有班？」

「嗯。」

「那今晚八點我準時到。」

晚上邱杰載我來到打工的餐廳，我跟他道謝之後要他別等我，直接回家或去他想去的地方，我待會兒自行搭公車回家就可以了。唱完歌鐘點到了以後我收拾好東西下臺去，走到天使的桌位。

「好幾次都沒有見到你來，學校功課很忙嗎？」

他點頭。

「今天沒喝咖啡？我請你好不好？」

他搖頭。

就在他搖頭的那一剎那，邱杰居然緩緩地走來，出現在我眼前。我愣了一下，問道：

「你怎麼會在這裡，不是走了嗎？」

「又折回來了，想聽妳唱歌。」

天使雖不說話，但感覺得出來他對我與邱杰的關係有些疑惑。

我淡淡一笑，對邱杰說道：「這位是我的粉絲，叫天使。」

邱杰見天使戴著帽子、墨鏡跟口罩，有些不解，但有禮貌與教養的他並不會隨便就問初次見面的人一些可能攸關隱私的事情。他向天使頷首，笑道：

「我是如歆高中跟大學的同學，也是她男朋友。」

他說出這句話的時候，我有點兒怔住，骨子裡我好像並不希望天使知道邱杰就是我的男朋友。

天使聽了邱杰的話則整個人僵在位置上好久好久，沒有任何反應，甚至連頭也不點。

我不知道天使為何會有這種反應，這樣的反應在他身上似乎找不到合理性。難道，他是訝異我這麼快就交了男朋友？

正當我在揣測天使的想法時，邱杰則說道：

「對了如歆，要走了嗎？看是要去吃點兒東西還是我送妳回家。」

「喔，好。」我轉對天使，「我先走了，你，你還要再待在這裡嗎？有沒有朋友來載你，還是要我幫你叫輛計程車？」

他搖頭，揮手示意我跟邱杰先走。

「那，那我們就先走了。晚上如果有上線的話再聊。」

邱杰拉著我的手往門口的方向走去，只剩天使獃坐在位置上。

25.

之於你，我的生命大於你的安全，我要如何還你深情如是？

「那個叫天使的粉絲好奇怪，為什麼要做那樣的裝扮？」邱杰問我。

「老實說我也不知道。」

「他看起來怪怪的。」

「你別亂猜，剛開始我也是這麼覺得，後來才發現根本不會。」

「他會不會，是喜歡妳？」

「別瞎說，他並不喜歡我，之前還因為我誤以為他就是蘇……」本來我想將之前誤認為天使就是蘇維哲的事情說出來，但話到嘴邊我嚥了回去，不想再橫生其他不必要的枝節。

「之前怎麼了？」

「沒事。」

他沒再多問，直接說，「我們去吃點兒東西好嗎？」

「喔……好。」雖然我很想馬上回家，但還是答應了他的請求。自從那天在他家房裡，以及在我家琴房，我們彼此求歡親熱的事情未果以後，我就不忍再拒絕他一些合理又不過份的約會或者是要求。之前曾暗下決定要好好地對他，可是好像做得還不夠，所以只要是能夠滿足他、讓他安心的事情我就不管自己的想法或意願，什麼都答應他。因為他守候我太久、對我太好了，我便一直抱持著補償的心態對待他、與他交往。

我們一起去夜市吃了消夜，吃完以後又稍微地逛了一下，我覺得有些累了，就跟他說我想回去。

冬天的夜其實很冷，我們坐在摩托車上，我趴在他背後，躲著刺骨的寒風。

「你冷不冷？」風在耳畔呼嘯，我問他。

「還好，妳呢？」

「我好冷。」我的聲音因寒冷而發顫。

「那我騎慢點，妳就趴在我背上抱我，比較不冷。」

他才正要放慢速度，不過可能是因為回頭跟我說話，沒注意到前有彎路，所以車子來不及減速。正巧彎路處有些傾斜，還有一些細碎的小石子，摩托車因此打滑，我驟然地感受到一股強大的離心力將我們狠狠地往外拋，整台摩托車失速無法控制，眼看著就要跌倒了。

「如歆小心——！」他大喊一聲。

幾秒鐘甚至錯覺是瞬間，我有種一定會摔跌下來的預感。就在他大喊小心的同時，居然不忘動作迅速地轉過身來抱住我，我們一起摔落跌滾到一邊去，車子則繼續滑行了約莫十幾公尺遠。

靜止了，一切都靜止了。我與邱杰被離心力拋落在路旁，摩托車停止了打滑。路燈照射下，我見自己整個地被他護住；他則毫無任何護己的動作而摔傷，表情很是痛苦的樣子。

「你還好吧？邱杰、邱杰——」我急問。

「我，我，我的腿……」

我往他的大腿一看，牛仔褲已經全磨破了，露出的大塊面積幾乎是一片血肉模糊。

「啊——」我驚呼出來，「你的腿，都是血！」

「妳有沒有受傷？」他不管自己的傷，先問我的安全。

我看著自己發痛的手肘，咬牙忍著。「只有肘部有些擦傷。」

「妳沒事，那就，就好。」他痛得連話都說不出來了。

「你好傻，為什麼要抱住我？」我哭了。

「妳，妳不能受傷，不能……」疼痛使他的聲音愈來愈虛弱。

「別再說話了！」我擦乾眼淚，「我打電話叫救護車。」我掏出外套口袋裡的手機，撥電話。

撥了119約莫十分鐘的時間，離我們車禍地點最近的醫院就派了輛救護車過來，載送我們往醫院去。

到了急診室，我的傷口經過消毒與包紮以後已無大礙。我來到邱杰身邊，才發現他不但多處擦傷，腿也斷了，必須打石膏好一陣子。

邱杰是為我受傷的，我有責任也義務必須照顧到他傷癒為止。我到急診室外打了通電話回家，跟爸媽說邱杰車禍受傷沒人照顧，我得留在醫院裡，所以今天晚上不回家，但並沒有跟他們說我也車禍受傷的事情。比起邱杰的傷，我的根本不算什麼。

跟爸媽講完電話，我順便打到邱杰家，通知他爸媽。

一整個晚上，我都守在邱杰身邊。可能是因為痛累了，他沉沉地睡去。到了快天亮的時候他才悠悠地轉醒，拉住我的手。

「如歆……」

我趴在他床邊睡著了，感覺到他拉我，就醒了過來。「你醒了，怎麼樣，還痛嗎？」

「嗯，還有些痛。」

「我通知你爸媽了，他們有來過，後來我要他們回家休息，告訴他們我會照顧你。」

「我媽是不是很緊張？」

「嗯，她嚇死了，看見你這樣她都難過得哭了。本來她執意要留下來，是我勸她回去休息的。」

「謝謝妳。」

「幹嘛謝我，都是我跟你說話害你分心才會出車禍的。」
他搖頭，「是我不好，我不該騎車騎這麼快。」
「好了，別再說話，好好休息。呃對了，你想不想吃什麼或喝什麼？」
他搖頭。
「那你再睡會兒吧，明天早上我替你跟學校請假。」
「妳一夜都沒好好睡，就先回去睡一會兒再去學校。」
「好，我知道，你別擔心，我會照顧自己。」
他摸摸我的臉，勉強地笑了笑便又閉上眼睛睡著了。

26.

威尼斯要被淹沒了，我的愛情是不是也同樣要被大海淹沒了呢？

這陣子，我每天都去邱杰家照顧他、看他，為他打掃房間、洗衣服，餵他吃東西、唸書報給他聽。因為實在無法承受他對我無怨無悔犧牲的愛，那讓我積累了太多太多的愧疚感，所以我告訴自己一定要好好地照顧他的傷，讓他這段養傷期間能夠開開心心、快快樂樂的。

一段愛情若有太多的不對等、愧疚感與補償心態的成份，那麼這段愛情注定不會維持太久。這場車禍，似乎預示著我與邱杰的愛情必需劃下句點。

今天是邱杰復診的日子，我陪他去醫院，醫生說已經可以拆石膏了。他看起來很高興，我也跟著他高興，能夠見他完全地康復，我覺得很心安。

在醫生的巧手小心之下，石膏終於拆了下來。邱杰抱著拆下來的石膏，說要帶回家去做紀念，因為這石膏是他為我受傷所遺留下來的「證據」；這個愛的證據他要一輩子保存，說是要留給我們將來的孩子看，還要我在上面簽上我的名字和日期。

拆完石膏的他還不能走太快，所以我小心翼翼地扶他搭乘電梯來到醫院一樓大廳。他伸了下懶腰，攬著我的肩，一臉燦爛的笑容。

「等我腳完全好了，就可以騎機車載妳了。」

「你不怕嗎？」

「才不怕呢。倒是妳，怕了嗎？」

我點點頭，車禍摔車的恐怖記憶猶新。「可能要有一段時間克服坐摩托車的心理障礙。」

「沒關係，我幫妳一起克服。」

「看樣子你真的摔不怕。」

他甜甜地笑著，「如果摔車能得到妳對我無微不至的照顧，那我摔一百次也願意。」

「胡扯，別胡說八道！」我的臉向上仰，就好像在對上帝說話似地喃喃，「壞的不靈好的靈，童言無忌、童言無忌。」

他聽見我的喃語，不依。「什麼『童言無忌』？我又不是小孩子，而且這是我的真心話，只要能夠讓妳陪在我身邊，摔死我也甘心哪。」

「邱杰——」我惡狠狠地看著他，不希望他再說出這種話。我不要他什麼事情都只一昧地為我犧牲；或是為了能夠更擁有、貼近我而受到任何傷害。

「好好好，我不說了。別生氣！」

我垮下臉來，不說一句話。

「其實受傷這段期間還真的要感謝妳，要不是妳細心的照顧與陪伴，恐怕我的傷也不會好得這麼快。」

「別這麼說，照顧你讓你快樂、早日復元，是我能償還你的一種方式。」

「償還？妳要償還什麼？」他不解地看著我。

「償還你對我的好，還有你的深情。」

「不用償還啊，我願意為妳做任何事情、任何犧牲。」

我搖頭，「我不想你一直扮演為了感情犧牲的角色。邱杰，你做得已經夠多夠好了，別再為我委屈自己、犧牲自己了好不好？」

「為什麼不？」他目光迷惑而又無辜地凝視著我，「難道為自己女朋友犧牲奉獻是一件錯事嗎？妳應該要覺得很高興不是嗎？」

「不！」我大吼，不顧旁人的側目。「我一點兒也不高興，我什麼都不能給你，卻一直從你身上得到太多，我受不了，我壓力已經很大了你知道嗎？」

他像是被我發洩情緒的吼聲給嚇到了，獃愣地站在那兒看著我。以前我從來沒有在他面前這樣失控過。

見他錯愕地看著我，我有點兒窘，趕緊向他道歉。「對不起。」

見我失控發飆，他好像很受傷，低著頭悶悶地說道：「沒想到我對妳的感情會為妳帶來這麼大的壓力，我從來都不知道，只會一味地對妳好。」

「邱杰，你沒有錯，問題在我身上。」

他沒有說話，只是抬起沮喪的眼看著我。

「你給我的太多了，而我能還給你的實在太少。我們之間的感情太不對等。」

「我不在乎。」

「但是我在乎，我不要你一直前進、一直奉獻自己，那會讓我承受不住，也會讓我心疼你。你懂嗎？」

「那，那妳希望我怎麼做？」

我的肩膀垂了下來，很無力也很無奈。「我們，我們是不是要……」我的話很難說得出口。

「我們要怎麼樣？」他緊緊地追問。

「我們分手，邱杰，我們分手好不好？」

聽見我提分手，他整個人像是瘋了似地搖頭，大聲地對我說道：

「不好，我不要——！」「邱杰，分手吧，我真的沒辦法，沒辦法給你你想要的愛情。」他與維哲同樣都是拯救我性命的男孩，但自從七年前我把心交給維哲，而維哲也進到我心裡以後，我的心就再也容不下其他人。

「妳不能給我沒關係，就讓我來給妳。好不好？」

「我就是不要你這樣，你太讓我心疼了你知道嗎？」

「那，那要不然我們先一陣子不要見面好了，我不給妳壓力，不吵妳，只要妳不跟我分手就好。好嗎，好嗎？」

「邱杰，」我大聲地喊他，試圖想要將他「喚醒」。「你怎麼還是搞不清楚重點？」

他不管醫院大廳裡人來人往，就這麼死命緊緊地抱著我。「拜託妳，不要說分手，知不知道妳一說分手我的世界就幾乎要塌了？如歆，我愛妳，求妳讓我留在妳身邊不要跟我分手好不好？」

我從他懷裡掙脫，拉住他的手肘。「你冷靜一點兒好嗎？」

「妳都要跟我分手了，我要怎麼冷靜、怎麼冷靜？」

面對他的崩潰與不肯分手，我好無力，真的好無力，好難過。

見我不說話，他低著頭，以為我軟化了立場。「妳是不是不分手了？」

我搖頭，「我在想，要用什麼樣的方式分手才不會讓你痛苦。」

他哭了，一滴眼淚驟然地蹦出，沿著臉龐滑落下來。「妳，妳還是要分手？」

「我再也不能沒有付出，卻一直從你身上汲取養分。我做不到，也不能這麼做啊。」

他的淚愈盈愈多，兩隻眼睛就像淚窪一樣，猶如一個被棄養的可憐小孩在一旁啜泣，好久好久才終於抑制住激動的情緒，走向我。「求妳，可不可以再考慮一下?求妳！」

「邱杰……」他的懇求，真教我為難到不知該怎麼辦才好。

「求妳，求妳再考慮一下，不要馬上就跟我分手好嗎？」

「我……」我歎了口氣，不知該如何回應他。

「只要妳冷靜考慮一段時間，考慮過後如果妳還是決定要分手，那……，那我就不再留妳。」

他說話的聲音愈來愈小，愈來愈虛弱。

看著他企求渴望的眼神，我的心軟了。牙一咬，我閉著眼睛點了下頭。「好，我考慮。」

他得到救贖似地拉著我的雙手，感謝我。「如歆，謝謝妳，真的謝謝妳。」

「你這傻瓜，為什麼要說謝？為什麼還要愛我？何苦呢？」

「因為守候妳太久，已經沒有辦法說放就放。」

我長長地又歎了口氣，不說話。

「情人節在校門口對面的那家咖啡館見面。晚上六點鐘，那天再告訴我妳的決定。好不好？」

我點頭，然後看著他說：

「你是不是，覺得我很無情、很絕決？」

他低下頭來，非常令人同情的可憐模樣。「是，妳，真的很無情。」

我沒有說話，卻在心裡大聲地吶喊：

「邱杰，知道嗎？無情才是真正有情的表現。如果我是真無情，那大可理所當然地利用你的深情，在你身上毫無節制、恣意妄為地掠奪。但是我沒有，我沒有啊。你知道你的好，讓我有多麼心痛？」我心裡的傷太深，對青春往事太執著，已經是個沒有什麼愛人能力的人了。守候在像我這樣的人身邊，注定只會一而再，再而三地受到傷害，並且什麼也得不到。

世界上最殘忍的事情，就是對深愛自己的人說「對不起，我們分手」。我這輩子從沒想過這樣的事情會發生在自己身上，而這樣慘忍的話居然會從自己的嘴裡說出來。

27.

情人節的浪漫甜蜜，之於我卻是最沉重的沉重。

一個星期以後，情人節到了。

今天我向打工的餐廳請假，花了點兒時間在樓上房裡打扮，媽看見我正在畫妝以為我將要去約會。我確實是要外出沒錯，只不過，並非是兩情相悅的約會。今天要赴的約最主要是要去「做了斷」，卻讓媽誤以為我是要去約會，想來還真覺得有些諷刺。

我搭了捷運又轉了趟公車，來到學校對面的那家咖啡館。愈接近約會的地點，我的腳步就愈沉重，到最後幾乎是原地兜圈，不敢前行。然而再怎麼緩慢，終究還是走到了咖啡館。我從窗外向裡看，見邱杰買了一束好大好豔的玫瑰花放在桌面上，還有一個精美繫著絲帶的禮物盒子放在鮮花旁邊，我知道那是他為我所準備的情人節禮物。

我掏出手機看了下時間，已經是晚上六點鐘了，仍然沒有勇氣走進去，因為我沒有辦法面對他那雙企求渴望我留在他身邊的深情眼眸。我歎了口氣，自己無法去愛的人的深情，是最教人馱負不動的沉重包袱。

……

不知在窗外躊躇了多久，等我再看時間的時候已是晚上七點鐘。我抬眼望去，見邱杰仍像尊雕像似地坐在位置上，臉色木然，沒有什麼太大太明顯的動作。

見他等了一個小時還不肯離去，我的心開始揪了起來。心，好痛好痛，痛到凝成一團，無法呼吸；所有思緒就像是一塊塊木頭一樣在腦海中載沉載浮。我想，既無法用言語告訴他我最後的決定，那麼就以無情的行動來讓他瞭解好了。我打算，不進咖啡館去見他。

雖然不進去，但我還是守候在門外。等我再看時間的時候，已是晚上快九點鐘了。見邱杰還是不肯離開，我哭了，無聲地哭泣，不過再多的淚水還是沖刷不掉我心頭的痛苦與悲悽。

「邱杰，求求你，求求你別再等我了。我不會現身的，你為什麼還要這麼傻，苦苦地等？」我在心底狂喊，天真地想藉此讓他聽見我內心的聲音。

不知過了多久，再看時間，已是晚上十一點半。

我望進窗內，見客人一個個地走出來，只有邱杰還堅守在他的位置上，動也不動，似乎發現三生石上並沒有鐫刻屬於我們緣份的文字，因此悽愴地宛若乾涸了一顆癡心而化成千年化石。

此時一位服務生走向邱杰，好像在他耳畔說了些什麼。他似乎回了服務生一些話，服務生點頭，然後走開。

一分鐘以後，手機響了起來，我掏出一看，來電顯示是「邱杰」。

我咬著下唇，眼淚滑落，將手機緊緊地握在手心裡，不打算接聽。

邱杰一連打來好幾次，手機的和絃在夜裡幽幽地響起，就好像他哀慟哭泣悲鳴的聲音，聲聲都化作無形的尖刀刺穿我的耳膜、劃破我的心臟。

終於，手機和紘靜下來，再也不唱了。我看向咖啡館，見他走到櫃臺買單，之後落寞地走出來。見他出來，我趕緊躲到黑暗隱匿的角落裡去。

服務生追了出來，追上邱杰。

「欸等等，你的花跟禮物忘記帶走了。」

邱杰像尊沒有靈魂的木頭娃娃，靜默地接下服務生手中的花束與禮物盒子，沒有道謝，靜靜地走遠。

「邱杰……」我在他身後輕聲地喚他，忍不住嗚咽地哭起來。

我從學校慢慢地走回家，走了好久好久，打算就讓夜裡的冷風吹走我所有的痛。這是我所走過最艱難而且是最為漫長的一段路，一邊走一邊地瞭悟到，原來傷人的痛，跟維哲傷我的痛，是一樣力道的痛。

等回到家時已是半夜，我躲進房裡，將自己重重地給摔在床鋪上，一直不停狠狠地痛哭，突然一個小小的聲音響起，是手機簡訊的提示聲。我打開收訊匣，看見邱杰的來訊。

明白了，不會再給妳壓力。以後妳好好照顧自己，不要讓我連分手了都還掛心妳。我只有一個願望，就是希望妳幸福快樂。答應我，一定要快樂起來。如果我們的分手可以讓妳的心自在，我願意成全妳。心痛的邱杰。

闔上手機，我的心在顫抖。「邱杰，對不起、對不起，我真的對不起你！」我再也無法抑制而嚎啕大哭，不知哭了多久，終於哭累了而沉沉地睡去。

Chapter 07　聚離

每個人在生命的河流裡載沉載浮，
隨波逐流，有聚也有離。
我的荳蔻年華也不斷地重複著聚離。
你雖住進我心裡，生命的河卻將你我沖散而使我們的距離愈拉愈遙遠。
如果真的遙不可及，為什麼空氣中卻彷彿聞到了你的氣息？

28.

生命中的不告而別，似乎成了我不堪的宿命。

因為知道我與邱杰在一起的同學只有俞庭，所以當我與他分手後，除了俞庭會感到驚愕與不可置信以外，其他同學其實是毫不知情而沒有任何感覺的。

在學校，我與邱杰開始會避開彼此，他待在琴房拉琴的時間多了。每當我不意地走過他拉小提琴的琴房時就會聽見他的琴音，我聽得懂，那琴音有太多滿溢而不可言喻的傷痛，還有許多情感的糾結與不能理解的憤怒。我儘量不去打擾他，因為我知道他絕對需要獨處的空間來療傷止痛。畢竟，我傷他太深太疼。

維哲毫無預警地在三年多前離開我、傷害我，而我又深深地傷害了邱杰。原來每個人都有可能被傷害，也有可能去傷害別人，我既不是蓄意傷害邱杰，那麼維哲也有可能不是蓄意傷害我。「或許傷人的人，都有他的無奈或者是迫不得已的狀況吧」——我突然想起天使曾在ＭＳＮ上所跟我說過的這句話。愛人與傷人，其實只是一線之隔，每個人都在傷害當中學習如何去愛一個人。我曾經以為我可以，只是到後來才發現自己根本沒有學習的能力，學不會怎麼樣再去愛別人，卻反倒傷了人。

當自己傷人時，其實也會有一個反作用力傷到自己，我藉著在餐廳打工時的彈唱，也在療傷。由於自己在與邱杰分手的過程中也受了傷，所以並沒有把注意力放在天使身上，即便上線也沒有打開MSN，所以不知道他是否天天上線。直到過了一個多月以後我在一次的彈唱當中向臺下望去，望不到天使時，才意識到他可能已經很久都沒有來聽我唱歌了。

一個星期又一個星期地過去，天使一直沒有再回到餐廳來，不知為什麼我竟開始有些驚慌，那驚慌的情緒居然淡化了與邱杰分手的傷痛。

今天唱完歌，我招手請服務生過來。

「景小姐，有事嗎？」

「不好意思，我想請問一下，之前黑衣打扮的那位客人為什麼這麼久都沒有來聽歌？」

「黑衣打扮？」服務生似乎不太清楚我所問的究竟是誰。

「就是一身黑衣，戴墨鏡跟口罩，行動不太方便的那位常來聽我唱歌的客人。」

「喔，妳說他呀，我知道我知道。」

「你知道他為什麼沒來？」

「喔不是啦，我是說我知道妳在問誰了。」

「呃，那你知道他為什麼這麼久都沒來嗎？」

「欸，這個不清楚耶。雖然每次他來都是我扶他進出的，可是他很神祕，搞不清楚他到底是怎樣的人。妳也知道我們做服務業的，客人要是沒鬧事乖乖來聽歌，就算是奇裝異服或者是怪異打扮我也不能拿他怎麼樣⋯⋯」

我絲毫沒有興致與心情去聆聽服務生談他的服務業甘苦談，若真要說服務業，那麼我彈琴歌唱其實也是啊。因此，直接切入重點。「總之你就是不知道，他為什麼那麼久都沒有來是嗎？」

「是啊。」

「好，謝謝你。」問完我隨即走人，不再多說。

回家的公車上，我一直不停地在揣測天使沒來聽歌的真正原因，是病了，還是學校的課業真的太忙？回到家我上了線，心想也許可以遇見他，可是打開電腦登入MSN，屬於他的那個小人圖號卻顯示為灰白色的離線狀態。我不禁要想，天使是不是就此從我的生命裡完全地告別了？他是不是選擇與維哲一樣不告而別？當一想到這裡時，我的心情就顯得十分低落，為什麼我身邊認識的人都要選擇以這種「不告而別」的方式離開我？我不甘心，太不甘心了！難道我只能被動地讓人選擇高興時就靠近；沒了興致就莫名奇妙地離開嗎？

為了不想讓「不告而別」的魔咒糾纏我，我打算去天使住的公寓找他，問清楚他到底為什麼沒再出現。我打開抽屜，拿出一張寫有天使家地址的紙條，這是之前撿到他駕照的時候順手依駕照上所登記的地址抄下來的。

今天傍晚離開學校，我沒有回家，而是直接從學校來到天使所住的公寓樓下。站在一樓，我有些怯懦，深怕自己的突然來訪會過於唐突，讓極重穩私的天使感到困擾與不自在。不過由於一直無法與他取得聯繫，所以我也管不了那麼許多了，還是鼓起勇氣，按下屬於他家的那個門鈴。沒多久之後，一個年輕男孩的聲音從對講機裡傳了過來。

「找誰？」

我清了清喉嚨，「對不起，我找向士鈞，請問他在家嗎？」

「妳，妳是誰？找他什麼事？」男孩似乎有點兒警戒。

「呃，我叫景如歆，唸OO大學音樂系，是在餐廳打工駐唱的歌手。向士鈞之前時常到我唱歌的餐廳聽歌，我們是因為這樣認識的。因為他很久沒來了，也沒在線上遇到他，不知道他是不是出了什麼事，我有點兒擔心所以才會過來拜訪的。」

「對不起，向士鈞已經不住在這裡了。」

「啊，不住在這兒？那他搬哪兒去了？」

「這個……我不方便告訴妳。」

「為什麼？我是向士鈞的朋友又不是陌生人。」

「朋友是妳說的，又不是士鈞親口跟我說的，我不能隨便就把他住處的地址給我不認識的人。請妳離開吧，我不會告訴妳的。」說完，那男孩就切斷通話。

「欸，等等、等等！」我大吼。

對講機已經沒有任何聲音了。

我沮喪地走出公寓社區的巷子，無助地走在臺北街頭，心想臺北雖然不大，但也不是個小城，要尋向士鈞恐怕是難上加難，除非在報紙頭版刊登一則非常大的尋人啟示，或是電視新聞臺幫忙找人，可我很清楚這根本就是不可能的任務。一想到找不到人，我的情緒便由沮喪轉為憤怒，為什麼維哲莫名奇妙地離開我，就連天使向士鈞也要以這種無故消失的方式離去？難道，我不值得一句

「再見」嗎？

回到家已是晚上八點半，我又餓又累，媽媽為我熱了晚餐，我吃了些東西以後就上樓回房，將自己重重地摔在床鋪上。望著天花板發獃，對於尋找向士鈞的事情我一點兒辦法也沒有，轉頭看看枕畔的泰迪熊，又看看房門，最後將視線落在電腦上。

「有了！」我靈光乍現，心想可以利用網路來搜尋「向士鈞」這個名字，或許能找到什麼蛛絲馬跡也說不定。

我奮而起身，走到電腦桌前坐下，打開電腦，上網利用Google的搜尋引擎搜尋「向士鈞」。輸入他的名字之後按下Enter鍵，一小串搜尋結果List在我眼前，我稍微地瀏覽了一下螢幕上的資料，其中有一條資訊非常引起我的注意。

我點開一看，網頁上的資料是某大學三年多前的新生錄取名單：××大學企管系錄取名單……向士鈞。這個「向士鈞」跟我所認識的「向士鈞」會是同名同姓的兩個人嗎？應該不會，畢竟姓向的人並不多。

「如果不是同名同姓而是同一個人，那麼這個向士鈞所念的是××大學企管系，那不就是維哲沒休學之前所念的學校跟科系嗎？算算時間他應該也跟我還有維哲一樣都是大四。難道，向士鈞跟維哲曾經是同學？」我望著電腦螢幕上所顯示的資料喃喃自語，繼續地看下去，沒一會兒就發現錄取名單中居然也有維哲的名字。這下子可以確定的是向士鈞就是維哲的同學。

有了這個新發現就很有可能可以循著向士鈞這條線找到維哲也說不定，我興奮至極，關掉電腦，下定決心一定要找到向士鈞。我打算，明天就到××大學企管系去打探他的下落，找他問個清楚。

29.

你始終在迷霧裡，我感覺得到你卻看不清楚你。如果你還在乎我的話，就請你走近我，讓我看清你的臉。

翌日我來到××大學企管系詢問，證實了向士鈞確實是該校企管系的大四學生，而且還是維哲之前念的那一班。問到的結果與我上網所查到的資料一模一樣，我的心隨之振奮了起來。我回家上網，查到企管系大四的課表，打算再找時間來學校找向士鈞。我想知道為什麼他總是只能在黑夜裡與我見面，為什麼要戴著口罩、墨鏡以及帽子，也想問問他為什麼要不告而別，還有最重要的是，他究竟知不知道維哲現在身在何處。其實在我開始於餐廳唱歌之後就曾在臺北街頭偶遇兩三名國中同學，我向他們打探維哲的下落，但由於他們與維哲並不是很要好，所以並不知道他究竟的去向，甚至國中班上的同學大多四散失去了聯繫，除了畢業那年的謝師宴以外，這些年來連同學會都未曾舉辦過。這次發現向士鈞是維哲的大學同學，時間上是比較接近維哲休學之前，所以我猜測兩人的接觸應該會比畢業了數年的國中同學還要來得更頻繁一些，我想或許他會知道維哲的消息也說不定。

早上的課上完之後我來到××大學，問問走走停停之下終於找到向士鈞企管系四年級的教室，找到教室的當口正是下課時間，我走向走廊，在窗口停下腳步，探頭進去，看見一位男同學正好伏在課桌上寫東西。

「對不起，我找向士鈞，可不可以麻煩請你幫我找一下？」

「向士鈞喔，他已經兩天沒來學校上課了耶。」男同學說。

「沒來，為什麼？」

「不知道。」

「那，那你應該認識一位叫蘇維哲的同學吧？」即便三年多前就曾經問過維哲在這裡的同學，我還是不死心地又再問一次。

「蘇維哲……？」他側頭想了一下，「喔對對對，他是我們班的同學，可是他大一下就休學了耶，我跟他沒有什麼特別的交情喔。」

「那你們班上同學有沒有人跟他還有聯繫的？」

「應該沒有吧，因為他大一下就休學，也沒跟班上同學有什麼特別的感情，大家都忙自己的課業跟社團，也不太可能會再跟休學的同學有什麼聯繫。」

「喔我瞭解了，不好意思打擾你。謝謝你。」

「對了，妳叫什麼名字，向士鈞要是來上課的話我再跟他說妳找他。」

「不用了，我改天再來就好。」我突然想到了什麼，「呃對了，你有沒有向士鈞的手機號碼，可不可以告訴我？」

「啊，有，妳等等。」男同學掏出手機，查了一下通訊錄，將手機螢幕show在我眼前，「喏，這是他的手機號碼。」

我拿出自己的手機，快速地將號碼輸入我的通訊錄裡儲存。存好以後我向男同學頷首道謝。

「謝謝你喔。」

「不客氣。」男同學不再多說，搔搔腦門就將目光收回，繼續寫東西去。我則靜默地離開了教室，往校門口的方向走去。

我邊走邊打向士鈞的手機號碼，電話終於接通，我心裡一喜。

「喂……」一個男聲從我的手機聽筒傳過來。

「你好，請問是向士鈞的手機嗎？」

「妳是……」

「不好意思，我是景如歆，是這樣子的……」

我話都還沒說完，對方卻在一聽見「景如歆」這三個字的同時便立刻切斷了通訊收線。

「喂，喂，喂——」我大聲地喂了幾聲，但聽筒彼方卻已是一片靜默。

我不死心地又再打了一次，但這次對方的手機卻已經完全關機。為什麼，這究竟是為什麼？難道景如歆已成了人人都害怕想避逃的對象嗎？

找不到人，打電話卻又碰到關機，我的心情簡直盪到谷底，所以沒再回到學校上課，而是搭乘捷運至公館臺大附近的那幾條熱鬧的路街閒逛散心。

好不容易有了向士鈞的線索，沒想到卻因他的缺課而沒有辦法找到人。我心想，他不是常常說功課忙嗎，為什麼會兩天沒去學校上課呢？而且當我打電話給他的時候，為何他什麼話也沒有說就直接切斷了通訊、甚至是關機？我邊想邊走，實在是無法理解他。不知不覺走到了一家7-11，想進去買瓶飲料解解渴，正巧走近大門的時候看見一張有點兒面善的臉，仔細一看居然是向士鈞。不過當我看見他的時候簡直是嚇了一大跳，因為他不但健步如飛沒有任何行動不便的緩慢，甚至連帽子、口罩等掩飾面容的裝扮也沒有，就這麼大喇喇地走在白天的大街上。太奇怪，真是太奇怪了！這是我所認識的天使；我所看見的向士鈞嗎？我等在7-11門外，心想等他出來了一定要跟蹤他。

他拎著一大袋所買的東西走出來，我悄悄地跟在他身後。由於公館一帶逛街的人潮很多，所以我刻意地讓幾個逛街的路人摻雜在我與他之間，小心翼翼地尾隨著，以免他發現了我。跟了一段距離，我逐漸地抓到了節奏而保持穩定的速度，心想這次一定可以跟蹤到他的住處去，卻沒有想到跟著跟著，迎面走來的居然是邱杰。

邱杰就像是一道強光，將我原本跟蹤向士鈞所保持的銳利機伶的目光灼傷，讓我不得不停下腳步。

「邱杰，你，你怎麼會在這兒？」見他滿臉未刮的鬍渣、憔悴的臉龐還有無神的雙眼，我簡直嚇了一大跳。

「如歆，是妳！真的是妳！」他無神的雙眼終於聚焦在我身上，嘴角向上揚。

「你，你怎麼沒在學校上課？」

他別過臉去，什麼也沒說。不過我大概猜得出來，應該是我所帶給他的情殤讓他無心上課。憔悴的他令我心痛，我很想安慰他，卻不知該如何安慰起，索性就想一逃了之。

「不好意思邱杰，我還有事，先走了。」我慌張地往前走了幾步。
他在我背後揚起嘶啞的聲音，「難道妳就這麼不想見到我？」
我停下腳步，回頭走向他。「不是的，你誤會了。我只是——」我實在不知道該怎麼跟他訴說我憐惜他卻又不得不狠下心來，想讓他儘快地從傷痛之中走出來的心情。
他抓住我的手，「如歆，可不可以，我們從頭來過？」
我無語低下頭來，一會兒又不放心地抬眼看向愈走愈遠的向士鈞，再看向可憐無辜的邱杰，處在一個掙扎而又為難的窘迫狀況裡。
「如歆，妳說話好嗎？」
「你忘了我吧，如果你開始恨我，會比愛我還要更容易忘記我。」
「我最做不到的就是恨妳。從我們高中同學那時起，我所會的就只有愛妳。」
「但你很清楚我只能給你同學之愛、朋友之情，最無法給予的就是男女間的愛情。」
「如果妳沒有辦法愛我，那麼就讓我來愛妳吧。我這輩子生來就是要愛妳的，如果連愛妳都不能的話，那這樣還有什麼意思呢？」
「我做不到，這樣對你太慘忍也太不公平了。我不是公主，不值得你這樣守候；你不是卑微的人，不需要委屈自己做這等卑微的事情。你清醒點兒，我們沒有辦法再繼續下去了，不要這樣為難自己也為難我好不好？」
「如歆……，算我求妳了。」他幾乎就要不顧路人的側目跪下來。
我的心被他的舉動狠狠而劇烈地撞擊，幾乎本能地逃開他。我邊退邊跟他說道：

「對不起邱杰，我真的還有事，先走了。你趕緊回學校去吧，再見。」我撇下幾近崩潰的他狼狽可憐地獃在原地，自己卻逃之夭夭了。

逃的時候，我聽見一聲情緒潰堤的吼叫聲在我身後揚起，我知道那是邱杰的吼聲。那淒厲的嘶吼，教我不忍再聽，我心痛，但同時也知道最不能勉強的事情就是感情，於是我閉眼咬牙，狠下心來逃得更快也躲得更遠。我知道只要自己心一軟，就等同於是將自己與邱杰放在一個感情拉距痛苦的輪迴裡。

我迅速地提震精神，加緊腳步想要追上向士鈞，可是努力追了好一會兒，卻只見到一片陌生擁擠的人潮幾乎將我吞沒，我舉目張望，卻怎麼也望不見他。

30.

如果早已注定我會因你而墜落，而這是我無可扭轉的宿命的話，那麼我將義無反顧。

我將向士鈞詭意的行徑跟俞庭說，俞庭說我太無聊了，還說既然他不是蘇維哲，那就別再浪費時間在他身上。但我跟俞庭說，他是維哲休學之前的大學同學，一定能從他身上問到一點兒有關於維哲的消息或者是線索，我絕不放棄。

我所想的是：就算維哲真的不再愛我想跟我分手，那也要親口告訴我，讓我們之間能夠「好聚好散」。

愈是想到向士鈞昨天大喇喇地走在白天的大街上，我就愈搞不清楚為什麼，而且也愈好奇。我相信他與維哲之間一定有什麼關聯，他不但與維哲是大學同學，還一樣慣喝Espresso，喜歡聽民歌……他們之間有太多事情是相類似的，所以我鐵了心地一定要找到他。

「如歆，拜託妳可不可以好好練琴，畢業製作音樂會妳都不管了是不是？我知道妳的琴藝很好，但不能為了蘇維哲跟天使就這麼荒廢該做的事情啊。」

「不用再說了，我一定要把這件事情搞清楚。妳放心，我不會忘記畢業製作的。」

從那天起我就開始瘋狂地尋找向士鈞，連維哲也一併尋找，不但在部落格上寫文章找尋他們，甚至還到向士鈞的學校裡發傳單，要企管系那些向士鈞的同學或學弟妹們一有他的消息就馬上跟我聯絡，且幾乎每天都到他的教室前守株待兔一般地等著，連課也不去上了。

守候在向士鈞教室的這幾天實在是累壞了！我累到爬不起來，將積累了幾天的疲勞統統在今天的睡眠裡頭補足。因為貪睡的緣故睡得比較晚，所以到了下午才又前往向士鈞的學校裡等。我蹲在教室走廊，目光獃滯。一位男同學走過來，拍了我的肩膀一下。

「欸，是妳喲。」

我抬眼一瞧，是那天與我說話的那名男同學。

「嗯，是我。」

「妳沒打電話給向士鈞嗎？」

「有，可是他關機了，我打了很多次都沒有辦法跟他聯絡上。」

「妳到底有什麼急事非找到他不可？他有女朋友啊，該不會妳是他劈腿的另一個女朋友吧？」
我猛然地搖頭表示不是，有些為難，實在是不知該如何開口與這名男同學說明解釋。
「算了，」男同學大概是見我猶豫，就不再多問。「呃對了，今天上午向士鈞有來學校上課耶。」
「啊，他有來！」
「對啊，妳錯過了。下午是選修課，他沒課就先走了。」
「那明天呢，明天他會不會來？」
「不知道。他最近怪怪的，老是不來上課。」
「最近？」
「是啊，他以前都不太會這樣，也不知道為什麼。」
「喔好，我知道了，謝謝你。」
「妳應該也是學生吧？不要再等向士鈞了，好好回去上課，我碰到向士鈞會跟他說妳找他。好不好？」
我點點頭，笑了笑就離開了教室。
傍晚回到家，飢腸轆轆，進家門正想問媽晚餐煮好了沒，卻見她板著張臉坐在沙發上。我感覺有股「肅殺」的氣氛凝聚，有些怯步，不過還是上前。
「媽，妳怎麼了？」

「我怎麼了？問妳呀。」

「什麼意思？」

「妳為什麼好幾天都沒去學校上課？」

「誰告訴妳的？」

「俞庭說妳根本就沒有放棄過蘇維哲，這幾年來一直都在找他，而且還去餐廳打工，有個粉絲跟蘇維哲有什麼關聯的。妳到底是怎麼搞的，難道妳搞不清楚愛情跟前途哪個重要嗎？」

「『前途』？是妳跟爸的前途，還是我的前途？我在餐廳、飯店打工難道就沒有前途嗎？」

「妳明知道我們要的不是這個。」

「那是什麼？要我穿漂亮的禮服在臺上演奏對嗎？我不是那塊料。」

「誰說妳不是？從小到大妳比賽得了那麼多獎，連那些老師都誇妳要考大提琴首席不是難事……」

「我很清楚我不是，琴藝高超不代表我的個性就適合。」

聞言，媽簡直氣極敗壞。「妳什麼時候變得這麼不聽話，背著我跟妳爸去餐廳打工不說，還瞞著我們去找蘇維哲。妳到底還有什麼事情瞞著我們妳說！」

「我不想說，累了，先上樓去。」我往樓梯的方向走，正打算要跨出步子上樓。

媽卻大聲地吼住我，「妳站住！」

我停下腳步，手放在樓梯的扶手上，動也不動。

「妳也知道，我跟妳爸都很喜歡蘇維哲，但妳搞清楚是他不要妳，不聲不響撇下妳就走。所以從今天開始我不准妳再去找他，以後我會要妳爸每天開車接送妳上下課。還有，妳不能再去餐廳打工。」

我深吸了口氣，鼓起勇氣對老媽說道：

「我答應妳，不會再浪費時間去找人不上課，不過我不可能讓爸接送我上下課，更不可能不去餐廳飯店上班。如果妳跟爸硬要規定我這麼做，那我也只能先住到外婆家去。我當了很多年聽話的乖女兒，很多事情都照著你們的意思去做，現在我累了，想做我自己，關於這一點希望媽能諒解。」話說完了，有種釋放的感覺，我頭也不回地邁開腳步攀上二樓。

媽的叫罵聲並沒有因為我的上樓而停止，不過我已經聽不清楚，也不想再聽清楚了。

Chapter 08 真相

故事的真相，總是我預想不到的結局。

生命的真相，卻是我措手不及、無可演練的悽慘情節。

31.

原來是因為太愛，愛到連心都痛了所以才會不告而別。

這幾年來，我一直不停地在尋找一個找不到的人，加上天使向士鈞，老實說我已經累了，再也找不動了。我的心幾乎就快死去，心想要是維哲不愛我，向士鈞跟我連朋友也做不成的話那就乾脆算了。統統算了吧，不要再去追究謎底跟答案了，我的人生不該再浪費時間與精神這樣不停地尋覓與追逐。

我並沒有聽爸媽的話停止餐廳跟飯店打工的工作，還是一如從前。只是我不再積極地尋找維哲，也不再急急地尋找向士鈞。從前向士鈞聽歌時常慣坐的位置如今也已換成別的客人了。

今天唱完歌收拾好東西換好衣服，我慢慢地走到餐廳外，門口卻突然有個高大的身影擋住我，仔細一瞧原來是向士鈞。他好端端地站在霓虹燈底下，完全沒戴口罩也沒戴帽子以及墨鏡，衣著也不再是一身黑。

我冷冷地看他一眼，沒有說話，輕輕地從他身邊掠過。

「景如歆……」他卻叫住了我。

我停下腳步，冷漠地回應。「你確定你是在叫我嗎？」

「對不起！」

「你沒有對不起我什麼，是我厚臉皮一直不停地找你。現在我不想找了，隨便你愛來不來，那跟我一點兒關係也沒有。我也不管你與蘇維哲之間究竟有什麼關聯，我放棄了，全都放棄了。」話說完我正打算要走。

他卻扳住我的肩，「今天來找妳是有事情想告訴妳，給我十分鐘時間好嗎？」

「為什麼現在要我給你十分鐘？之前我去你住的地方找你，一個男生說你搬走了死也不肯給我你的地址。打手機給你一聽見我的名字就掛斷電話。去你學校等你卻老等不到你。為什麼現在卻反而要出現在我面前？」

「我也很為難，總之妳給我一點兒時間，讓我把所有事情都講清楚好不好？」

「你要我給你時間講清楚？那好，你先回答我，你不是行動不便嗎，為什麼現在會好端端地站在我面前？」

他輕歎了口氣，對我說道：

「我從來就沒有行動不便，本來就好端端的。妳看到的人根本就……」

他話還未說完，我隨即搶白，咄咄逼人地問他：

「你是在耍我嗎？你根本就沒有行動不便，是裝出來搏取我的同情是不是？」

「不是這樣子的，妳聽我說……」

「你還要我聽你說什麼？」我好生氣，真的好生氣。難道把我當白癡耍就會比較有趣嗎？他見我一點兒說明的機會也不肯給，乾脆就大聲地對我吼道：

「我根本就不是妳的天使！」

我愣住了，「你說，你不是天使？」我因疑惑而皺了下眉心。

「對。」

「那你是誰？」

「我只是向士鈞，我是我自己。」

「那天使呢，天使是誰？」

「天使是蘇維哲，妳找了很久的蘇維哲。」

聞言，我驚訝地說不出話來，天使居然就是蘇維哲？怎麼會，這怎麼會呢？驚獃了很久，我幾乎無法集中意識，就像是靈魂出竅似的直到向士鈞再一次地輕喚了我的名。

「景如歆？」

我回過神來，崩潰的。「不要再耍我了行不行？我上網查了你的名字，知道你跟維哲念同個大學，三年多前是大學同班同學。我全知道了，你騙不了我。」正因為確定他與維哲是同班同學，所以讓我想起大一那年曾去過維哲的學校參與他們的校慶，好像就曾見過向士鈞，匆匆一瞥。

「我沒有耍妳也沒有騙妳。我跟維哲確實是大學同學，不過大一下他休學之後就又參加隔年的考試，考上別的學校又從大一開始念起。」

「是嗎，為什麼他要休學再去考別的學校？」

「因為他不想讓妳找到他，所以不但換了學校、換了手機號碼，甚至還搬了家。」

「為什麼？因為他不喜歡我了？」

「不是，因為他生病了。」

「生病？他生病？」一聽見他病了，我簡直錯愕到不行，不過還是對向士鈞所說的話有所質疑與保留。

「對，他病了。大一那年他罹患『遠端肌肉無力症』，知道自己生病之後再也沒有辦法給妳幸福，所以他只有消極地選擇逃避，遠遠地躲開妳。我是他大學的死黨兼好友，所以他休學以後我一直還與他保持聯絡，也時常去他家看他。當他知道妳在餐廳打工的時候就很想去聽妳唱歌，所以經常忍受身體上的不方便在晚上出現在妳唱歌的餐廳裡，不過因為不想讓妳認出是他，所以才會一身黑衣、帽子、墨鏡以及口罩的打扮。」

「那為什麼去華納威秀那次，當我揭開口罩與墨鏡的時候是你而不是維哲？」

「因為那陣子妳時常與維哲在MSN上說話，他知道妳有了懷疑，他很瞭解妳，知道妳一定會想辦法搞清楚他到底是誰，所以那陣子他就拜託我代替他到餐廳聽妳唱歌，想卸除妳對他的懷疑，這樣他才能繼續默默地關心妳、聽妳唱歌。也因為這樣，那次去華納威秀當妳揭開口罩跟墨鏡的時候看到的人才會是我，掉皮夾的人也是我。這件事情之後妳寄了封道歉的e-mail給維哲，他有收到信，所以才會那麼久都沒有去聽妳唱歌。」

我還想再把所有的事情搞清楚，以證明他不是在騙我，所以我復又問道：

「既然這樣，那你為什麼不早告訴我這件事情，為什麼我打電話找你、到你學校等你你都避不見面？」

「因為維哲曾經交代過我，要我無論如何都不能告訴妳有關於他的任何消息，他不想妳擔心他，也不要妳為他承受任何痛苦。他是我的換帖好兄弟，我承諾他的事情不能不做到。」

「那現在你為什麼要出現在我面前，告訴我有關維哲的消息？」

「妳應該可以感覺到他已經很久都沒來聽妳唱歌了吧？」

「嗯。」

「那是因為他車禍受了傷，現在人在醫院裡。」

「車禍受傷？為什麼會發生車禍？」

他又歎了口氣，「剛才我也說了，維哲患有『遠端肌肉無力症』，生這種病的人發病的時候會從腳指頭跟雙腿開始無力，妳也看過他了，他就是行動不便，而且車禍那天撞他的人又是酒駕，把他撞得傷勢很重。我雖然答應不把他的事情透露讓妳知道，可是看見你們心繫對方卻又不能見面相認我心裡也很掙扎。這一個禮拜以來我一直在躲妳，甚至當妳去我家找我的時候明明就是我本人在對講機前跟妳說話，但因為妳沒聽過我的聲音，所以我才佯裝成是家人騙妳我已經搬走了。可是我再也看不下去了，你們明明很愛對方，互相想念、彼此關心，卻因為維哲的病必須分開，我很於心不忍，所以今天晚上才會瞞著維哲跑來找妳，告訴妳這件事情。維哲現在很需要有人鼓勵，我知道妳在他心目中的份量，如果妳能陪在他身邊好好鼓勵他，我想對他的病情與心情都會有很大的幫助。」

聽完向士鈞所說的話，我再也沒有任何疑慮，取而代之的是震驚、崩潰以及傷心的情緒。我再也忍不住，當著他的面痛哭起來。

「維哲、維哲，你為什麼這麼傻……」我嗚咽不停地哭喊，無法想像，原來維哲不是不愛我，而是瞞著我獨自地承受了好幾年的病痛與思念的折磨，而我卻誤會他，以為他已經忘了我、不愛我。我好笨、好傻，為什麼從小一塊長大，對他的心思居然會這麼的不瞭解？

向士鈞安慰地拍拍我的肩，「雖然讓妳很難過，但我想應該已經解開妳的心結了。我總算鬆了一口氣。」

我緊緊地拉住他手肘，「可不可以請你告訴我維哲住在哪家醫院？」

「我正要去看他，他在臺大，要不要我們一起去？」

32.

你竟悲慘得讓我心疼不已而不忍觸碰你，我怕觸痛了你，我的心就跟著一起碎了。

向士鈞帶我來到醫院，我們匆匆地搭乘電梯上樓。我的心跳得好快好快，簡直不敢相信我就要見到維哲了。尋覓了這麼久，終於要見到我日夜思念的人兒了，忽覺得一切就好像一場戲一樣那麼不真實。

來到病房前，我默站著，有點兒情怯。

「進去吧，維哲就在裡面。」

「真的是他嗎，真的可以見到他了嗎？」我喃喃自語。

向士鈞點點頭，「不過妳要有心理準備，他的傷勢有點兒嚴重，手、腳、臉都是傷。」

我咬了咬下唇，點頭。

向士鈞替我開了維哲的病房門。

我走進去，見有一個臉上有擦傷而腫脹的男孩閉著眼睛躺在病床上休息，手應該是斷了，所以打上石膏裹著白紗布被吊掛在胸前，連腿也不能倖免。雖然男孩的臉腫了起來，但那高高的鼻樑、濃濃的眉毛與臉的輪廓我一眼就能認出是維哲。我目不忍睹，不捨地哭出來，為怕驚動到他，便趕緊以手掩住自己的嘴。

男孩還是被我的啜泣聲給驚擾了，張開無力的雙眼凝視著我。

他張眼的時候顯得很吃驚，很不可置信，接著便轉過頭去注視著向士鈞。

「士鈞，是你告訴她的嗎？」

「對不起維哲，我實在沒有辦法不告訴她。你們明明深愛對方，不管未來會怎麼樣，都不該莫名奇妙就分開。你很清楚景如歆找你找得有多苦，而你自己也沒有辦法不關心她。不是嗎？」

維哲不語，長長地歎了口氣，虛弱地躺在病床上。

我再也忍不住激動的情緒，撲到維哲的病床旁，悽愴地哭喊，「維哲、維哲……」我真想緊緊、緊緊地抱住他，然而當看見他因車禍受傷，累累傷痕的可憐模樣時，我便深怕自己過於強烈的擁抱會狠狠地弄痛他。

他已經遍體鱗傷，再也無法承受任何不掂力的擁抱或者是碰撞了，稍有閃失就很有可能會弄碎他。

他伸出手來，摸摸我的頭。「如歆，對不起。」

我抬起婆娑的淚眼，「我知道了，所有的事情向士鈞都告訴我了。」

向士鈞則開口說道：

「你們慢慢聊，我先到樓下買東西。」說完他退出病房，留了時間給我與維哲獨處。

向士鈞出去以後，我走到病床前，替維哲把病床搖起來，讓他可以靠著坐。我坐於床畔，仔細地凝視著他那刀削似的臉龐。

「你瘦了些，也憔悴了。」我看了以後心很是疼、很不忍。昔日帶領我、保護我的大男孩如今卻成了這副碎娃娃的模樣，看了真教人鼻酸。禁不住地我哭了，哭了好久好久，連過往尋找時的茫然、焦慮與現在的心疼一併哭出。

他不說話，用另一隻沒有受傷的手輕攬著我，不停輕輕地拍打著我的背脊，就好像在安慰一個受委屈的小女孩。而我則真實地感受到他的安撫，知道自己不是被丟棄不要的，他是愛我、在乎我的。在我們彼此的肢體碰觸中，我感受到他真摯的情感。

一直到我的情緒稍稍地平撫下來，才帶著濃濃的鼻音問他道：

「你怎麼會，知道我在餐廳打工唱歌？」

他泛起一絲笑容，「有一回跟家人去妳唱歌的那家餐廳附近吃飯，從餐廳面前走過去的時候發現寫有妳名字的海報，知道妳就在那裡彈琴唱歌。我從那裡經過很多次，可是每次都告訴自己要忍著不要進去聽妳的歌，不過實在是太想知道妳的狀況也太想看到妳了，所以就想了個辦法，把自己偽裝起來，然後再進去餐廳聽妳唱歌。沒想到妳還記得那首『留不住的故事』，聽到妳唱那首歌的時候我心裡好激動，好多好多回憶都回來了。」他哽咽，接著停下來長長地歎了口氣。

我點頭，眼淚撲簌簌地掉下來。「是啊，回憶。這三年多來我就是靠著從前的回憶才能撐到現在。你知不知道想念一個見不到面的人有多辛苦？」

「對不起，讓妳受苦了。本來應該是我要在妳身邊保護妳的，沒想到卻讓妳承受這麼多的痛苦。」

「你好傻，為什麼一句話也不說就離開我？為什麼不讓我跟你一起分擔痛苦呢？」我的聲音因哭泣而有些嘶啞。

「妳要我，怎麼忍心讓妳跟我一起面對我身體的病痛？」

「我願意，你知道我願意的啊。」

「我知道，我當然知道，就因為知道才更不能絆住妳。明知道自己已經沒辦法再給妳幸福了，我唯一所能做的就是選擇放手，讓妳走。」

我撲進他懷裡，用力地哭喊。「我不走，我不走。」

他拍拍我，將臉靠在我頭上，我可以感受到他的眼淚已經落下來。

我邊哭邊說道：「不要再獨自承受病痛了好不好，讓我親近你、照顧你好嗎？我相信你也一定放心不下我，如果你真的放心我就不會去餐廳聽我唱歌，甚至還把你MSN的帳號跟信箱給我，想藉由網路的方式知道我的近況對不對？」

「我擔心妳會因為我的不告而別一蹶不振，所以我不能不關心妳啊。其實我們在餐廳重逢那陣子常在MSN上聊天，我一直很希望妳能走出我們那段感情，再去尋找另一段新戀情，只有這樣，我才能真正放心妳。」

「我試過了，可我做不到，學不會怎麼樣再去愛別人。」

他像是想起了什麼，振了振身子看著我。「那次跟妳在餐廳出現的那個男生呢？妳不是已經有男朋友了？」

「你說的是邱杰嗎？」我低下頭來，「我們一個多月前就已經分手了。」

「為什麼？」

「我沒有辦法愛他，因為心裡一直還有你的影子。」

「對不起……」他低下頭來。

「不是你的錯也不是任何人的錯。維哲你知道嗎，當十一歲那年我們認識之後就注定這輩子不管快樂或痛苦都要在一起，你很清楚我們從小到大所經歷過的每件事情，我沒有辦法因為短短幾年的分離就可以輕易地將你從我生命和記憶中抹去，那太難了，我做不到。」

「過去的記憶都是美的，美得讓人忘不了。可是妳知道嗎，如果妳選擇與我共度未來，那往後的每一刻就全會是沉重的負擔。」

「如果真正愛一個人，就應該同甘共苦。我當然不希望苦，我要我們在一起能夠很幸福很快樂，不過事實證明沒有你我就是沒有辦法快樂起來，所以我要跟你在一起，不管你生什麼病、會變成怎麼樣我都不在乎，也不會再讓你離開我。」

「妳這麼義無反顧，反而……反而讓我更擔心。」

「擔心什麼？我都說不在乎了。」我告訴自己，不管跟維哲在一起會碰到什麼樣的困難，我絕不退縮。

他低頭沉吟，許久才抬起頭來看著我。「妳說士鈞把所有事情都告訴妳了，那麼他應該有跟妳提到我的病吧？」

「嗯。」

「那妳知道什麼是『遠端肌肉無力症』嗎？」

我默了一下，什麼也不知道，搖頭。

「妳知道這樣的病人在生活上需要注意些什麼嗎？」

我還是不知道，復又搖頭。

「既然都不知道，為什麼還能夠這麼肯定地說要在一起？」

注視著他，我想說些什麼，可張開嘴卻什麼也說不出來。

「如果只是憑一時的感情衝動，那麼如歆，我並不希望妳這麼做。我現在已經沒有辦法再去照顧別人了，我不希望妳在什麼都不懂的情形下義無反顧地跟我在一起，之後又後悔。與其如此，我寧願我們只維持普通朋友的關係。」

「可是我……」

「如歆，先別急著回答我，回去好好想清楚好嗎？」

「維哲……」我很擔心他會鐵了心地拒絕我。

「放心，我不會再不告而別了。這一次，我會等妳，妳有很從容的時間可以好好思考，想好妳到底要怎麼做。」

「嗯。」

這天晚上，我與維哲聊了很多，除了聊他家裡的狀況、聊這幾年分離思念的心情以外，也稍微聊到他的病情，同時還見到來醫院裡照顧他的蘇爸爸與蘇媽媽。我暗下決定，一定要搞清楚到底什麼是「遠端肌肉無力症」，就像維哲所說的，他現在已經沒有辦法再去照顧別人了。以前都是他照顧我、守護著我，那麼現在就換我來照顧陪伴他吧。

Chapter 09 守候

看不見的未來潛藏變數，
然而嵌在心口上的青春即便再短，
對我們來說卻儼然天長地久。
不管它能否延續；或延續多久，
我都將竭盡心力、義無反顧地守候，
直守到青春的盡頭。

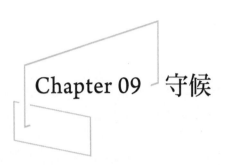

33.

你有沒有明天我不知道，但我呼吸的空氣裡有渴望。

回到家，我上網查了有關「遠端肌肉無力症」這種罕見疾病的資料，由於這種病全世界只有不到四十例，所以資料很有限。這是一種遺傳性疾病，沒有什麼藥物可以治癒，好發於十八、九歲的年輕人，雖不會有立即的生命危險，可是會從腳開始退化無力，一直到大腿、臀部，發病十幾年之後則必須依靠輪椅才能行動，所有身體的肌肉會逐漸地失去作用而萎縮，體內由肌肉所構成的臟器也會逐漸地衰竭，最後走向死亡。因為發病之初是從腳指、手指以及腿這些遠端的肌肉開始無力，所以走路的時候經常會跌倒，甚至需要有人攙扶。這樣的病人最怕碰到的就是樓梯；樓梯對他們而言就像是要攀爬一座山一樣那麼的困難，是以他們所居之處必須是無障礙空間，一點兒起伏或者是小小的階梯都不行。

邊查資料邊掉眼淚，等我將資料看完以後淚水已經爬滿了雙頰，桌上拭淚的衛生紙也已堆疊成一座小山了。看著這些網路資料，心想自己實在是太幸福了，幸福到有太多人世間的悲苦是我所不知道並且是無法想像的。真沒想到世界上居然也會有「遠端肌肉無力症」這種怪病，我心疼維哲，無法想像一向健康的他為什麼會突然生了這種病，而這三年多以來他又是怎麼過的，此時此刻真想將他摟在懷裡，好好、好好地愛他疼他。現在才明白當初他會選擇不告而別的真正理由，正因為往後都需要別人照顧，在不想也不忍心影響跟拖累我的情形下他才會選擇默默地離開，甚至在三年多後我們重逢的此刻，他都還要我三思之後才決定是不是要跟他在一起。我靜下心來仔細地想過這件事情，知道自己這輩子是不可能再離開他了，既然如此，那麼在不想讓他有心理負擔的情形下，最要緊的就是我不僅要瞭解他的病，同時也能安頓好我自己的情緒與未來，唯有這麼做對他才會是最大的幫助跟最佳的安慰。他都已經自顧不暇了，我不能再懦弱無用地成為他的包袱跟負擔。

想清楚一切以後，我立刻到醫院去探視維哲。我告訴他自己的決定，他聽了以後始終有一些顧慮，有一些膽怯。

「妳真的，想清楚了嗎？」

「維哲，不要再確認我的心意了，我很清楚自己想要的是什麼。」

「要是真想跟我在一起，妳能接受行動不便一輩子都要坐輪椅的我嗎？」

「如果，這就是上帝的旨意，那我欣然接受，因為要是與你分開，我也不知道自己以後還能何去何從，未來對我還能有什麼意義。」

聽了我的話他別過臉去，似乎是在怪罪自己。「如果當初我的不告而別能夠讓妳恨我，如果我沒有忍不住去餐廳聽妳唱歌，沒有將ＭＳＮ帳號跟信箱給妳，那妳就可以跟那個叫做邱杰的男生在一起而不用承受這種痛苦。一旦妳選擇跟我在一起，要承受的就不只是不健康的我，還有妳爸媽的反對跟阻擋以及朋友的不認同，那種反對的聲浪會時時刻刻都出現在妳身邊，妳將因此而受到煎熬。」

「如果恨你跟愛你都會痛苦的話，那我寧可選擇因愛而痛苦，起碼我心裡不會有任何遺憾跟缺口。我所能選擇跟做的，就只有承受這一切。」

他不說話，只低頭深深地吸了口氣又慢慢地吐出來，像是一種無奈的歎息。最後，他抬起頭來凝視著我，說道：

「既然妳決定好了，那麼答應我，現階段妳不要有什麼重大決定，我們就只是在一起、彼此陪伴，我會好好把大學念完，而妳就去做妳該做的事情，不管是考樂團、考研究所還是繼續待在餐廳飯店裡彈琴唱歌。好不好？」

「好，我答應你，我會好好對自己的未來負責。從現在開始畢業製作的音樂會我一定會全力以赴，我希望你能來參加我的畢業音樂會。好嗎？」

他堅定地點頭，「好，我一定參加，讓我以妳為榮吧。」

我伸出手來，「蓋印章，要一言為定喔。」

他將手伸出來，笑了笑，真跟我手貼手地蓋了手印，告訴我絕不食言。

到了這一刻我才真正地瞭解到：

真摯的愛情就是即便距離再遠、闊別再久，兩顆心還是緊繫著對方，不曾遺忘。

回家以後我與爸媽聊到了維哲當年因生病才會一聲不說地就離開我的事情，也跟他們提到目前維哲因車禍正在醫院養傷中。爸媽與妹妹華歆一起去醫院探視他，正好也和蘇家爸媽還有哥哥姐姐見了面，一行人在闊別三年多後重逢，就順道一起去吃了頓飯，聊聊近況也話說當年。

爸媽從醫院探視維哲回來以後似乎有點擔心，有些害怕，在我們進家門之後，爸媽彼此交換了一個眼神，爸對小妹說道：

「華歆，妳先上樓去，我跟媽咪有事情和妳姐姐說。」

聞言，華歆看了我一眼，約略心知爸媽所要聊的究竟是什麼事情。她丟給我一個眼神，似乎要我好好地應付。我朝華歆頷首，然後她便離開客廳攀上二樓去。

「如歆，妳坐下。」媽對我說道。

於是，爸媽入座，我也隨著坐在沙發上。

「對於維哲，」爸問道：「妳現在有什麼想法？」

我低頭，並沒有說話。

媽倒是開口問道：「妳是不是想跟他在一起？」

我驟然地抬眼，反問道：「爸媽這麼問，是反對嗎？」

「維哲是我和妳爸從小就看到大的，他又是個成績很好又乖的孩子，爸媽並不反對妳和他在一起，也曾經一度對於妳和他的將來樂見其成。但如歆，他現在病了，和從前不一樣了，妳真想將自己的未來交給他嗎？」

我沉吟了一會兒，歎了口氣。「我曾經和邱杰交往過，但是爸媽，除了愛維哲以外，我沒有去愛其他人的能力，不是我不肯，而是我無法。」

爸與媽相互凝望，然後很是無奈地低下頭去。

「東方人傳統的思維，總認為女孩子應該找個可以依靠終身的好男人嫁了，然後相夫教子，這就是幸福。但爸媽，幸福的定義不會只有一種，而撐起一片天的人也並不絕對是男人。我曾經從一本叫做《屬於自己的房間》的書裡看見作者所寫的一句話——女人必須擁有她自己的一點收入以及獨立的房間。所以，即便身為女孩，我也可以擁有自己獨立的空間、夢想以及工作。」

「所以，妳想養維哲一輩子？」爸問。

「爸，你認為維哲需要我養嗎？」

父親被我這麼一問，倒是瞠目結舌不知該如何回話了。

「賺錢維生的方式，不僅限於勞動。維哲是個很聰明很有想法的人，光是靠他的腦袋就能賺錢了，不需要靠我來養他。」

爸媽對於我的說法倒很認同，並未反駁。

「但是現在的他，除了自己再也分不出心力來照顧我，所以，我必須堅強獨立，不能夠成為他的負擔，不論在經濟上或者是情緒情感方面。」

「所以，妳的意思是？」

「我會照顧好我自己，我還是一如往常。而且我決定，畢業之後一邊念研究所一邊考樂團首席，我必須要完全地獨立，不讓維哲有任何後顧之憂。」

爸媽聞言一喜，「妳要再升學，要考首席？」

我點頭。

「那就好。」媽說。

「我也會將畢業音樂會做好，讓爸媽看見我的成績。」

父親欣慰地點頭。

「但我的條件是，不能阻止我與維哲在一起，不能攔著不讓我去聽聽彈唱，哪怕是偶一為之都好。」

爸媽交換了一個眼神，妥協似地頷首允諾。「只要妳能把書念好，好好地考上大提琴首席，妳要怎麼做，爸媽都不管了。」

「但爸媽希望，妳只是和維哲在一起，暫先不要考慮婚嫁的問題。可以嗎？」

「好，我答應。」

這一次，我終於和爸媽達成協議，不再有任何衝突與不合。

其實，我絕對可以瞭解爸媽的心情，我知道所有父母都希望自己女兒將來要婚嫁的對象能是個健康甚至是有厚實肩膀可以依靠的男人。維哲曾經是爸媽心目中託付女兒終身的最理想對象，但如今他們卻不再這麼想，維哲的健康狀況開始讓他們有很大的疑慮以及不安全感，然而他們也只能跟我說，卻不能夠也不忍心跟蘇家人還有維哲說。畢竟再怎麼有私心，也不能不顧及與蘇家往日的情誼，還有維哲與蘇家人的心情。

關於這一點，我並不想在這時候與他們有所爭論或是堅持己見，我很清楚自己的選擇，但不想在這當下就讓爸媽難以接受，所以我什麼也沒說，就只是告訴爸媽，我目前最想做的就是與維哲彼此守候、相互陪伴，如此而已，沒有其他。

到了這一刻才知道做決定並不是件艱難的事情，面對眾人可能的反對與無法預知的未來才是我此生中最大的難題與挑戰。

34.

我們的青春，遠比別人的更曲折，卻也比別人的更珍貴。從此我將收藏在心裡，仔細地呵護。

沒多久後，維哲出院了。其實他的傷勢還沒有完全好，不過因為不想將時間全浪費在醫院裡，天天與那些冰冷的儀器還有藥水味兒為伍，所以在他的堅持與醫師診斷以後的許可下，提前出院。為了歡迎維哲出院回家，蘇家爸媽跟哥哥姐姐，還有維哲現在的大學同學以及向士鈞特別為他舉辦了一個歡迎派對，熱熱鬧鬧地接他回來。

自從與維哲重逢以後我的心就定了下來，跟柯騰耀、瑾絹還有曼雅努力地在練習我們畢業音樂會的弦樂四重奏；也就是一支大提琴、一支中提琴跟兩支小提琴的四重奏。與維哲之間已經空白了三年多，我希望重逢的此刻呈現在他眼前的音樂會一定要是最好最精彩的，那是重逢之後我最想送給他的一份特別的禮物。只有最精彩的才能彌補過去的空白，讓人深刻地記在腦海裡，一輩子也忘不了。

這陣子，我與柯騰耀他們很認真地在練習彼此合奏的默契，除了演奏的練習以外還忙著拍照、印刷音樂會的海報以及表演曲目表，並且又去洽談了一些可能演出的場地，最後選擇了市議會的大禮堂做為我們此次畢業音樂會的表演場地。

我們弦樂四重奏的四名同學開始去邀請自己的親朋好友或者是學弟妹們前來參加我們的音樂會，不過我卻獨獨落了邱杰。原本與邱杰非常要好的柯騰耀已決定好要邀請邱杰來參加音樂會，我卻獨排眾議極力地反對。大家感到很是訥悶，原本都是很要好的同學為什麼我打死就是不肯邀請邱杰前來？到最後我實在是拗不過他們的追問才娓娓地道出我與邱杰之間幾個月前的短暫戀情，現在正是他療傷止痛的時期，邀請他來對他而言無疑是一種打擾，這麼做等於是在他的傷口上撒鹽巴。他們聽完我所說的理由全都哇啦哇啦地叫起來，直說我與邱杰談戀愛的保密功夫實在了得，除了俞庭，居然沒有任何一個同學知情，而且還數落我執意分手的不是。

人畢竟是同情弱者、被遺棄的那一方。我無奈地笑了笑，不論我有多麼強大正當的理由，究竟還是傷害了邱杰，所以面對同學們的數落除了承受以外，我還能再說些什麼呢？之所以會保密不想讓戀情曝光，甚至到最後執意分手都在於我自己的心病，因為維哲的影子一直深深地烙印在我心版上，即便是我想抹也抹不了，但這點點滴滴的感受除我以外，別人根本無法瞭解、也不能體會。

畢業在即，不能與邱杰一同出席音樂會、慶功宴或者是學校的謝師宴，我心裡其實很難過，一想到他曾經說的「等這麼久我都等了，我會等妳有一天真正愛上我」這句話時，我就無法克制心裡對他的心疼與歉疚感。原本是認識多年又很要好的同學，因為我與他的一場短暫戀情傷了他，搞到現在連朋友也做不成，我實在是沒有辦法原諒自己無心卻又迫不得已的過錯。我想，如果他不曾擁有過我們這段感情，那麼現在就不會那麼痛苦了。

下午在市議會大禮堂做綵排，柯騰耀請了學校老師來聽綵排，老師說我們的演奏很棒，聲音也很好聽，晚上正式表演的時候只要照著目前的狀況和感覺演奏就沒有問題了。可是我卻有點兒小小的緊張，或許是因為有維哲的緣故；他是我今天所邀請的來賓之中最主要也是最為重要的一個，幾乎可說我今晚的演奏全是為了他。

到了晚上，我們弦樂四重奏的畢業音樂會終於揭開序幕，柯騰耀穿著黑色燕尾服與西褲、繫白色領結，瑾絹、曼雅跟我則身穿鵝黃色露肩、胸口綴有亮片的長裙禮服上臺，我們照著曲目表上的曲目一一地演奏，過程進行得非常順利，幾乎是一場超完美表演。

音樂會最後是我個人的獨奏，這是之前在設計表演曲目的時候就跟柯騰耀他們商量好要在安可表演之後的加碼演奏，所表演的會是幾首通俗的流行樂曲。

演奏完安可曲，所有臺上的同學都退到後臺去，只剩我一人坐在臺前，我拉過嘜克風，深吸了口氣，然後開始說話。

「音樂會最後，將由我為大家帶來幾首耳熟能詳的流行歌曲，我現在所要演奏的曲目並沒有在節目單裡，所以就先介紹我要演奏的曲目：『留不住的故事』、『跟我說愛我』以及『被遺忘的時光』。這三首歌曲是從我高中時期就開始唱的，我會選擇演奏這三首曲子是為了要將它們獻給一直陪伴在我身邊也帶領我成長的一個很特別的朋友Victor（維哲的英文名）。在演奏之前我想跟大家說一個我個人的小故事，這個故事是有關於我被人無心傷害與傷害他人的青春往事。記得高中時期

Victor曾參加過吉他社，時常彈吉他，所以教會我唱很多年代很久遠的民歌或者是老歌，那些歌曲曾陪伴我們度過年少青春的歡樂與苦澀。念大一之後我時常自己彈吉他唱著蔡琴的老歌『被遺忘的時光』，我一直覺得我與Victor之間的一些青春時光除我以外早就已經被遺忘了，唱這首歌是一種心情的抒發，也是自憐。由於某種因素使我與Victor長時間分離，我一度以為自己是一個被拋棄遺忘的人，我受傷，不相信自己也不再相信任何人，但同時又不甘心地在尋找，尋找一個曾經與我是命運共同體，不該拋棄卻拋棄我的人；尋找我想要的愛情，我在尋找的過程中傷害了自己也傷害了深深愛我的人。一直到後來有個朋友告訴我Victor之所以會離開的真正原因，我才恍然原來是自己錯怪了他。他曾經用他所瞭解的音樂陪伴我，現在他是個深陷在生命低潮裡的人，希望從今爾後我能以我的音樂為他加油打氣，陪他度過最低潮無力的時刻。這就是我要說的故事，現在就為大家一一地演奏方才所介紹的曲目；將這些曲子獻給Victor，獻給所有有過青春往事的人，獻給所有的誤解、斷章取義與傷害，同時也獻給我的青春。」

話一說完我摒氣凝神，手持著琴弓運用全身的力量開始拉琴。雖然臺上臺下的距離不算近，但我卻可以清楚地看見維哲眼裡閃著淚光，爸媽驚訝的神情還有蘇家爸媽的感動。今天這最後的曲目不是為了滿足我個人的表演欲，而是為了維哲、為了所有人所演奏的，同時也默默地獻給被我所傷的邱杰。有太多想說的話無法一一道盡，於是只能藉由我唯一擅長的方式——「音樂演奏」來告訴所有人。

每一首歌曲代表著一段青春，最後的演奏雖然通俗，然而當三首曲子表演結束時，感染的人竟也是最多的。我看見所有人都站起來，隨之而來的是迴盪在大禮堂連綿不斷的掌聲與喝彩。我在心裡大聲地喊著維哲、喊著邱杰、喊著爸媽，他們的掌聲感動了我，讓我流下動容的淚水。

音樂會結束後回到後臺，我聽同學們說，邱杰來過。

我問道：「邱杰人呢？」

俞庭回道：「他悄悄地來，又悄悄地走了。」

原來，他來了，他來看我，在心裡默默地與我道別。他悄悄地來，站在角落裡聆聽，然後又悄悄地走。

我哭了！我心疼他，但同時也高興他能來。

音樂會的節目結束以後，維哲由士鈞陪著本欲前往後臺，邱杰卻忽然出現在他們眼前。士鈞抬眼一見，有些愕然。

維哲在餐廳裡見過邱杰，所以對士鈞說道：「是個老朋友，我單獨和他聊聊。」

「沒問題？」士鈞確認。

維哲笑著點頭。

於是士鈞離去，留下維哲與邱杰。

邱杰上前，領道地說道：「你是蘇維哲，對嗎？」

維哲點頭，「我是蘇維哲；我也是天使。」

「我知道，我們在餐廳見過面，雖然那時候你戴著口罩與鴨舌帽。」

「對於你和如歆的感情，我很抱歉，我不是有意介入。」

「不是你的錯，不是任何人的錯。感情世界裡只有適不適合、愛或不愛、要或不要，沒有對不起。」

「謝謝你這些年來一直照顧如歆。」

「是我心甘情願的，因為她值得。其實，我很羨慕你，因為她真的很愛你。」

聞言，維哲不知道該說些什麼才好。

「你們從小一塊長大，經歷過很多事情，你們的情感基礎是厚實的，你們也是命運共同體，所以，你們的生命是一起的，我應該成全祝福你們。」

「謝謝你，邱杰。」

「我不能照顧如歆了，所以，就由你接棒好好陪伴她吧。」

「我會的。」

「那就這樣了，我先走。」

「有空，還是可以和如歆聯絡，你們是最好的同學，永遠都是。」

邱杰點頭，然後轉身愴然地離去。

※　※　※

音樂會之後，維哲說想趁著我畢業、他將升大四的這個暑假出去走走。由於維哲的行動不便，所以我找了向士鈞來替我們開車，一行三人去海邊度幾天假。

快中午的時候，士鈞在準備午餐，我則推著坐在輪椅上的維哲來到海邊吹風。我一眼望去，看著藍色的海與天連成一片，陽光在肩上與頭頂上跳耀，海面捲來陣陣沁涼的海風，海鷗不時飛過點綴著藍天，身邊有維哲陪伴，覺得自己真的好幸福。

我閉起雙眼，感受這幸福到不行的時刻。

維哲突然開口說道：「好想彈吉他唱歌喔。」

我張開眼，對他微笑。「我有帶啊，你等等，我去拿。」

我連跑帶跳地拿來吉他，直接坐在沙灘上。

「你想聽什麼我來彈。」我說。

「就以前我們常常唱的那些歌。」

「好。」撥動吉他的弦，我們開始唱和。

在年輕的迷惘中，我最後才看清楚，
美麗和悲傷的故事，原來都留不住。
青春的腳步，它從來不停止，
每一個故事的結束，就是另一個故事的開始——[1]

1 歌曲〈留不住的故事〉唱詞。

但願它不是一個結束的開始，緊握住這一刻，譜成了永恆的歌——[2]

是誰在敲打我窗，是誰在撩動琴弦？
那一段被遺忘的時光，
漸漸回升出我心坎——[3]

我與維哲在海邊彈著吉他，不停地唱著那些我們所熟悉的歌曲。我們的故事，就暫時先停在這裡，要再走下去的話還需要有很多的信心與勇氣。而我們，正在彼此陪伴，積累我們的信心與勇氣。

（全文完）

---

2 歌曲〈跟我說愛我〉唱詞。
3 歌曲〈被遺忘的時光〉唱詞。

寫在《我們的故事，從牽手開始》之後

——「戲假情真，是我。多情，也是我」／徐磊瑄

故事寫完了，有種意猶未盡之感。不知你喜不喜歡這個故事？如果是我的話，我會說我很喜歡，因為藉由這故事，我似乎又談了場青春年華的戀愛，過癮得不得了。

寫在**《我們的故事，從牽手開始》**之後，我想告訴你，故事是假的，可感情是真的。

一直以來，在情感上，我是一個相當矛盾的女生；我多情，但不會執著地為了一個男人，拒絕一百個可能同我心靈與性格契合的男人。我時常假戲真做，但又明白戲是假的，只有我的感情才是真的。一旦我愛上一個人，我會竭盡所能讓他成為這世上最幸福的男人，但同時我又很看淡看輕愛情，並不會讓她成為我生命中很重要、很濃稠的一個區塊，意即除了愛情，我更在意追逐夢想。我可以同時欣賞、心疼很多個男人，但我會以理性做基礎而盡量不去傷害愛我、待我好的人。我需要很多很多愛情的滋潤，但愛情在我心裡並不會停留很久很久，意即我會讓愛情落實成為實際生活而不是活在夢幻裡。我不期待夢幻般的愛情，但我絕對很能幻想，所幻想出來的愛情全都浪漫美好到不行。我很想好好地愛，但又很怕承諾、為一個人負全責，只怕我力有未逮……。基於以上那些矛盾點，使我經常感到苦惱，甚至是矛盾相交、愛與不能愛的糾纏痛苦。於是乎為了紓解這種痛苦，

我只能拼命地書寫，寫愛情、寫寫實、寫奇幻，或寫勵志、寫兩性，將所有我滿溢出來的情感，藉由各種形式與類型的創作抒發出來，在創作抒發的過程中，我不忘認真盡情地去哭、盡情地去笑，或者努力地去愛。話說回來，如果沒有如此糾結矛盾、知覺孅敏而又多情到幾乎濫情的性格，我就無法書寫；更遑論要寫愛情故事了。看來這是一個寫作人的宿命，這是必然承受的痛苦，而我很願意與這種痛苦妥協共處。

《我們的故事，從牽手開始》是一篇很青春年少的愛情故事，在我寫它時，不忘將人生中的無常元素注入其中。青春可以揮霍，年輕不能留白，但「無常」時時在你我左右窺探，等待著適當時機闖入我們的生命之中而將你我一一地攫獲，進而吞噬。故事中的女主角——景如歆；一個對愛執著的女孩兒，她是我；也不是我，可我要讓你知道，她那種執著的情感我曾有過。有過之後，反而能夠看淡、釋懷，這才明白原來擁有之後不過如此，並沒有什麼是天長地久，永恆不變的。唯一不變的是記憶，它鎖在腦海深處，在任何時候都有可能一躍而出，讓你哭泣、讓你眷戀、讓你不捨，或者讓你會心一笑。有關生命裡很多事情的第一次，都在青春歲月裡猝不及防地失去，或者懵懵懂懂地完成，一如景如歆與蘇維哲。我也是。

青春年華的愛情可以荒唐，也可以執著，但這些過後，請記得要感恩，記得要說對不起，記得要在受傷的時候學會如何愛人與被愛，記得學習如何當一個心靈健全的人，既要愛得認真，也要愛得健康。

當成長以後，再回頭去看「你們的故事」，屆時你就會明白上帝安排那些情節的用意。寫完這個故事的當口，我要用最誠摯的心，祝福每一位讀者，願你們幸福美滿，有甜甜的愛情故事刻劃在你們的青春年華與光陰的相本裡。

如果，這故事曾有一丁點兒感動到你，請記得來我的留言板留言讓我知道。最後要告訴你們——我愛你們大家。謝謝你們讀完我所寫的故事。我的文字窩「**徐磊瑄的，心情左岸**」：http://blog.udn.com/selenashyu或上臉書搜尋「徐磊瑄」即能找到我的粉專喔。See you soon.

請貼
郵票

11466
台北市內湖區瑞光路 76 巷 65 號 1 樓

秀威資訊科技股份有限公司　　　收

BOD 數位出版事業部

....

（請沿線對折寄回，謝謝！）

姓　　名：＿＿＿＿＿＿＿＿　年齡：＿＿＿＿　性別：□女　□男

郵遞區號：□□□□□

地　　址：＿＿＿＿＿＿＿＿＿＿＿＿＿＿＿＿

聯絡電話：(日)＿＿＿＿＿＿＿＿(夜)＿＿＿＿＿＿＿＿

E-mail：＿＿＿＿＿＿＿＿＿＿＿＿＿＿＿＿

讀者回函卡

感謝您購買本書，為提升服務品質，請填妥以下資料，將讀者回函卡直接寄回或傳真本公司，收到您的寶貴意見後，我們會收藏記錄及檢討，謝謝！如您需要了解本公司最新出版書目、購書優惠或企劃活動，歡迎您上網查詢或下載相關資料：http:// www.showwe.com.tw

您購買的書名：________________________________

出生日期：________年________月________日

學歷：□高中（含）以下　□大專　□研究所（含）以上

職業：□製造業　□金融業　□資訊業　□軍警　□傳播業　□自由業

　　　□服務業　□公務員　□教職　□學生　□家管　□其它____

購書地點：□網路書店　□實體書店　□書展　□郵購　□贈閱　□其他

您從何得知本書的消息？

□網路書店　□實體書店　□網路搜尋　□電子報　□書訊　□雜誌

□傳播媒體　□親友推薦　□網站推薦　□部落格　□其他________

您對本書的評價：（請填代號　1.非常滿意　2.滿意　3.尚可　4.再改進）

封面設計____　版面編排____　內容____　文／譯筆____　價格____

讀完書後您覺得：

□很有收穫　□有收穫　□收穫不多　□沒收穫

對我們的建議：________________________________

____

____

____

國家圖書館出版品預行編目

我們的故事,從牽手開始(小說X劇本同步收錄版) /
徐磊瑄著. -- 一版. -- 臺北市 : 釀出版, 2019.12
面； 公分. -- (釀愛情 ; 5)
BOD版
ISBN 978-986-445-368-9(平裝)

863.57 108020337

釀愛情05　PG2342

我們的故事，從牽手開始

【小說X劇本同步收錄版】

作　　者　徐磊瑄
責任編輯　喬齊安
圖文排版　林宛榆
封面設計　蔡瑋筠

出版策劃　釀出版
製作發行　秀威資訊科技股份有限公司
114 台北市內湖區瑞光路76巷65號1樓
電話：+886-2-2796-3638　傳真：+886-2-2796-1377
服務信箱：service@showwe.com.tw
http://www.showwe.com.tw
郵政劃撥　19563868　戶名：秀威資訊科技股份有限公司
展售門市　國家書店【松江門市】
104 台北市中山區松江路209號1樓
電話：+886-2-2518-0207　傳真：+886-2-2518-0778
網路訂購　秀威網路書店：https://store.showwe.tw
國家網路書店：https://www.govbooks.com.tw
法律顧問　毛國樑　律師
總 經 銷　聯合發行股份有限公司
231新北市新店區寶橋路235巷6弄6號4F
電話：+886-2-2917-8022　傳真：+886-2-2915-6275

出版日期　2019年12月　BOD一版
定　　價　380元

Printed in Taiwan

《我們的故事，從牽手開始》
改作劇本

S：1　　　景：郊外山區
時：日　　人：如歆、維哲、旅客若干

△颱風颳起了強大的風雨，樹搖草倒，大雨傾盆而下。

△維哲發現如歆被急速流竄的水流沖走，CU.維哲驚慌失措的表情。

維哲：（大喊）如歆——

如歆：（聲嘶力竭，大聲地呼喊）維哲，救我、救我——

△如歆主觀鏡頭，見那群與自己同行的旅客驚愕又不知所措地愣在原地。

△如歆驚慌不已，掙扎著想要游回同行的那幫人，可水的力量太大，無情地將她帶走，離維哲愈來愈遙遠。

△INS如歆過往與維哲相處點滴的畫面：兩人相識；維哲為她與志杰打架；國中畢業典禮；親吻……等。

△天暗風強雨又急，如歆墜入水中，被惡水沖走，她聲嘶力竭拼命地呼喊。

△水就快要淹沒如歆……。

△Fade out.

△鏡頭畫面全黑。

△上片頭字幕——「我們的故事，從牽手開始」。

S：2　　　景：學校大禮堂
時：夜　　人：如歆、俞庭、學弟甲、學弟乙、學妹甲、學妹乙、環境人物衆

△Fade in.

△夜，明月高懸。校園空鏡。

△學校大禮堂，燈火通明。鏡頭自禮堂門口緩緩地推進，SE大提琴樂音起。舞臺上正在演奏大提琴的如歆忘情地閉上

雙眼。一旁的俞庭則是用心地彈鋼琴伴奏。

△臺下的觀眾如癡如醉地欣賞著臺上的演出。

△演奏完畢，大提琴樂音止，觀眾報以熱烈掌聲。

△如歆帶著她的大提琴，提著禮服裙襬小心翼翼地走向後臺。

△一堆學弟妹跟朋友來到後臺簇擁著她。

學弟甲：學姐，妳的德弗札克協奏曲拉得實在是太好了。

學妹甲：是啊，開場策馬欲奔，氣勢磅礴，太震憾人心了。

學妹乙：好在大家都認識妳，不然聽琴音還以為妳是個高傲的女生呢。

學弟乙：如歆學姐，妳根本就是用整個身體在拉琴，太感動人了。

如歆：謝謝你們的稱讚，把我說得太好了。（笑了笑，朝門口看去）

△王俞庭手裡捧著一大束鮮花走了過來。

俞庭：景如歆同學，妳的花。（將花束遞給如歆）

如歆：誰送的？

俞庭：愛慕妳的學弟囉。

如歆：別鬧了。（將花束接過放在一旁的桌子上）

俞庭：好了，學弟妹們，讓如歆學姐跟我換衣服吧，謝謝大家今天的蒞臨。

學妹甲：OK，學姐，恭喜妳們今天的演出成功喔。Bye。

△學弟妹們一一地離去。

俞庭：大家似乎都喜歡妳拉的那首德弗札克協奏曲，照我的感覺，我喜歡妳拉的巴哈大提琴無伴奏組曲，像陽光一樣暖洋洋的。

△俞庭走進更衣室換衣服去。

△如歆聳肩一笑，也進更衣室換衣服。

△鏡一轉，兩人著便服離開校園。

S：3　景：師大夜市小吃街／茶館
時：夜　人：如歆、俞庭、環境人物衆

△如歆背著偌大的大提琴，與俞庭走在夜市的小吃街。
△夜市裡人潮洶湧，攤位或店家幾乎沒什麼位置。走了好一會兒，俞庭見一家小茶館裡有空位，手指了那家茶館，便趕緊同如歆走進。
△兩人找位置坐下、點餐，不一會兒所點的茶飲與茶點便被送上。
△兩人邊吃邊交談，話題似乎勾起如歆的回憶。
△如歆停下吃東西的動作，引起俞庭的注意。
俞庭：如歆，怎麼了，妳又想起那個莫名奇妙離開妳的蘇維哲了。是不是？
△如歆沒再說話，神情黯然，將視線拉遠，落在遙遠的天際。
△Fade out.

S：4　景：街景／鋼琴餐廳
時：夜　人：如歆、同事甲、客人若干

△Fade in.
△斑斕的夜街，路燈、車燈交會，霓虹燈閃爍。
△如歆落寞地坐在公車內，頭倚著車窗向外看去，見繁華城市的夜景，因車子行駛之故，路邊大樓一幢幢地向後刷去。

※　※　※

△鋼琴餐廳空鏡。
△如歆步行至鋼琴餐廳，入內。
△如歆與餐廳內的同事甲點頭，接著換好衣服來到餐廳舞臺，坐在鋼琴前，深吸口氣。CU.置於黑白琴鍵上，如歆的雙手。
△如歆閉起雙眼，琴音一下就是1986年黃鶯鶯所主唱的那首

老歌「留不住的故事」。如歆開始跟著琴音唱和：

如歆：（唱）在年輕的迷惘中，我最後才看清楚，美麗和悲傷的故事，原來都留不住。青春的腳步，它從來不停止，……每一個故事的結束，就是另一個故事的開始……

△Fade out.

S：5	景：餐廳外／街景／唱片行
時：夜	人：如歆、維哲

△如歆下班，換回原來的衣服，揹起包包，馱著大提琴走出餐廳。

△四周靜極了，除了閃爍的霓虹燈以外，只有地面浮起一隻小小斜斜的影子伴隨如歆。

△來到大馬路旁的公車站牌候車，一會兒公車來了，如歆踩上公車找了個位置坐下來。車廂裡沒有太多人，有的只是忙碌疲累而一上車便悠悠睡去的人兒。

△只有如歆還醒著，亮著雙溜溜的眼睛，抱著大提琴，瀏覽車窗外不停向後刷去的景致。突然，她看見街角熟悉的唱片行，心頭一緊、鼻頭一酸。

△以下如歆OS同時疊入下面各個（回憶）畫面。

如歆：（OS）啊，轉角的那家老唱片行還在，經過這裡這麼多次居然到現在才發現這家熟悉的唱片行還固執地守在角落裡，就好像等待久未謀面的老朋友一樣。高二那年發現了這家唱片行，自此成了我與維哲祕密約會的地方。會喜歡這家老唱片行有個很特別的原因，那就是店牆上掛有很多幅老闆親自拍攝的黑白照片，另一面牆還有一面很大的落地窗，窗前置放了一張老舊古典的Love seat，一旁還有一臺壞了的老式留聲機跟一些舊舊的黑膠唱片，每當午后去的時候就能看見光線透過窗櫺斜射進來，Love seat前可以看見窗櫺細細瘦瘦的影子，還能感受陽光和煦中的一股躍動。光影色調與空間陳列形成一種時空錯覺，加上有時老闆還會播放周璇那年代的歌曲；

或一些老樂團跟歌手當年受歡迎的西洋老歌，感覺好像置身於二十世紀的老舊時光裡，氣氛真的非常浪漫。

△鏡頭審視唱片行牆上的黑白老照片。

△落地窗前有一張古典Love seat，鏡頭帶到一旁的留聲機與黑膠唱片。

△光線斜射入窗，地面浮有窗櫺的影子。

△音樂漸起，是周旋那年代的懷舊歌曲。

△漸溶入西洋老歌。

△如歆與維哲高中時期，在唱片行裡戴上耳機聽音樂，拉拉小手的畫面。他們的情感在曖昧秋波中蔓延無限。

△Fade out.

S：6　　景：景宅客廳／如歆房
時：夜　　人：如歆

△回到家進入客廳，廳裡亮著一盞小黃燈，如歆沿著梯子攀上二樓回到房間。

△房裡，書桌上擺著的是如歆與維哲中學時期的合影，兩小無猜的笑容對比現下的孤單，如歆再也禁不住地哭起來，開始回憶與維哲相識、相處的兒時情景……

△溶進，連下場。

S：7　　景：蘇宅外／景宅外／景宅客廳
時：日　　人：維哲、如歆（皆11歲）

△天氣晴朗，萬里無雲，陽光普照。

△景宅空鏡。

△景宅客廳內，小如歆聽見外面有搬家工人的吆喝聲還有匡噹聲，忍不住好奇地跑到屋外看去。

△工人們正忙著搬家具進蘇家屋子裡。

△小維哲站在蘇宅屋外。小如歆上前。

如歆：欸，你們是新搬來的啊？

維哲：嗯。

如歆：你叫什麼名字？

維哲：蘇維哲。（推了鼻樑上的眼鏡）

如歆：以後我們就是鄰居了，我叫景如歆。你幾年級啊？

維哲：（笑）五年級。

如歆：好巧，我也是五年級耶。我念的是××小學，你會念我們學校嗎？

維哲：會啊，我爸已經幫我辦好轉學手續了。

如歆：去學校的路我很熟，我帶你走，幾次你就認得了。

維哲：那我跟我爸說，要他讓我跟妳一起去學校上課。

如歆：嗯。（嘴角拉起一道微笑的弧線）

S：8	景：雜景
時：日	人：如歆、維哲

△如歆與維哲揹書包一起搭公車上下課，兩小無猜的情景。

△如歆帶維哲熟悉家附近的環境，在路上摘小草野花。

△如歆與維哲去逛書店。如歆注視著書店排面上陳列的紙娃娃、絨毛布偶、小少女夢幻的鉛筆盒，開心地笑了。

△維哲翻閱各本參考書，好奇地注視著書店裡的小模型汽車。

△如歆與維哲一起去學校附近的飲料吧喝飲料。邊喝手搖杯飲料邊走向公車站牌等公車回家。

△如歆在景宅房裡拉大提琴，忽然放下手裡的琴弓來到陽臺，看著樓下的維哲騎單車在巷子裡悠哉地繞來轉去，心裡好生羨慕。

△如歆趴在陽臺上，主觀鏡頭羨慕地看著維哲。維哲在樓下邊騎車邊與如歆揮手。

△如歆鼓起勇氣，要求維哲教她騎單車。如歆跨上單車，因重心不穩，歪歪斜斜地就快倒下，維哲則在她身後扶著。

△如歆踩著腳踏板，單車緩緩地前行。她不慎跌倒敷敷疼，又跨上單車。

△時間過程。

△如歆時常練騎，終於學會騎單車。

△如歆、維哲一起上下課，在校門口被同學發現，同學們竊竊私語。

△同學們對他們同進同出顯得大驚小怪。同學碎語道：「戀愛了」、「男生愛女生」、「吼——，蘇維哲愛景如歆」、「蘇維哲跟景如歆長大就要結婚了……」。

△一群小男生在一旁，嘴裡「登、登、登、登」地哼起結婚進行曲，搞得被配成對的維哲與如歆羞紅了臉。

△如歆害羞難為情地跑開去。

S：9	景：校外
時：日	人：如歆、維哲（國中13歲）

△下課時分，如歆走在校外的馬路上。

△維哲追上，送給她一個裝滿小星星的糖罐子。

△CU.如歆手中滿是星星的糖罐子，她開心甜甜地笑著。

△其他同學撞見，如歆與維哲則趕緊地拉開彼此的距離。

S：10	景：學校／校外
時：日	人：如歆、維哲、志杰（國中13歲）

△如歆坐在教室裡發獃。

如歆：（OS）好像只要一長大，男生和女生就不能太接近，不然就會被同學莫名奇妙地湊成對，揶揄、嘲笑還有捉弄。我和維哲也是這樣。念國中以後，雖然我們偶爾還是會一同上課、放學，可是在學校裡卻儘可能地「保持距離」。

△上課時間如歆與維哲各自坐在教室兩端，距離很遠，他們

彼此互看。

△上體育課跑步時，他們蓄意一前一後地跑著。

△下課時間，如歆與女同學交談，維哲則與男同學在教室外面打鬧。

△放學時間，志杰閃過「洶湧」走出校園的人潮，趨近如歆。

志杰：如歆，妳這陣子好像都沒跟維哲一起上放學喔？

如歆：（側臉，輕聲優雅而毫無情緒）很奇怪嗎？

志杰：（急在胸前大動作揮手）沒有，一點也不奇怪。

△如歆看了志杰一眼，不再說話。

志杰：（沉吟一會兒，問）我可以跟妳一起走嗎？

如歆：你家好像不是往這個方向。

志杰：從這裡走也可以，我陪妳一起等公車。

△如歆不置可否，志杰便陪在她身邊一起走，似乎想陪她等公車。

△如歆不意地回頭，見維哲遠遠地跟在身後。

△如歆、志杰走到校外不遠處的公車站牌，志杰陪如歆等車，還不時與她聊天說笑。如歆心不在焉。

△不久之後公車來了，如歆上車，志杰開心地揮手向她道再見。如歆勉強地笑著敷衍他，卻在這時候看見一旁的維哲。

△維哲居然沒有上車，只是站在車窗外癡癡默默地望著如歆。一會兒之後公車開走了。

△車上的如歆主觀視線，從車窗凝視著未上公車的維哲變得愈來愈小。

S：11	景：學校／校外
時：黃昏	人：如歆、維哲、志杰、同學若干

△校園空鏡，由晨轉午，再轉黃昏。

△下午放學的時候，志杰仍陪如歆等公車，一路上他自顧自地說話，如歆除了禮貌性地敷衍笑笑，什麼話也沒有說。

△維哲氣呼呼地走來，拎住志杰的衣服。

維哲：莊志杰，我有話問你，我們到旁邊說。

△維哲一把拎起個頭矮他半個頭的志杰，往一旁走去。

△如歆有點愕然，看維哲的樣子像要打架似的，不放心悄悄地跟過去。

維哲：（不客氣）你每天像跟屁蟲一樣，跟在如歆身邊做什麼？

志杰：我跟在誰身邊你管不著吧？

維哲：是嗎？當初大家是怎麼說的？

志杰：我們大家都喜歡景如歆，所以說好了誰也不准追，但是你卻不顧同學道義，背著我、簡家新還有高士嘉，偷偷送糖罐子的紙星星給景如歆。你還敢在這裡跟我大呼小叫。

△CU.如歆聽見志杰的話，驚愕恍然的表情。

維哲：（一時語塞，隨後補上一句）那是我代替別人拿給她的，又不是我送的。

志杰：你還想騙人？（氣憤不已）我早就知道了，那些紙星星根本就是你折的，我偷偷問過你哥，他說前陣子你每天回家都在折星星，折到很晚才睡覺。

維哲：就算星星是我折的那又怎麼樣？

志杰：不怎麼樣，既然你背著大家偷偷追景如歆，那我們也可以追呀。

維哲：不行，你們不可以！

志杰：為什麼，只有你可以追我們就不行？

維哲：我跟如歆從小學就住在隔壁，我們認識很久了。

志杰：別忘了你只是轉學生，我們跟景如歆認識得比你更久。

維哲：認識久又怎麼樣？反正如歆不會喜歡你們的。

志杰：那你的意思是說她喜歡你囉？有證據嗎？

△維哲又是一陣語塞。

志杰：蘇維哲，已經夠多女生喜歡你了，不要霸道得連景如歆身邊有誰也要管。花心大蘿蔔，噁心！

△維哲霎時臉色大變，脖子的青筋爆起，掄起拳頭二話不說就往志杰的臉頰打過去。

△志杰猝不及防地跌倒，但他奮力地站起來，抹去淌在嘴角

的鮮血。

志杰：蘇維哲你很欠扁，居然敢打我！

△志杰氣極了，不甘示弱地予以還擊，與維哲扭打成一片。

△如歆見狀，一時張大嘴巴不知做何反應。

△旁邊經過的同班同學看見，全擁上前去拉開打架的兩人，一邊拉還一邊大聲地吆喝：「不要打了，不要再打了——」

S：12	景：校内訓導處
時：日	人：維哲、志杰、訓導主任

△學校空鏡。

△CU.辦公室大門上的門牌「訓導處」三個字。

△維哲與志杰低著頭，站在訓導主任面前。

主任：說！為什麼你們兩個要打架，不是同班同學嗎，有什麼深仇大恨非要打架不可？

△維哲與志杰都不說話，低頭凝視著地板。

主任：打架的時候那麼狠，打到同學都頭破血流，現在怎麼不說話了？

維哲：（猶豫一下，掰了個理由）因為……，因為打籃球輸了，在回家的路上不爽就……，就吵起來，然後打架。

主任：莊志杰，是這樣嗎？

志杰：（點頭）嗯。

主任：（搖頭）念你們是初犯，各記小過一支，順便寫悔過書，寫好了交到我桌上。（命令）回去上課。

△維哲與志杰一臉黯然，低頭悶悶地離開訓導處。

S：13	景：教室
時：日	人：如歆、維哲、志杰、士嘉、教師、學生衆

△教室內，學生們正在做數學習題，維哲與志杰走進，悶悶地入座。

△如歆主觀鏡頭，見維哲臉上有一兩處瘀青。她打開數學課本，拿出一張白紙壓在課本底下，在紙上寫字。

△CU.如歆在白紙上寫道：昨天你跟志杰吵架打架的事情我都知道了，謝謝你……喜歡我。

△如歆將紙條折好，在外面寫上「TO蘇維哲」幾個字，然後請坐在旁邊的同學幫忙傳過去。

△紙條在桌底下同學的手中一個個地傳啊傳，終於傳到維哲手上。維哲有點一頭霧水地打開來看，看了以後他笑了，隨即寫了些什麼東西在紙條上，又回傳給如歆。

△如歆打開回傳的紙條，見維哲剛毅的字跡在上面寫道：那，妳喜歡我嗎？

△看見這幾個字時如歆的嘴角不自覺地拉開，心花怒放。她望著癡癡等待答案的維哲，對他含羞但卻肯定地點了個頭。

△維哲笑了，笑得好開心，如歆則趕緊轉過頭來，將視線拉回。

△數學老師主觀鏡頭見維哲傻笑，大喊。

老師：蘇維哲，你在笑什麼？

△如歆聽了老師的話，相當緊張。

維哲：（嚇了一跳，趕緊斂容地站起來）報告老師，高士嘉剛才問我黑板上的方程式要怎麼解，因為很簡單，所以我才笑。

△坐在維哲一旁的士嘉聞言，莫名奇妙地看著他。

士嘉：（小聲喃語）記得我好像沒有問你怎麼解題耶，蘇維哲你在作夢喔？

△數學老師沒有發現士嘉的表情，不疑有他。

老師：（對維哲）那就你上去解題好了。

△維哲上臺，輕輕鬆鬆地就在黑板上解了大家都解不出來的數學題，回到位置上站著。

△數學老師檢視了黑板上的解題步驟與答案，滿意地點頭。

老師：好，你坐下。

△如歆暗自地鬆了口氣。

△維哲對如歆眨了個眼睛，要她放心。

S：14　　　景：雜景
時：日　　　人：如歆、維哲、師生眾

如歆：（OS）國中三年級，是每個學子打硬仗的關鍵一年，因為要考高中。我與維哲互相關心、一起念書，他時常在假日來到家裡陪我練拉大提琴，就這樣度過了我們的國三歲月。他的成績向來就好，每回學校模擬考總是排名全校前二十名，讓我佩服得五體投地，幾乎將他當成了我的課業小老師。

△以上如歆OS搭以下畫面呈現。

△如歆、維哲各自在家伏案用功念書的畫面。

△如歆、維哲一起念書，如歆問維哲功課。

△如歆於景宅琴房裡練拉大提琴，維哲捧一本教科書在一旁陪伴她。

△國中畢業典禮，大禮堂內的學生開心地畢業，同學、師長們一起合影留念。

△餐廳包廂內，貼有「謝師宴」海報，老師與同學們一起用餐，氣氛十分熱鬧且開心。

△維哲接到成績單，考上理想高中。

△如歆與同學們查榜單，見自己的名字在高中音樂班的榜單上。

S：15　　　景：景宅外／如歆琴房
時：夜　　　人：如歆、維哲、景母

△月光下如歆與維哲手牽著手從巷口走來，走到景宅前。

維哲：可不可以去妳家聽妳拉琴？現在才十點多。

如歆：嗯，進來吧。

△維哲入景宅以後，與如歆來到琴房。鏡頭細細地審視琴房，內部除了視聽音響、譜架、大提琴以及一架三角鋼琴

以外，一旁還有一座大書櫃，其上置放了許多音樂相關的書籍，還有琴譜。

△景母送來一壺水果茶、兩個花茶杯子與一些點心。

景母：喝茶，吃點心吧。

如歆：謝謝媽。

維哲：謝謝景媽媽。

△景母笑了笑，離開，留如歆與維哲在琴房裡獨處，下樓去了。

△如歆打開一張歌劇魅影CD唱片，見裡面置放了一張相片；是幾名好同學（如歆、維哲、志杰、家新、士嘉及曉瑜等人）畢業典禮時的合影。

△如歆微笑，走到一旁的櫃子打開抽屜取出一個木質相框，將裡面的舊照取下，換上這張一起合影的最新照片。

△維哲替如歆把琴譜放在架子上。

維哲：如歆，試著拉拉這些曲。

△如歆點頭，走到椅子前坐下，將大提琴置於身前，以雙膝夾緊，忘情地拉奏，SE大提琴樂音起，逐漸強烈而狂野地揉弦。

△整個房間除了斜射入窗的月光，地板上的光影，大提琴的樂聲，維哲與如歆以外就再也沒有其他的了。世界好像變得好小，小到只剩下提琴樂聲將他倆緊緊地纏繞。

△陶醉在音樂裡的維哲不能自持，他走到如歆身後將雙手放在她肩上。

△如歆停下拉琴的動作，琴音止。她的右手握住他的手，並將臉頰貼進他的手心裡，感受他傳來的溫度與情愫。

△浪漫音樂起。

△維哲拉起如歆的手，如歆站了起來，他大膽地將手放在她臉頰，輕輕地吻了她的唇。她的身子似是癱軟，他有力地扶住她。

△親吻中，維哲的手指穿越如歆的髮，撐起她的頭，他們的吻，還在持續。

△浪漫音樂漸隱。

△Fade out.

S：16　　　景：高速公路／臺中市街景／逢甲夜市
時：日—夜　人：如歆、維哲、環境人物

△高速公路，車輛疾速行駛，車流順暢。

△巴士內，如歆倚車窗望向窗外，維哲坐在一旁，兩人非常開心。

△途經臺中市，如歆與維哲在市區逗留，逛街、買東西。

△傍晚，兩人去逢甲夜市，見小攤子上吃東西的人很多，他們找了個小麵攤坐下來吃麵。

△夜，上了巴士。

△時間過程。

△一路上巴士愈來愈往人車與房屋稀少的山路駛去，黑夜籠罩下只能看見車燈照得到的蜿蜒公路及其旁邊的樹林，車窗外則是一片黑黝黝而深不見底的山壑。

△巴士駛進一光明處，終於來到南投廬山。

△上字幕——「廬山」。

S：17　　　景：民宿／民宿房內
時：夜—日　人：如歆、維哲、民宿老闆、景母（畫外音）

△一家日式風格的民宿外觀。

△維哲領如歆進入民宿，向櫃臺老闆拿了房間鑰匙，往裡走去。

△維哲送如歆到她的房間。

維哲：累了吧，先洗個澡，等會兒我再來找妳。

如歆：好，你也快去洗澡。待會兒見。

△維哲回到隔壁房間；如歆則進了自己的房間。

△房裡，如歆洗好澡從浴室走出，整理了一下行李，將包包裡的DVD拿出來，正巧敲門聲輕輕地響起，她連走帶跳地跑去開門，是維哲。

△維哲進房，見她頭髮還濕答答的。

維哲：（笑）看看妳，頭髮還是濕的。來！（他拉著她的手）我幫妳吹頭髮。

如歆：沒關係，現在還是夏天，不會感冒的。

維哲：不行，山裡氣溫低，還是吹乾了比較好。

△維哲拉如歆在化妝臺前坐下，拿起一旁的吹風機幫她吹頭髮。

△她一邊享受被吹髮的服務，一邊問。

如歆：等一下你想看哪支片子？

維哲：妳選好了，妳喜歡先看什麼我們就看什麼。

△如歆微笑，手裡拿著那些DVD，開始看盒子背後的劇情簡介。

△兩人窩在床舖上手拉著手看DVD，可是愈晚屋外的風雨愈大，颯颯的風雨聲使如歆感覺很恐怖，所以擔心地望向窗外。

△斜雨傾入山壑，窗外的樹葉被風雨打得七零八落，花草皆已歪歪斜斜地躺下。

如歆：外面風雨好大，好可怕喔！維哲，別回房，留下來陪我好嗎？

△維哲笑笑，朝她點頭。

△累了，電影播放的時候如歆的眼皮漸重，不知不覺歪著身子睡著了。

△維哲見如歆睡著，笑了笑，繼續看電影。

△不知睡了多久，如歆緩緩地睜眼一看，主觀鏡頭見是維哲替她蓋被子。

△時間過程。

△清晨，如歆悠悠地轉醒，睜開眼睛看不見耀眼活潑的日光，卻依舊是如昨日昏暗灰色調的光線充斥在房間裡。

△如歆心裡一緊，趕緊拿遙控器打開電視，螢幕上播報的新聞正是颱風轉向又偏回來，路徑將掃過中臺灣的壞消息。

如歆：（懊惱）唉，慘了！這下子連散步也不可能了，更別說是出去玩。

△睡在沙發上的維哲被電視的聲音吵醒，注視著如歆。

維哲：怎麼了？
如歆：颱風轉回來了，要不要回臺北呢？
維哲：風雨很大嗎，等等問一下老闆情況好了。
△床頭的手機突然響起，如歆撲過去拿機子，見來電顯示，CU.「媽媽」兩字。如歆按下接聽鍵。
如歆：喂，媽……。
景母：（畫外音）如歆啊，妳跟維哲還好嗎？
如歆：我們還好。
景母：（畫外音）南投的風雨大不大？
如歆：還蠻大的，我跟維哲正在討論要不要現在回臺北去。
景母：（畫外音）我看先待在那裡好了，怕雨下得太大路太濕太滑，而且會有土石流，這樣太危險了，你們還是先別回來。
△維哲示意要與景母講電話，如歆意會，便將手機交給他。
維哲：喂，景媽媽，我是維哲。
景母：（畫外音）維哲，你們先待著，萬一橋斷還是山崩，或土石流就麻煩了，雨這麼大路上反而危險。知道嗎？
維哲：景媽媽別擔心，我會問問民宿老闆，我們隨時保持聯絡。
景母：（畫外音）好，如歆就麻煩你多照顧了。
維哲：我會的，景媽媽請放心。
△屋外風雨就這麼一直持續著，絲毫沒有減緩的跡象。
△如歆與維哲被風雨困在房裡，除了看電視新聞，兩人只能對眼相望。
△SE.一陣急促的敲門聲傳來，如歆與維哲對看一眼，有些愕然。
△維哲從沙發上站起來，往房門口方向走去。他打開門，民宿的胖老闆堆著一臉憂慮站在那裡，窸窸窣窣地說了幾句話就走了。
如歆：維哲，剛剛老闆跟你說什麼？
維哲：（關上門，走回如歆）他說要我們趕快收拾一下行李，里長說這裡太危險了，要撤到地勢高一點的活動中心避風雨。
如歆：（驚呼）啊，這麼嚴重？
維哲：是啊，風勢雨勢太大；雨量也很驚人。（斂容，緊蹙眉

頭）我們趕緊收拾一下，等等要在大廳集合，所有房客都要撤離。

S：18　　景：民宿大廳
時：下午　　人：如歆、維哲、民宿老闆、旅客若干

△如歆與維哲來到樓下大廳，有幾個房客也跟他們一樣傻愣愣又不知所措地揹著行李站在大廳。

△胖老闆立於大廳中央拉開嗓子吆喝著對大家宣佈。

老闆：等等我們要撤到附近地勢較高的活動中心，這裡有一些睡袋，還有雨衣，大家一人各拿一個。晚上餓了會有泡麵跟麵包供應，還會有礦泉水。不好意思颱風天就請大家多擔待，忍耐一個晚上。

△維哲上前拿了兩個睡袋、兩件雨衣，走回來遞給如歆。

△如歆偎於維哲身邊，像是他可以成為靠山，保護自己一樣。

△所有房客都拿了睡袋、穿上雨衣，大家跟在胖老闆身後一起往屋外狂飆呼嘯的風雨走去。

S：19　　景：山區郊外
時：下午—傍晚　　人：如歆、維哲、民宿老闆、旅客若干

△大雨毫不留情地打在所有人的身上，風也不憐惜地颳刺著露在雨衣外面一吋吋的皮膚，所有人手牽著手連繫成一條人龍，正緩步艱難地往活動中心的方向走。

△雨水毫不客氣又大喇喇地淹沒整個路面，積水已高至腰部，停放在路邊的車輛顯然也已岌岌可危。

老闆：（叮嚀）大家小心，走慢點，手牽好不要放開彼此。

△維哲的手緊緊牽著如歆的手，所有人皆小心謹慎地涉水前行。

△風雨很大，粗暴的雨如鋼釘般打在臉上、刺進眼裡，如歆主觀視線模糊不清，雙腿也被湍急的水流衝撞得幾乎站不住。

△如歆一個踉蹌，一隻腳踩空，整個人跌進湧流在路面的積水裡。

如歆：（大聲驚呼）啊——

△如歆的手自維哲的手中脫落，就這樣與他失去維繫。

△維哲發現如歆被急速流竄的水流沖走，CU.維哲驚慌失措的表情。

維哲：（大喊）如歆——

如歆：（聲嘶力竭，大聲地呼喊）維哲，救我，救我——

△如歆主觀鏡頭，見同行的一群人既驚愕又不知所措地愣在原地。

△如歆驚慌不已，掙扎著想要游回同行的那幫人，可水的力量太大，無情地將她帶走，離維哲愈來愈遠。

△INS：如歆過往與維哲相處點滴的畫面：兩人相識；維哲為她與志杰打架；國中畢業典禮；親吻……等。

△天暗風強雨又急，如歆墜入水中，被惡水沖走，她聲嘶力竭拼命地呼喊。

△水就快要淹沒如歆的同時，維哲奮不顧身地撲向惡水，疾疾地游向如歆，在她即將滅頂之際捉住她手臂，緊緊地抱住她。兩人在惡狠湍急的水流裡形成一個緊緊相繫的命運共同體。

遠處某房客：（大喊）喂，抓住樹枝、扳住石頭或游到房子攀緊柱子啊——

△維哲緊抱住如歆，惡水不斷地襲來。

維哲：（費力地在如歆耳畔說）不要怕！我會保護妳，我們一定沒事的。

△如歆喝了好幾口髒水，無法回應，只能躲進維哲的胸口，微微地顫抖。

△如歆與維哲在泥沙滾滾的黃水中泅游，似乎力不敵水，只能緊緊地相擁。

△路邊一棵大樹攔腰被風雨折斷橫倒下來，維哲一手抱著如歆，一手攀在救命浮木上。

維哲：暫時沒事了，如歆妳看，這棵斷樹救了我們的命。

△如歆的臉濕了，在暴風雨中分不清是雨是淚。她點頭，鬆開維哲，緊緊地抱住那棵樹的樹幹。

△兩人攀在暴雨惡水中的樹幹上歇息並靜靜地等待救援。

△時間過程。

維哲：（大叫）如歆妳看，是橡皮艇，有橡皮艇來救我們了。

△ 如歆抬起已經精疲力竭的頭往前方不遠處一看，昏暗之中確實有光點出現。終於橡皮艇靠近，兩名救難人員坐在艇上面。

如歆：（累得有點恍神）橡皮艇，有人划橡皮艇來救我們了。

△橡皮艇駛近，艇上的救難人員將如歆與維哲一一地拉上去。

S：20　　景：活動中心
時：夜　　人：如歆、維哲、旅客若干、環境人物

△如歆睜開雙眼，主觀視線由模糊至清晰，先是看見天花板，轉頭一瞧，見自己已躺在一個偌大空盪的建築物裡。

△瞥頭一看，牆角有很多人皆已沉沉地睡去。

△維哲在一旁擰毛巾，靠近如歆，將毛巾折成長條狀覆在她的額頭上。

維哲：妳醒了，覺得怎麼樣？

如歆：（有氣無力）頭昏昏的，覺得好冷、好冷。

維哲：妳發燒了，會很冷嗎？我抱妳。

△維哲鑽進睡袋，與如歆緊緊地相擁。

如歆：我們，還活著嗎？

維哲：（笑得很疲憊卻又很感恩）得救了，我們都還活著。（拉如歆的手貼在他的臉上）妳摸摸，我的臉是熱的。

如歆：（一陣鼻酸，緊抱住他的脖子）我們得救了，終於……終於得救了。

維哲：（拉開如歆手，往她唇上輕輕一啄）別哭，我們大難不死必有後福，要高興啊。

如歆：（窩在維哲肩窩處不住點頭，喃喃）老天保佑，大難不死必有後福，大難不死必有後福……。

△維哲與如歆被惡水困住、獲救、在活動中心內親吻、維哲彈吉他與如歆一同唱歌等畫面，搭以下如歆OS呈現。SE悲傷音樂起。

如歆：（OS）從這一刻開始維哲在我心裡成了天；成了我的救護英雄，我知道我們的生命與未來已密不可分地結合在一起。上高中以後，維哲參加了吉他社開始練彈吉他，也教我彈。他說吉他也同大提琴一樣是弦樂器，他希望跟我在音樂方面能有共同的話題與交集。他與我分享了一首老歌，是吉他社時常練習的一首歌曲〈留不住的故事〉，自此之後那成為我們之間的歌，我們經常哼唱，不管散步或牽手，還是我們相守的每一個時刻。甚至維哲所學會的每一首老歌或者是民歌，都陪伴我們度過很多快樂或是煩惱沮喪的青春時光。只是，在大一那年，他突然休學、搬家，不告而別，一聲再見、一句分手也沒有說，就像是幽魂一樣尋不見蹤影。我的心隨著他的無故離開，彷彿也一併地跟著走失了。

△悲傷音樂漸隱。

△Fade out.

S：21　　景：鋼琴餐廳
時：夜　　人：如歆、黑衣男孩、客人若干

△上臺後如歆坐在鋼琴前，換上制式愉悅的笑臉，彈唱著極其商業魅俗的流行歌曲以取悅客人。

△臺上，如歆正自彈自唱多年前的老歌〈跟我說愛我〉，餐廳裡昏暗幽黃的燈光氣氛與琴音以及歌聲做完美的結合。

△餐廳裡吃西餐、聽歌客人的各個畫面。

△如歆無意間抬眼往某個角落望去，見有一張桌位只坐了一個黑衣男孩，特別引起她的注意。

△那身形看似年輕的男孩著一身黑衣、頭戴鴨舌帽、鼻樑

上還戴有一副墨鏡，靜靜地坐在不顯眼的桌位，不時由黑暗中偷偷地露出兩隻水亮的眼睛在墨鏡上緣，像是在窺探什麼。

△黑衣男孩形單影隻地坐在那不遠不近的位置上聽歌。他不時手握咖啡杯，微微地轉動杯子，又或者小啜一口以後再放下杯子，男孩主觀視線，窺探的眼神始終沒有離開過如歆彈奏鋼琴的那方小舞臺。

△如歆見狀相當疑惑，主觀視線想仔細地看清楚，卻看不見他的表情。

△如歆低下頭來，繼續地融入琴音與歌詞的情境之中，一會兒以後〈跟我說愛我〉一曲唱畢。如歆唱完歌後再往方才那位置一瞧，一身黑的男孩已經離開。

△如歆慌亂地以目光搜尋，卻什麼也尋不著。

△客人們彼此交談、聆賞歌曲，服務生則是一如往常地為客人送茶端菜，似乎沒有任何人注意到黑衣男孩的一切。

S：22	景：鋼琴餐廳
時：夜	人：如歆、黑衣男孩、服務生、客人若干

△城市街景，日轉夜。

△在臺上彈唱的如歆，似有心事，一臉黯然。

△一張點歌紙條被遞上來，唱完歌後如歆打開那張紙條，CU.上面清楚地寫有六個字「留不住的故事」，是胖胖圓圓像手繪POP那種手寫字體。

△如歆當下一愣，急忙召喚來送上點歌紙條的服務生。

如歆：這首歌是誰點的？

服務生：（指向黑衣男孩）好像是那位先生。怎麼了，有問題嗎？

如歆：（勉強地笑笑）沒問題，只是隨口問問。

△服務生頷首，離開小舞臺。

△如歆看向臺下的觀眾，目光搜尋，見到了黑衣男孩。

△如歆震驚、愕然、難以置信。

如歆：有一位沒有署名的客人點了一首老歌〈留不住的故事〉，不知道您點這首歌有沒有什麼特殊意義，或是要紀念某位朋友。現在就為您演唱這首歌曲，希望您會喜歡。（OS）維哲，這是你最愛唱的歌曲。會是你嗎？

△如歆一時之間沒有辦法彈琴，在臺上獃了大約三十秒。她深吸了口氣，緩緩地吐出，將雙手置於鋼琴上，琴音一下就是〈留不住的故事〉前奏，前奏一完她便開口吟唱。

△如歆唱完時已淚如雨下。收拾灑落一地的愁緒向臺下望去，那個點歌的男孩已經不見了。如歆驚慌。

△時間過程。

△一直等到彈唱的鐘點時間到了，如歆才拎著裙襬匆匆地來到餐廳門口，然而這時除了熙來攘往的車輛與路人外，並沒有那名男孩的身影。

S：23　　景：景宅如歆房
時：日　　人：如歆、景母

△如歆在房裡，倚坐窗邊，反覆地唱著〈留不住的故事〉，還有〈被遺忘的時光〉兩首歌曲。

△景母進房，捧著一小盤水果，趨近如歆好奇地問。

景母：怎麼了，為什麼最近常抱著吉他唱歌？

如歆：喜歡吉他的聲音，輕輕柔柔的聽起來很舒服。

景母：別以為我不知道，妳彈吉他根本是還沒忘了蘇維哲。妳可要知道，是他不聲不響沒留下任何隻字片語就離開妳，妳不要再留戀他了。

△ 如歆看了景母一眼，卻不說話。

景母：真是的，妳該要練的是大提琴或鋼琴，不是吉他。

如歆：（不耐煩）媽，可不可以給我一點私人空間？難道我在學校拉琴拉得還不夠嗎？

景母：妳幹嘛用這種口氣跟我說話？（沉吟一會兒，生氣）好吧，妳要彈吉他就彈吧，我沒意見。

△景母丟了一句話，不高興地走出如歆的房間。

S：24　　景：鋼琴餐廳
時：夜　　人：如歆、黑衣男孩、客人若干

△時間過程。

△夜城市空鏡。

△西餐廳外觀。

△如歆在臺上彈琴唱歌，SE琴音與歌聲起。

△如歆深情地唱著老歌〈動不動就說愛我〉。她目光不住地向臺下搜尋，又見到黑衣男孩來餐廳聽歌。如歆的心思受到影響，老是彈錯音、唱錯詞，不過因臨場反應不錯而將錯誤給拉回來。

△如歆唱完一首歌，先揮手招來下一位歌手代班，然後立刻衝下臺去。

△如歆衝到男孩面前，男孩似乎有些驚愕，一頭霧水地愣著。見如歆站在面前，他隨即將鴨舌帽的帽簷拉得更低，並拿出口罩戴上。

△代班歌手的琴音與歌聲起。

△如歆在黑衣男孩桌子的對面坐下來。

如歆：你好，我是景如歆。

△黑衣男孩並沒有說話，立刻起身就要離去。

如歆：（拉住他的手）等等，我沒有惡意，只是發現你好像常來聽我唱歌，我想認識一下我的粉絲而已。

△黑衣男孩趕緊將手抽了回去，獃愣地站著。

如歆：請坐，只是想向你致意。能夠遇到支持自己的粉絲，對我這種打工學生歌手來說其實很難得。

△男孩默默地坐下，低著頭並不打算脫帽、拿下口罩或者是摘下墨鏡。

如歆：謝謝你常來捧我的場。

△男孩搖頭反應。

△如歆猜他搖頭的意思應該是要她不用客氣之類的，所以又對他說話。

如歆：很喜歡聽〈留不住的故事〉這首歌嗎？你上次來好像有點這首歌。

△聽了如歆的話，男孩像是有點手足無措，不過既沒點頭也沒搖頭，只是不動如山地杵在那裡。

如歆：我今年二十二歲，猜你的年紀應該跟我差不多。是嗎？

△男孩還是不說話，不點頭也不搖頭。

如歆：（自顧自地又說）〈留不住的故事〉這首歌是1986年的老歌，流行的時候我們大概才四、五歲而已，像我們這種年紀的人大多不太熟悉這首歌。我是因為以前有個朋友常彈吉他陪我一起唱，所以才知道的。你呢？

△餐廳黑暗的空間裡，男孩一陣靜默，像一尊黑黝黝的雕像坐在原處，動也不動，只是將頭壓得更低。

如歆：（怪異反應）我說錯什麼嗎？

△男孩突然猛烈地搖頭，之後復又低下頭去。

如歆：怎麼都不說話？

△男孩搖頭，還是沉默不語。

如歆：不想說話？

△男孩搖頭。

如歆：難道，你不能說話？

△男孩愣著，不點頭也不搖頭。

△如歆以為男孩是無法說話的人，一臉歉然。

如歆：對不起，不知道你不能說話。

△男孩沒有任何反應，獃坐在位置上，端起眼前的咖啡杯啜飲起來。

△如歆深吸了口氣，聞到他杯裡的咖啡香。

如歆：（OS）啊，是Espresso的香氣，這是維哲最喜歡喝的咖啡。（回神，問）你喜歡喝Espresso嗎？

△男孩依然沒有任何反應。

△臺上代班歌手的音琴與歌聲結束。

△男孩低頭將口罩拉至下巴，喝著Espresso，右手輕輕晃著杯裡的褐色液體，還放在鼻前細細地品味聞香。

如歆：（OS）他的一舉一動，與維哲竟如此相似。

△男孩發現如歆正注視著他，於是放下杯子拉上口罩，正襟危坐。

如歆：你要不要再喝杯Espresso，我請你。

△男孩沒有說話，驟然地站起，伸手招來服務生，由服務生扶著他非常緩慢地離開。

△如歆見狀有些吃驚，獃了好幾秒才追上去。

如歆：怎麼了，不方便走路嗎？需不需要我幫忙？

△男孩猛然地搖頭，似乎嫌如歆多事。

如歆：我可以幫你的，讓我幫你好不好？

△男孩的頭搖得更劇烈，好像希望如歆能就此消失。

△如歆愣愣地站在原地，傻傻地看著服務生扶男孩離開餐廳。

△如歆追了出去，見男孩孤單地站在餐廳門口，似乎在等什麼人。

△男孩發現如歆站在身後，慌張地離開，但仍走得很吃力、很緩慢，走到轉角黑暗處就突然像鬼魅一樣地消失不見。

△如歆沒有注意到男孩閃進黑暗的轉角，仍自顧自地一直追去。

△鏡上攀，一片漆黑的夜空只高掛著一圓牛奶色的月亮。

S：25	景：校園走廊／教室／琴房
時：日	人：如歆、學生若干

△學校空鏡。

△走廊上，學生們相互穿梭。

△如歆在學校教室內上課，卻一臉心事重重。

△如歆在學校琴房裡拉大提琴，神情黯然憂傷。

△Cut.

S：26　　　景：校園籃球場
時：日　　　人：士鈞、同學眾

△校園空鏡。
△球場上，許多男同學正在打球。
△士鈞揮汗如雨，也在打球的行列之中。
△士鈞從一群男同學中殺出重圍，一個跳躍，投籃成功。
△球場上響起一陣歡呼。
△打完球，士鈞與同學相互勾肩搭背地離開球場。

S：27　　　景：校園走廊／教室內
時：日　　　人：士鈞、同學甲、同學乙、環境人物

△士鈞已換裝完畢，拎著體育服、抱著球，離開更衣室。
△士鈞站在走廊上的自動販賣機前，投幣買了罐飲料牛飲起來。
△上課鐘聲響，士鈞三步併兩步地在走廊上急走，卻無預警跌倒。他的雙腳不聽使喚站不起來，經過的同學停下腳步好心地幫忙。

同學甲：欸同學，你怎麼了？

△士鈞沒有說話，只是一直努力地想要站起來，卻似乎沒辦法。
△同學甲、同學乙幫忙將士鈞扶起，他費好大的勁兒才站起來，由兩位同學扶著走進教室。
△教室裡的同學見狀，皆感不可思議，以眼神探向士鈞。
△教授進教室，同學甲、同學乙則趕緊地離開教室。
△教室裡同學們開始準備聽講，士鈞搥搥自己的腿。

S：28　　景：向宅
時：傍晚　　人：士鈞、向母

△夕陽西下，彩霞滿天。
△向宅外空鏡。
△向母正在廚房裡做飯，發出鏗鏘聲響。
△士鈞至廚房打開冰箱，倒水，仰首大口地喝下。
△士鈞水喝了一半無預警跌倒，爬不起來。
△向母見狀有點焦急，趕忙上前扶住兒子。

向母：怎麼了？有沒有哪兒摔傷？

士鈞：（安撫）沒事啦，媽，大概是我最近打球打得太兇了，肌肉有點受傷吧。沒事。

△Fade Out.

S：29　　景：鋼琴餐廳／餐廳外
時：夜　　人：如歆、黑衣男孩、計程車司機、客人若干

△如歆坐在鋼琴前，正閉起眼睛唱著多年前的老歌〈跟我說愛我〉。如歆的歌聲起：曾在門外徘徊，終究進得門內，這不是一場夢，只求時光你別走……
△如歆邊唱邊陶醉在優美旋律裡，再度睜開眼睛時，發現黑衣男孩正吃力地走進餐廳，由服務生替他安排好桌位坐下。
△黑衣男孩還是戴著帽子、口罩與墨鏡。
△如歆主觀視線注視著男孩，可以感覺到他的目光正望向臺上。
△如歆一直注視男孩，隱忍著將今天所安排的歌曲一一地唱完。

如歆：謝謝各位今天的光臨與欣賞，祝您有個美好的夜晚。晚安。

△如歆道謝說完晚安，卻見黑衣男孩拄著枴杖，正由服務生扶著他慢慢地走出去。
△如歆奔下臺去，與他們保持幾個步子的距離，深怕再次地驚嚇男孩。

△服務生扶男孩走到餐廳門口的霓虹燈下，然後踅了回去，只剩男孩一個人孤零零地站在那裡。

△如歆見狀，在他身後站定。

如歆：（輕聲喊）嗨……

△男孩聽見如歆的聲音回頭一望，像是震驚又像不知所措。他頭也不回吃力地就往馬路走去，沒走幾步路便跌倒在地上。

△如歆一驚，上前撿起他的枴杖想要交給他。

△男孩似乎嫌如歆多事，生氣而粗魯地從她手中搶回枴杖，吃力地站起來，一跛一跛地拄著枴杖邊走邊攔計程車。

△如歆在男孩身後跟著，只將視線專注在他身上，天黑路暗，她不慎被路面的大窟窿給絆倒，狠狠地跌了一跤。

如歆：啊——

△一輛計程車正好停於男孩面前。

△男孩聽見如歆叫痛，回頭，站在原處動也不動地瞅著她。

△如歆怕男孩立刻就要坐進計程車揚長而去，趕緊爬起來走到他面前。

如歆：謝謝你今天來聽我唱歌。

△男孩沒有說話，只是低著頭，好像是在歎息。

如歆：我真的沒有惡意，知音難尋，只希望你能時常來聽歌。如果可能，希望有機會能好好聊聊。

△男孩還是不說話，默默地站著。

△計程車司機則搖下窗子。

司機：年輕人，到底要不要坐車啊？

△男孩向司機點了下頭，意思是要他稍候。男孩從包包裡掏出紙筆，寫了些東西，寫完遞給如歆，然後上了計程車。

△如歆手裡握著那張男孩所給的紙條，注視著計程車緩緩地離去。

△如歆折回餐廳大門，在霓虹燈下看著那張紙條，CU.上面寫有e-mail address跟一個MSN的帳號，她高興地大叫起來。

如歆：他的電郵信箱跟MSN帳號，太棒了。

S：30　　　景：景宅如歆房
時：夜　　　人：如歆

△月亮高懸，景宅空鏡。
△如歆坐在電腦前，將黑衣男孩的信箱地址輸進Out look通訊錄，再打開MSN加入他的帳號。
△如歆很開心，關上電腦，上床睡覺。
△鏡頭向窗外移動，Fade out.

S：31　　　景：貢寮街景／貢寮沙灘
時：傍晚　　人：如歆、俞庭、瑾絹、曼雅、邱杰、騰耀、環境人物

△城市繁華街景。
△時間由日轉夜。
△邱杰騎機車載如歆，柯騰耀騎車載瑾絹，俞庭載曼雅，一行人殺到貢寮去。
△貢寮火車站，CU.「貢寮」二字。
△貢寮只有一家7-11，路邊還有一些小麵店，人潮卻擠得不得了。
△長鏡頭，遠拍彩虹橋上有好多人正排成一長條粗粗的人龍，還見有人已經在玩仙女棒。
△沙灘上有很多穿著比基尼的年輕女孩，一窩蜂地衝到海灘上戲水玩球、追逐嬉戲、撿貝殼，或者是埋進沙堆裡。
△俞庭、瑾絹、曼雅、邱杰還有騰耀他們去海邊玩水，玩得不亦樂乎，玩濕了頭髮。
△他們上岸就在沙灘上打排球，亂打一通。
△如歆坐在沙灘上吹海風、吃東西、喝著冰涼爽口的啤酒，然後躺在蓆子上聽音樂，乘涼觀賞天邊繽紛的彩霞，十分愜意。
△傍晚天開始黑，星星出來了，大螢幕這時候才打開來。從螢幕上可以看見很多知名歌手正在臺上表演，他們演唱著

耳熟能詳的歌曲。現場的音樂震天價響，所有人都跟著臺上的表演High起來，或跟唱、或拍手、或搖擺、或揮舞著螢光棒，熱鬧到不行。

△如歆躺在原處，邊聽演唱邊觀賞天空的星星。

△時間很晚了，如歆、俞庭、瑾絹、曼雅、邱杰、騰耀從貢寮騎車回臺北。

S：32	景：景宅外
時：夜	人：如歆、邱杰

△邱杰負責載如歆，送她回到家。

△邱杰將摩托車引擎熄火，如歆從車上跳下來。

△邱杰看了下手錶，CU.手錶指針指向兩點。

如歆：謝謝你送我回來。

邱杰：別這麼客氣。呃對了，今天晚上覺得怎麼樣，是不是很棒？

如歆：是啊，以前從來就沒有參加過這樣的活動。

邱杰：以後每年都去，好不好？

如歆：那麼遠。

邱杰：我載妳呀，怕什麼。

如歆：你說的喔？

邱杰：嗯，為了載妳，我趕快去考汽車駕照好了，這樣以後要去遠一點的地方就不用騎機車，頭髮也不會亂掉。（手撥了撥如歆的頭髮）看妳的頭髮都被風給吹亂了。

△如歆有點尷尬不好意思，所以技巧地迴避他，且轉移話題。

如歆：好啦，已經很晚了，趕快回去吧。

邱杰：好，妳早點休息。晚安囉。

如歆：嗯，晚安，騎車慢點喔。（輕揮手）Bye。

△邱杰點頭，跨上機車發動，揚長離去。

S：33　　　景：如歆房
時：夜　　　人：如歆、黑衣男孩（維哲，暱稱：天使）

△如歆坐在電腦前，見黑衣男孩正好就在線上，點了代表他的綠色小人，開啟一個MSN的對話視窗。

△CU.電腦螢幕上兩人互動的MSN訊息一個字一個字地出現。

△以下的「訊息對話」以如歆與黑衣男孩的OS.呈現，加入MSN音效，同時特寫電腦螢幕上的即時通對話。

如歆：嗨，你好。我是景如歆。（對話後面打上一個可愛的笑臉符號）

男孩：（輸入一串簡短的訊息傳來）妳好。

如歆：不知道該怎麼稱呼你。

男孩：叫我天使。

如歆：天使你好，真高興在線上遇見你，輸入你的MSN帳號好幾天了，還沒見你上線，以為那天你給我的帳號有誤呢。

天使：對不起，這幾天忙寫學校報告所以沒有上線。

如歆：今天也在忙學校的功課嗎，那麼晚了還沒睡？

天使：上網找些資料。對了，妳今天晚上沒去唱歌。

如歆：你今天有去餐廳聽歌嗎？

天使：對，是另外的歌手，不是妳。

如歆：我今天跟同學去參加貢寮音樂祭的活動，請人代班了。雖然今天沒去餐廳唱歌，但在我心裡，我天天都在唱歌給你聽。聽見了嗎？

△如歆訊息列底下顯示「天使正在輸入訊息」，不過他似乎慢下來。

△如歆等了好一會兒，天使並沒有回應她的話。

△如歆不想等他回應，直接在訊息列上輸入一串大膽而簡短的訊息。

如歆：我很喜歡你，你知道嗎？

△隔了很久很久，天使才傳送訊息過來。

天使：為什麼？

如歆：因為你很像我男朋友。
天使：像妳男朋友？
如歆：是的，氣質很像，感覺很像，連身形也很像。幾年前，他莫名奇妙消失在我生活裡，一直找不到他。
天使：妳從來沒見過我的臉、聽過我的聲音、對我不瞭解，連我的姓名、年齡，家住哪都搞不清楚就喜歡我？妳這麼輕易喜歡上一個人，那為什麼不去喜歡別人？
如歆：不，你誤會我的意思。
△如歆正要再輸入訊息向天使解釋。
△天使不等如歆傳完訊息立刻又傳來新訊息。
天使：妳將我當成是妳男友的替代品？
如歆：不是。
天使：妳是。
△天使回訊息的速度快起來，如歆有點吃驚。
如歆：我不是。
天使：妳就是！別再自欺欺人了……。
△如歆的情緒有點激動。
如歆：就算我自欺欺人，你也不該殘忍地揭開我！
天使：我不但殘忍，而且還要告訴妳，妳應該要將過去的戀情遺忘，去追尋妳的新生活，不該一直沉溺在過去，甚至還莫名奇妙地將我當成替代品。這是身為朋友的我，所能給妳的一點忠告。
如歆：你真的，只能是朋友？我不能靠近你，貼近你，跟你面對面說話嗎？
△如歆望著電腦螢幕，心碎地哭了。
天使：妳真以為我能取代妳所喜歡的人嗎？人可以相像，但再怎麼相像畢竟是不同的兩個人，既然如此，兩個不同的人就不可能共存於一段愛情裡。
如歆：難道我的愛情只能停留在過去？
天使：只要擁有新戀情，妳的心就能夠活過來，且活在當下。
如歆：為什麼你的說法跟我爸媽還有我同學全都一個樣？為什麼你

們不能懂我？夠了，不想再說了。

天使：景如歆，妳為什麼要別人懂妳的愛情？妳所認為天長地久的愛情是妳的，並不是他們的呀。

如歆：如果不想懂我也可以，就別再一直說些我不想也不願意聽的話。

天使：那些才是忠言啊。聽我的勸，不要沉溺，不要將感情隨便投射。清醒點、堅強點、實際點，妳不該是這種軟弱濫情的女孩。

如歆：好了，我很累，不想再說了，改天再聊。晚安。

△不等天使回應，如歆隨即離線，關掉電腦。

△如歆傷心反應，CU.眼角淌著淚水，不住地滑落臉龐，滴落在書桌上。

△如歆抬頭看向窗外的星空，無聲喃喃低語，像是問天。

△如歆哭著上床睡覺，可翻來覆去，幾乎一整晚都無法入眠。

△時間過程。

△窗外，天空已泛起一線曙光。

S：34	景：鋼琴餐廳內／外
時：夜	人：如歆、天使、服務生

△夜晚，鋼琴餐廳空鏡。

△餐廳內舞臺上，如歆意興闌珊、一無所謂地彈唱；唱著李泰祥所作的老歌〈歡顏〉，唱到一半時，瞄到一個黑影遠遠而來，是天使。

△〈歡顏〉歌聲持續，天使坐在離舞臺不遠的位置，還是一如往昔身穿黑衣、頭戴鴨舌帽、口罩與墨鏡。

△進入餐廳時天使將口罩摘下，不過雙手卻總是撐在桌案上，以右手遮去口鼻，根本看不清楚他究竟長得是何模樣。

△如歆冷冷地瞥天使一眼，將目光收回，放在琴譜上。

△唱完歌，如歆收拾好琴譜正準備離去，服務生卻送來一張很小的卡片，外加一朵白茉莉。

如歆：是點歌單嗎？我的鐘點已經到了。

服務生：不是，是臺下有位客人要送給妳的，他說想道歉。

如歆：道歉？

△如歆有點莫名奇妙反應，打開小卡片一看，CU.卡片上是電腦列印的標楷體字：昨天我在線上說話太直接、太不考慮妳的心情，向妳道歉，希望妳能原諒。寂寞的天使。

△如歆主觀視線落在「寂寞的天使」這五個字上，歎口氣，氣似乎消了。

△如歆回到休息室換好衣服，拎著包包，拿著天使所送的小卡片與白茉莉走出餐廳。

△天使戴口罩拄著枴杖，正站在餐廳大門口的霓虹燈下望著如歆。

△如歆走上前去，站在他面前。

如歆：收到你的卡片了，接受你的道歉。

△天使沒有說話，只以手語比了「謝謝」。

如歆：不用說謝，我又沒做什麼。

△語畢，如歆逕自往地前走。

△天使跟在如歆身邊。

如歆：（好奇）今天不早點回去嗎？

△天使搖頭。

如歆：那，你陪我好了。今天是我生日，不過沒有任何人記得，除了我爸媽。

△天使聽完如歆所說的話，有點怔住。

△如歆注視著天使，想要看清楚他的表情，但他的口罩遮住了臉。

△天使發現如歆的注視，旋即撇過臉去。片刻，他從脖子上摘下一條細黑皮革串有一只銀戒指的鍊子，遞給如歆。

如歆：什麼意思，送給我當生日禮物嗎？

△天使點頭。

△如歆接過天使所送的鍊子。

如歆：謝謝你，我會好好保存。

△天使點頭，然後繼續地拄著枴杖往前走。走沒幾步路他從口袋掏出一張列有電腦字體的白紙遞給如歆，CU.上面的

字：請妳喝咖啡，好嗎？

如歆：（確認）請我喝咖啡？

△天使點頭。

如歆：如果一起去喝咖啡，你會脫下帽子、摘下墨鏡跟口罩嗎？

△天使搖頭。

如歆：你只能出現在黑夜，用這種遮掩的方式面對我？

△天使停了下來，對如歆鞠了個躬。

如歆：算了，我不勉強你。

S：35　景：街景／計程車內
時：夜　人：如歆、天使、計程車司機

△城市街景，路人、車輛、霓虹燈閃耀。

△如歆與天使搭上計程車，車內，兩人皆心事重重反應。

S：36　景：咖啡館
時：夜　人：如歆、天使、服務生、環境人物若干

△咖啡館外觀。

△計程車在一家巷弄裡的小咖啡館前停車，如歆與天使下車，入內。

△鏡頭細細地審視咖啡館，裡頭的陳列與裝潢皆為原木的，全是咖啡色系所搭配起來的色調。

△館內一隅有座長長的深咖啡色吧臺，其後的牆上掛有很多幅歐風建築、咖啡館或者是咖啡吧的黑白照片，另一面牆則繪有巴黎香榭大道壁畫。

△零星客人散坐其中。

△館子裡的光線很暗，只牆角與桌上置有小小昏黃色燈光照明，很有氣氛。

△鏡頭帶到如歆與天使坐下來，鄰座的客人見天使戴有帽子、口罩與墨鏡的裝扮，紛紛投以不解與異樣目光，但他

似乎無所謂。

△天使童心似地玩起置放於桌上花瓶裡的小白花，看起來很像個大孩子。

△如歆注視著他那撫摸小白花的手，那雙手的手指既修長又好看。

如歆：（OS）維哲的雙手我記得，永遠忘不了！他用他的手救過我、煮咖啡給我喝，還曾在冬天暖過我冰冷的手心、我被風颳的臉龐。為什麼天使的雙手，會這麼像維哲的？可是，維哲是個陽光笑臉、健健康康的高大男孩呀，天使卻不是。

△服務生送上咖啡。

服務生：Espresso是哪位？

△如歆指向天使。

△服務生放下那杯咖啡，接著又將另一杯放在如歆面前。

服務生：請慢用。

如歆：謝謝。

△服務生端著托盤離開，只剩如歆與天使相視而坐。

△天使將口罩拉至下巴，低頭啜了幾口咖啡，整個杯子遮去他的臉。

△天使放下杯子拉上口罩、掏出紙筆，CU.在紙上寫下「Happy Birthday To You」，寫完以後將紙片推到如歆面前。

△如歆看了苦笑，似乎更顯孤獨寂寞。

如歆：（喃喃）沒有維哲，我的生日一點也不快樂。

S：37　　景：街景
時：日　　人：士鈞、環境人物

△街上，士鈞揹著包包，從書店走出，又突然無預警地跌倒，動彈不得，他內心陷入極大恐慌。

△士鈞想要挪動自己的腳，卻沒有辦法動彈。

△路人經過，對士鈞癱坐在地上的狀態側目以對，卻不願伸出援手予以協助，一個個地從他身邊掠過。

△士鈞覺得有些丟臉，努力地想要爬起來。

S：38　　景：醫院診療室內／外
時：日　　人：士鈞、向父、向母、醫生、環境人物

△晴空萬里，白雲朵朵貼在藍天。

△醫院外空鏡。

△神經科診療室內，檢查報告被show在電腦螢幕上。

向父：（擔心）醫生啊，我兒子最近時常跌倒，這究竟是什麼毛病呀？

向母：（附和）是啊，會不會跟打籃球有關？運動傷害之類的？

△士鈞一臉有點憂心地注視著醫生，等待他的回覆。

醫生：（遺憾）這不是一般肌肉痠痛，也不是運動傷害。

向父：那是什麼，要開刀嗎？

醫生：（搖頭）沒辦法開刀，開刀也沒有用。

向母：那到底是什麼病啊？

醫生：「遠端肌肉無力症」。

士鈞：（驚愕，喃喃地）遠端肌肉無力症？

醫生：這種病並非急症，不過它無藥可醫，會從遠端的肌肉像是腳指、小腿、大腿一直到臀部，慢慢地沒有力氣。（對士鈞）趁著雙腿還能活動，趕緊去做自己想做的事情吧。

△士鈞愣住，定格。

向父：（很受驚嚇）你是說，我兒子以後不能走路嗎？

醫生：因為肌肉逐漸沒有力氣，所以最後……會癱瘓。

向母：（很震驚）癱瘓？

△醫生無奈地點頭。

△士鈞無法接受，一臉呆滯。

S：39　　景：向宅客廳
時：日　　人：士鈞、向父、向母

△士鈞、向父與向母坐在沙發上，深陷在愁雲慘霧的氛圍裡。

△向父低頭，向母不停地哭泣，士鈞則是一臉獃滯。

向父：兒子啊，老爸老媽對不起你，不曉得有「遠端肌肉無力症」的遺傳基因，害你得了這種病……

向母：（邊拭淚邊啜泣）士鈞，爸媽都很愛你，可是如果知道會把這種病遺傳給你，那就不會生你來這世上受苦了。

△士鈞無語，起身無奈地走進房去。

S：40　　景：向宅士鈞房
時：日　　人：士鈞

△鏡頭審視士鈞房，最後將畫面定格在士鈞的背影。

△士鈞獃獃地坐在書桌前。

△士鈞拿起書桌上，自己與女友吳曉菁的合影，眼眶含淚。

△士鈞握拳，似乎有了決定。

△Fade Out.

S：41　　景：鋼琴餐廳內／外
時：夜　　人：如歆、天使（本場是士鈞）、客人若干

△城市街景，日轉夜。

△如歆在餐廳內的臺上彈唱，唱著老歌〈被遺忘的時光〉，唱完歌直接抓著琴譜下臺，走到天使的桌位，拉開椅子坐下。

△天使見如歆垮著臉不說話，覺得奇怪，以手指敲了幾下桌子，引起如歆的注意。

△如歆抬眼看他一眼，沉吟好一會兒。

如歆：心情很不好，你可以陪我走走嗎？

△天使遲疑反應，獃著不動。

△如歆不想給天使遲疑的機會，佯裝不高興，抓著琴譜就要離去。

△天使拗不過她，急忙欲扶桌子站起來。

△如歆有點怔住，折回，趨近他。

△天使拄著枴杖，如歆陪他慢慢地步出餐廳。

△餐廳外，如歆攬來一輛計程車與天使一起坐進去。

S：42　景：街景／計程車內
時：夜　人：如歆、天使（本場是士鈞）、計程車司機

△城市夜街斑斕，霓虹閃爍，行人川流不息。

△車子裡的天使靜靜地端坐，還是全副武裝（戴墨鏡、黑口罩、鴨舌帽）讓人無法看見他的眼與臉。

△車窗外透進月光與路燈光線，如歆約略地看見他擺放大腿上的雙手。

△CU.天使置放在大腿上的手背。

△如歆主觀鏡頭，一直盯著他，很想看看他的臉。

S：43　景：華納威秀
時：夜　人：如歆、天使（本場是士鈞）、計程車司機

△華納威秀畫面。

△不久以後計程車抵達華納威秀，天使正要掏錢付車資。

△如歆搶先他一步，將紙鈔遞給司機。

△下車後如歆輕輕地扶著天使，一起走在華納威秀的繁華熱鬧裡。

△兩人走了一會兒，走到一張椅子旁，如歆坐下，天使也跟著坐下。如歆沒有開口說話，只是看著一旁閃爍的霓虹燈，天使則是低頭靜靜地坐在她身旁。

△如歆無聲無息地撇過頭去看他，做好準備，在天使猝不及防的時候伸手扯下他的黑口罩與墨鏡。

△天使被如歆突如其來的舉動給嚇到，表情非常扭曲。

△如歆從天使扭曲的表情中，清楚地辨識出他不是維哲，而是一張陌生卻有幾分眼熟的臉。

△畫面定格在天使驚恐的臉上，接著再定格於如歆錯愕反應的臉上。

△天使很是驚慌，拄著枴杖狼狽地落慌而逃。

△如歆見一個倉皇奔逃的黑影掉下一個東西，趨近拾起一看，CU.那很小的黑色皮夾（專放證件那一種）。

△如歆打開皮夾翻看裡面的證件，只找到幾張信用卡，還有一張機車駕照，CU.上面標示的名字是：「向士鈞」。

S：44	景：景宅如歆房
時：夜	人：如歆

△房內，如歆很沮喪地坐在電腦前。CU.電腦螢幕上Out look一封新郵件的畫面。如歆正要寫一封e-mail給天使。

△CU.郵件主旨：對不起。

△如歆很認真地開始敲打鍵盤。

△螢幕上一一地出現如歆所打的字。天使：這麼晚了，不知道你睡了沒？沒見你上線，我想你一定很生氣我今晚的行為才會沒有上線，是嗎……

S：45	景：教室
時：日	人：士鈞、曉菁

△士鈞與曉菁待在沒有同學的教室裡，窗外有金黃色的陽光斜射入窗。兩人低頭靜默，一句話也沒有說。

△曉菁劃破彼此間的沉默。

曉菁：到底怎麼了？約我來這裡，卻一句話也不肯說？

士鈞：（面無表情）我們……，分手吧。
曉菁：（莫名奇妙）士鈞，你跟我開玩笑嗎？今天不是愚人節呀。
士鈞：我想分手。
曉菁：（有點疑惑）為什麼？又沒有吵架，好端端的為什麼？
士鈞：妳就當是我變心，不愛妳了。
曉菁：（有點激動）變心？太戲劇化了吧？（猛然搖頭）不要，沒事幹嘛分手。神經病。

△曉菁轉身想走。

△士鈞拉住她的手腕。

士鈞：畢業後馬上要去當兵了，我不想兵變，趁現在分手正好，可以劃下最美麗的句點，省得將來妳心痛我也心痛。

△士鈞沒再多說，離開教室。

S：46　景：雜景
時：傍晚　人：曉菁

△曉菁一直打電話給士鈞，手機卻屢屢傳來語音：您撥的號碼現在沒有回應……。

△曉菁來到向家找士鈞，在樓下拼命地按門鈴，無人應門。

△曉菁在樓下往樓上向家的陽臺望去，陽臺上空無一人。

△曉菁邊流淚邊走路，然後邊撥打士鈞的電話，仍無人回應。

S：47　景：鋼琴餐廳內／外
時：夜　人：如歆、天使、服務生、客人若干

△Fade in.

△上字幕：「1 month later／一個月後」。

△SE鋼琴與歌聲，如歆在臺上自彈自唱，唱著〈留不住的故事〉。

△天使頭戴鴨舌帽、墨鏡、黑口罩，悄然至，主觀視線見臺上正在彈琴唱歌的如歆。

△臺上的如歆主觀視線見全副武裝的天使正坐下來，她的視線回到鋼琴琴鍵上。

△唱完歌，音樂停止。如歆走下臺去，在天使的桌子對面坐下來。

如歆：（怯懦）對不起。

△天使低頭，沒有說話。

如歆：一直沒見你上線，我寫信給你，你沒回，又那麼久沒來聽我唱歌，我知道我的舉動讓你很生氣。是我不好，是我不對，如果你生氣不能原諒我，我無話可說。

△天使只是搖頭，並沒有再多表示些什麼。

如歆：你原諒我了嗎？

△天使點頭。

△如歆見他點頭，很高興得到他的諒解，見他桌上有杯Espresso。

如歆：要不要續杯，我請客。

△天使點頭。

△如歆招來服務生。

如歆：再點一杯Espresso，還有一杯Cappuccino。

△服務生頷首，離去。

如歆：我先去後臺換衣服。

△如歆起身離去，往後臺方向走去。

△一會兒以後，如歆已換好衣服拎著包包走出來。如歆坐在方才的位置。

△如歆打開包包，掏出那晚撿到的皮夾，放在桌上推到天使面前。

如歆：那晚你從華納威秀離開的時候不小心掉了這個，裡面有信用卡跟駕照，一樣也沒少。還給你。

△天使收下皮夾，放進牛仔褲的口袋裡。

如歆：對不起，看了你的駕照，原本想把東西照著駕照上的地址送還給你，但我想還是等你來聽我唱歌的時候再把東西交給你比較好。我，我還要叫你「天使」嗎？還是叫你士鈞？

△天使不說話，只搖頭。

如歆：你不希望我叫你士鈞是不是？

△天使點頭。

如歆：那好吧，我還是跟以前一樣喊你天使好了。

△時間過程。

△天使喝完咖啡，起身表示想回家。

△如歆陪天使到餐廳門口攬來一輛計程車，他坐進，車子緩緩地駛離。

△望著離去的計程車，如歆的表情異常哀傷、落寞。

如歆：（OS）維哲，你究竟在哪裡？我若花一年的時間來愛你，要花幾年的時間才能忘記你？

S：48	景：景宅如歆房
時：夜	人：如歆

△如歆看著中學時期與維哲及同學合影的照片，淚眼婆娑無法忘情。

△Slow，淚水滴落在相本上。

△躺在床上的如歆，淚水還是止不住地滑落。

△鏡頭攀向窗戶，窗外一片漆黑。

S：49	景：向宅樓下／客廳
時：日	人：向父、向母、曉菁

△曉菁來到向宅，按門鈴，終於有人回應。

向母：哪位？

曉菁：向媽媽，我是曉菁。

△鏡頭一轉，客廳裡向父、向母與曉菁坐在沙發上，三人面前各有一個水杯。

向母：怎麼突然來了？

曉菁：如果不趁士鈞有課的時候來，恐怕我根本沒辦法見到向伯

伯、向媽媽。

△向父、向母對看一眼，交換了一個眼神。

曉菁：向伯、向媽，士鈞前幾天突然莫名奇妙地跟我提分手，你們知不知道他到底怎麼了，是不是……，發生了什麼事情？

△向父向母對看，沮喪地低下頭來。

△曉菁察覺不對勁，有些著急。

曉菁：到底怎麼了？士鈞一定是發生了什麼事情對不對？

向母：（忍不住哭）我們家士鈞，得了一種叫做「遠端肌肉無力症」的怪病，肌肉會愈來愈沒力氣，最後會，會癱瘓。

△INS S-38：醫師同向父向母解釋病症的畫面。

△曉菁的情緒，由震驚到難過，接著哭出，無法相信這是事實。

向父：曉菁啊，妳是好女孩，我們家士鈞不能照顧妳、給妳幸福，如果他想分手，（支吾）那，那你們就……乾脆分了吧。

S：50	景：吳宅曉菁房
時：日	人：曉菁

△房內，曉菁躺在床上，抱著狗熊哭泣。

△曉菁回想與士鈞相處的點滴：雨中相識、共傘、擁抱、親吻、兩人親熱片段，手牽手逛街、小吃攤吃東西、在街上打鬧……。回憶畫面以柔焦鏡頭呈現。

△曉菁不捨地痛哭。

△Fade Out.

S：51	景：教室
時：日	人：士鈞、曉菁、教授、同學若干

△Fade In.

△下課鐘聲響起，教室內，教授收拾講桌上的教材，離去。

△同學們收拾好包包，一一地離開教室。

△士鈞尚坐在座位上，面無表情地看著攤在課桌上的書本發獃。

△曉菁走向士鈞，將手溫柔地搭在他肩上。

△士鈞抬眼，見到曉菁。

曉菁：你還想瞞我多久？

△士鈞不解地看著她。

曉菁：你的病，我都知道了。

△士鈞很是心痛地低下頭來。

曉菁：我們從大一就認識、在一起，一直到現在都大四了，這麼多年的感情你怎麼能說放就放？

士鈞：我沒有資格將妳留在我身邊。

曉菁：因為你的病嗎？我不在乎。

士鈞：但是妳爸媽會在乎。

曉菁：不管他們怎麼想，我只管我自己，我想跟你在一起。

士鈞：曉菁，妳會後悔。

曉菁：（堅定的）跟你分手我才會後悔。

△士鈞很深情地凝視曉菁很久很久，眼裡蓄滿淚水，忍不住地哭出來。

△兩人抱在一起痛哭。

△鏡頭拉向教室外的綠地。

S：52	景：學校音樂系館
時：日	人：如歆、邱杰

△校園空鏡。

△學校音樂系館，如歆走在廊上，遇見邱杰。

邱杰：（笑）怎麼了，妳兩隻眼睛好腫喔。

如歆：（有點尷尬）沒事，睡前喝太多水了吧。

邱杰：吃早餐沒？

△如歆搖頭。

△邱杰燦著陽光般的笑容，遞上一份早餐。

邱杰：先吃吧，一早不要餓肚子。

△如歆點頭，接過他手裡的早餐。

S：53　景：學校琴房外走廊／琴房
時：午　人：如歆、邱杰

△陽光普照。

△陽光斜射入琴房外的走廊。

△有大提琴的琴音傳出。

△琴房內，如歆一臉意興闌珊地拉著大提琴，她驟然地停下動作，琴音嘎然而止。她抱著大提琴發獃。

△一個飯盒亮在如歆面前，她抬眼一看，見是邱杰站在眼前。

邱杰：（笑）還沒吃午飯吧，要不要一起吃？

△如歆主觀視線凝視著邱杰，沒有說話。

邱杰：幹嘛一直盯著我看？（摸自己的臉）我臉上有髒東西嗎，還是長麻子啦？

如歆：（笑）沒有，我只是突然很感謝你。

邱杰：謝我什麼？

如歆：謝你——（沒再繼續說下去）。

△見如歆似是呑吐，邱杰感到奇怪。

邱杰：怎麼不說了，謝我什麼？

如歆：沒什麼，反正就是謝你；謝你很多很多，要用很大的誠意才能謝得完。

邱杰：既然說到誠意，哪有一句「謝你」就能夠表達誠意的？

如歆：那你想要我飛吻一個嗎？（噗哧笑了出來）

邱杰：如果是飛吻的話不只一個，當然多多益善。如果能再加上一頓晚餐的話當然最好啦。

如歆：好！我們一起吃晚餐。

△邱杰一聽，睜大眼睛又張大嘴巴，簡直吃驚到不行。

如歆：（笑）怎麼，嚇到你了？趁我還沒改變主意的時候趕緊點頭說Yes，不然就收回承諾囉。

邱杰：Yes, I do.

如歆：（皺眉頭）又不是進結婚禮堂，別耍寶了你！

邱杰：（苦笑）從高中音樂班開始一直到大學，同學這麼多年了，這些年來邀妳單獨吃飯出遊不知有多少回，總是被妳婉拒，（深情凝望）今天妳能答應一起吃飯，跟進結婚禮堂一樣值得我高興。

△如歆有點不好意，低下頭來。

邱杰：（自顧自）晚上騎車去妳家接妳方便嗎？

△如歆點頭。

邱杰：我們去陽明山吃晚餐好不好？那裡有很多咖啡館可以用餐。

如歆：你拿主意吧，我沒意見，去哪都好。

S：54　　景：陽明山咖啡館／陽明山
時：夜　　人：如歆、邱杰

△咖啡館內，如歆與邱杰邊吃飯邊聊天，臉上皆帶著笑容。

△時間過程。

△吃完飯，如歆與邱杰走出咖啡館。

△兩人一起在山上觀星賞月。夜空滿是星星，明明滅滅地閃耀著。

△兩人走到一個至高點向下眺望，臺北市的燈海夜景盡入眼簾。

△風大了起來，掀動如歆的中長髮，秀髮飄揚Slow。她除下戴在手上的鬆緊帶髮飾，想要將頭髮紮成馬尾。

△邱杰接過髮飾，主動地為如歆編起髮辮，沒一會兒一條辮子就被編好。

△如歆羞澀、驚慌，不知所措。

△邱杰將如歆的辮子拉到前面，讓它垂落在她的胸口，同時深情地凝望。

邱杰：妳這樣很好看。

△如歆有些靦覥，抿抿嘴，不知該說什麼才好。

△邱傑出其不意，低頭在如歆頰上快速雨點似地親啄一下。

△如歆有點嚇到，愣怔地直盯著邱杰，不知做何反應。

△邱杰沒讓如歆尷尬太久，主動地靠近她，輕攬著她的腰。

邱杰：我，可以嗎？

△如歆默愣著，想起過去與維哲的點點滴滴。

△如歆想起那夜在鋼琴餐廳門口，目送天使坐進計程車離開時，心裡OS所說的話。

如歆：（OS）維哲，你究竟在哪裡？我若花一年的時間來愛你，要花幾年的時間才能忘記你？

△回過神來，如歆在心底告訴自己：我要忘記過去，重新開始。

邱杰：如歆，怎麼了？

△如歆搖頭。

△邱杰趨近。

△如歆知道邱杰的意思，不過並沒有說話，而是垂下眼睫。

△星空下，邱杰托起如歆下巴，如歆閉起雙眼，邱杰珍惜憐愛地親吻她。

如歆：（OS）失去的，再也找不回來了。也好，就讓我躲進邱杰愛與守護的羽翼底下吧。

△鏡頭從兩人擁吻的畫面漸漸拉開。

△Fade out.

S：55	景：學校琴房
時：日	人：如歆、俞庭

△琴房內，如歆正在拉大提琴，她閉起雙眼陶醉在大提琴的琴音裡。

△俞庭喘噓噓地從外面跑進琴房，拉起如歆正在拉琴的手。

△琴音嘎然停止。

俞庭：如歆，快跟我走！

△如歆手裡還握有琴弓，不解地注視著俞庭。

如歆：什麼事啊，要到哪去？

俞庭：到頂樓，我們音樂系館的頂樓。

如歆：做什麼？

俞庭：邱杰跟江皓昕在頂樓比西洋劍。
如歆：社團練習，要比賽嗎？
俞庭：（喘了口氣）如果只是單純的社團練習，我就不會這麼緊張了。
如歆：怎麼回事？
俞庭：因為妳啊。
如歆：（訝異）我？
俞庭：唉喲，總之就是江皓昕說邱杰這幾年老跟在妳身邊像跟屁蟲一樣，可是又追不到妳。反正就是出言污辱邱杰啦。
如歆：（微慍）他幹嘛這麼說邱杰？柯騰耀不在現場嗎？
俞庭：柯騰耀也攔不住他了啦。唉呀，妳快點，快去阻止他們，叫他們不要再比了。
△俞庭拉著如歆，連走帶跑地跑出琴房。

S：56　　景：音樂系館頂樓
時：日　　人：如歆、俞庭、邱杰、皓昕、騰耀、教官、同學若干

△如歆與俞庭一同跑到系館頂樓。
△一群男同學正在「下注」，賭邱杰與江皓昕比西洋劍究竟誰會贏。碎詞：「我賭邱杰贏」、「我賭江皓昕贏」、「邱杰贏啦，江皓昕那個肉咖不可能贏的」……。
△柯騰耀見如歆和俞庭跑上來，三步併兩步地來到她們面前。
騰耀：如歆，去勸勸邱杰，要他別再比了，妳看那麼多同學在下注，要是被教官或老師知道就慘了。
如歆：（點頭）嗯。
△邱杰與江皓昕沒穿護具，手握西洋劍正在比劃、攻擊，一旁下注同學的嚷嚷聲吵得實在是不像話。
同學甲：邱杰加油，一定要贏。我賭你贏啦，不要讓我漏氣啊。
同學乙：江皓昕加油，快，快！從他胸口刺下去！
同學丙：加油啊邱杰，打敗江皓昕、打敗江皓昕！
同學丁：邱杰不是江皓昕的對手啦，輸了啦輸了啦。
同學甲：才怪，邱杰是西洋劍社最厲害的高手，不可能輸的。

△如歆見邱杰與皓昕手中的西洋劍彼此糾纏，大叫。

如歆：邱杰，不要比了，停，快停下來——

△邱杰像是沒聽見如歆喊叫似的，仍專注於「對付」江澔昕。

如歆：（大喊）邱杰，邱杰——

△邱杰還是將注意力放在與江皓昕的纏鬥上，根本不理會如歆。

△如歆和俞庭在一旁不知如何是好，如歆的臉上漸有憤怒的反應。

△教官忽出現在系館頂樓，用力大聲地吹著哨子。

△所有圍觀的同學都嚇了一跳，紛紛地拔腿就跑。

△邱杰與皓昕停下手中西洋劍比劃的動作，往教官方向看去。

教官：跑什麼跑，門都被我鎖起來了，一個也不准跑。

△教官話一出，所有人皆愣在原地，面面相覷不敢說話。

教官：有同學說，音樂系館頂樓有人聚眾下注我還不信，沒想到居然是真的！你們真是無法無天了，當學校是賭場嗎。啊？

△教官走上前去，將丟了一地的紙鈔撿起來。

教官：這些錢全部沒收，直接給西洋劍社當社費。

△教官手指著邱杰與江皓昕。

教官：你們兩個，聖誕節化妝舞會罰出公差，不准參加。其他同學除了錢沒收之外還要寫悔過書，寫好交到我辦公桌。再有下次就記過處分。（轉頭）王俞庭，把所有在場同學的姓名登記下來。

△俞庭點頭，拿出紙筆開始登記在場所有同學的姓名。

△登記完了，教官打開頂樓大門，所有同學皆低頭靜默地離開。

△如歆瞥了邱杰一眼，難過地跑下樓去。

S：57	景：校園一隅
時：日	人：如歆、邱杰

△校園僻靜處，如歆行至一棵樹下，失望難過，倚在樹下無聲地歎息。

△一隻手溫柔地放在如歆肩上，她轉身一看，是邱杰。

如歆：我怎麼喊你就是不停，你還來做什麼？
邱杰：（低下頭）對不起。
如歆：不想聽你說對不起，你走開！
邱杰：如歆，不要趕我。
如歆：知不知道你讓我好失望？
邱杰：我知道。
如歆：既然知道為什麼還要跟江皓昕比西洋劍？你們是賭氣比試，沒戴頭盔沒穿防護衣，知不知道這樣很危險？
邱杰：江皓昕太過分了，他拿我追妳的事情來刺激我。我追妳，妳有權不愛我，但我對妳的心意絕不容許任何人羞辱看輕，或者被拿來當是茶餘飯後聊天的笑話說。妳懂嗎？

△邱杰說完，眼底浮起一層厚厚的淚水，情緒顯然很激動。

△如歆被他的眼淚給嚇了一大跳。

△邱杰儘量噙著不教淚水滑落，但右眼角淌著一顆剔透淚珠還是掉下來。

△如歆伸手輕輕地拭去他滾燙的淚，心疼地看著他。

如歆：對不起，是我讓你承受太多的等待與不公平。

△邱杰驟然地靠上去緊緊地圈抱住如歆，將頭靠在她肩上。

邱杰：沒關係，我可以守候，可以等待，讓我照顧妳愛妳。不要趕我，不要生我氣。以後絕對不做這種事。相信我，請妳相信我。
如歆：好，我相信你、我相信你。

△如歆緊緊地抱著他，輕輕地撫觸他的背脊安慰他。

S：58	景：學校大禮堂內／外／教室
時：夜	人：如歆、邱杰、俞庭、瑾絹、曼雅、皓昕、騰耀、同學衆

△夜，校園大禮堂附近燈火通明、人聲鼎沸。

△大禮堂前，張貼了很大的海報，上面寫著：「Christmas Party——王子公主也瘋狂」。

※　　　　※　　　　※

△教室內，俞庭替女同學做造型。俞庭將布料剪裁成荷葉邊造型，抓皺形成蓬蓬袖，加珠珠、亮片、玫瑰花為瑾絹的衣服做裝飾。

△俞庭以電棒為如歆把所有頭髮都燙捲，梳成從前流行的法拉公主頭。接著再將小皇冠以夾子固定在如歆的頭髮上。

俞庭：（得意）哇，太漂亮了！如歆照一下鏡子看滿不滿意？

△如歆照鏡子左看右瞧，邊看邊戴項鍊、耳墜子以及髮飾，開心地笑了。

如歆：俞庭手真巧，看我都變成真的公主了。

△瑾絹與曼雅聽見俞庭與如歆的對話，湊了過來。

瑾絹：（端詳如歆）嗯，真的很漂亮耶！

雅曼：對啊如歆，妳今天肯定是所有人矚目的焦點。

如歆：（不好意思）妳們的衣服也很漂亮啊，而且曼雅很會畫妝，妝畫得真好。

曼雅：真的嗎？（笑了笑）等等我畫好了也幫妳畫。

※　　　　※　　　　※

△如歆、俞庭、瑾絹、曼雅，小心翼翼地提著裙襬來到化妝舞會的大禮堂。

△如歆見邱杰與皓昕還有其他出公差的同學正在搬桌椅、佈置入口處。

△如歆將手中那面綴有亮片、羽毛跟小碎鑽的華麗巴洛克半罩式面具戴上，走到邱杰背後，手指輕輕地點他一下。

△邱杰回頭，看了看。

邱杰：（不確定）妳，妳是如歆嗎？

△如歆不說話，只點頭微笑。

△邱杰張嘴，看起來很驚訝的樣子。

邱杰：妳這樣，好漂亮喔！

如歆：（不好意思）真的？

邱杰：當然是真的。

△突然，俞庭偷偷地走到邱杰背後，打了他一掌。

俞庭：口水擦一擦啦，都流出來了。見色忘友喔，不會跟我打招呼，也稱讚一下我很漂亮？

△邱杰收斂自己忘形的注視，靦腆一笑。

邱杰：對不起，妳，妳也很漂亮！

瑾絹：欸，那我咧？

曼雅：還有我啦。

邱杰：妳們，妳們都很漂亮！

△忽有個王子打扮的男生竄出來，是柯騰耀。

騰耀：還有我，帥哥王子來了。

邱杰：（大叫）哇！你這條緊身褲從哪弄來的？重點部位太突出了吧？

騰耀：我本來就很「不凡」啊。

△如歆、俞庭、瑾絹、曼雅「很不小心」地看了騰耀一眼，之後收回目光，全不敢再繼續盯著他的重點部位瞧。

△俞庭鼓起勇氣走向騰耀，將他的衣服拉低一點。

俞庭：不要這麼「曝露」好不好，不然人家還以為音樂系同學都跟你一樣。已經知道你很「雄偉」了啦，拜託你低調點行不行？

△所有人聽了都哈哈大笑起來。

騰耀：（挑眉賊笑）妳什麼時候知道我很雄偉啊，妳又沒有親自「試」過。

俞庭：（支吾）我——。

△眾人又是一笑。

俞庭：唉喲，啊我，我就剛才不小心看到的啦。

騰耀：吼，是妳承認自己看過的喔。不管，妳要對我負責啦。

△騰耀話一出俞庭臉都綠了，大家則是笑到前彎後仰。

俞庭：豈只我看過，如歆、瑾絹跟曼雅也看啦。

△如歆、瑾絹、雅曼聽了趕緊斂容，紛紛搖頭不肯承認剛才的「驚鴻一瞥」。

△聖誕化妝舞會開始，所有等在入口處的同學魚貫進入會場。
△熱鬧音樂起。
△鏡頭審視現場佈置，除了有很多彩帶、汽球與鮮花以外，還有很浪漫很有氣氛的燈光跟很棒的音響設備。
△室內的旋轉七彩霓虹燈，既絢爛又繽紛。
△參與的同學皆樂在其中，不管是抒情慢舞或搖滾尬舞全都玩得很盡興。
△舞會當中男同學邀如歆跳舞，如歆點頭，與男同學共舞。
△一位裝扮美麗高雅的公主（邱杰）出現在如歆與一起跳舞的男同學面前。
△公主打扮的邱杰向和如歆一起跳舞的男同學躹了個躬。

邱杰：（裝女聲）對不起，我想跟我的好姐妹一起跳舞。

△男同學聳聳肩，無趣地離開。
△打扮成公主的邱杰拉如歆的手一起共舞。

如歆：（好奇）抱歉，請問妳是哪一系哪一班的？

△邱杰湊近，在如歆耳畔低語。

邱杰：我是邱杰。

如歆：啊，你——

△邱杰將食指放在唇上。

邱杰：噓！

△見眼前男扮女裝的邱杰，如歆忍俊不住地噗哧一笑。

邱杰：別笑，要是沒這麼打扮怎麼能騙得過教官？

△熱鬧音樂漸隱
△Fade out.

S：59	景：教會／馬路／住戶家
時：夜	人：如歆、邱杰、年輕人若干、小朋友、環境人物

△教會外觀。
△平安夜，邱杰與如歆坐在教會會堂座位上觀看表演節目。
△青少年團契傳統的詩歌獻唱，他們穿著像天使一樣的白

袍，頭戴金色圈圈，手拿蠟燭站在臺上唱出天籟般美妙的詩歌。
△臺下所有教友皆陶醉在獻唱少年的優美歌聲裡。
△舞臺劇，耶穌在馬槽誕生的橋段。
△團契的獻詩以及樂器演奏。
△散會，所有人一一地從教會出。

※ ※ ※

△如歆與邱杰同青年團契的夥伴一起去報佳音，所有人帶著糖果與彩蛋沿路挨家挨戶地按門鈴，然後將糖果、彩蛋與福音單分送給住戶。
△青年團契若干年輕人與如歆、邱杰，在某住戶家門前吟唱詩歌，住戶接受彩蛋糖果的饋贈與祝福。
△如歆、邱杰與所有報佳音的青年朋友揮手再見。

S：60　景：邱宅客廳／邱杰房
時：夜　人：如歆、邱杰

△夜，邱宅空鏡。
△邱杰帶如歆回到家裡，進入。
邱杰：如歆，請進。
如歆：會不會碰到你爸媽？有點不好意思。
邱杰：這麼晚了，他們早就睡了。
△如歆將鞋子脫放在陽臺，隨邱杰進入客廳。
△廳裡除了一盞小黃燈，其他地方都是暗的、安靜的，邱爸邱媽顯然早已睡了。

※ ※ ※

△邱杰領如歆進房，他順手亮了電腦桌上的黃色桌燈並打開

電腦，放了一片CD進去，接著打開喇叭。

△浪漫音樂起。

△如歆見房裡有一大面落地窗，窗簾掩上，便上前拉開一點，再將窗戶打開，一陣冷冽勁風不容允許卻強勢地灌進來。

如歆：（打了個哆嗦）好冷！

△邱杰馬上從如歆身後環抱住她，將她圈在懷裡。

邱杰：這樣還冷不冷？

△被邱杰一抱，如歆身子有點僵住，獃了一下。

如歆：不冷了。

△邱杰將下巴靠在如歆肩上，在她耳畔低語。

邱杰：以前沒有辦法想像抱著妳是什麼樣的感覺。知道嗎，抱著妳的感覺好好。

如歆：（微笑）有多好？

邱杰：就，很好很好，妳嬌小又軟軟的，好像抱著一團雲一樣。

△如歆笑了笑，有點不好意思，不知該說什麼。

△邱杰將如歆扳過來，正抱著她，隨音樂旋律擺盪身體，好像跳舞一樣。

△不知相擁著慢舞了多久，如歆抬眼望向邱杰，邱杰也正注視著她。

△兩人的臉貼得好近好近，邱杰情不自禁雨點似地吻著如歆。

△氣氛的陷阱很難設防，邱杰的吻愈來愈深，呼吸也愈來愈劇烈。

△如歆似有錯覺，錯將邱杰當成維哲，維哲的幻影出現。如歆吻的力道加重，甚至是熱烈回應。

△吻了不知多久，邱杰開始親吻如歆的頸項，他的手已開始在她胸口游移，正在解她襯衫胸前的排釦。

△他們雙雙地跌落在床，他的身體正壓在她身上。解了幾顆之後她的胸口坦露，他拉下她胸罩的肩帶，輕輕地撫揉舔舐，整個人埋進她胸懷裡，若朝聖一般雨點式地親吻她的胸口。

△他解開她下半身牛仔褲的釦子，拉下拉鍊即將褪去的時

候，她像是失去記憶的人霎然清醒一般，驚覺身邊的人不是維哲而是邱杰。

△如歆一臉驚恐，猛然地推開邱杰，他則跌落床下。

△音樂漸隱。

△幽黃光線中，邱杰挫折又懊喪地坐在床上。他的臉被光線照不到的黑暗完全地遮去。

△如歆不知所措，只好怯生生地上前。

如歆：對不起邱杰，我……，我還沒有準備好。

邱杰：（搖頭）是我不好，對不起我太心急了。因為好不容易擁有妳，所以，我想再擁有一點更確定的東西。我只是——，（停下來）我先出去，妳把衣服穿好，我送妳回家。

△邱杰轉身打開房門，走了出去。

△如歆坐在床畔，難過地掉下眼淚，淚水一滴又一滴地掉下來。

△將內衣拉好，襯衫穿好釦子釦好，並將牛仔褲的拉鍊拉妥，整理完自己的服裝儀容以後如歆揹起包包。深吸了口氣，站起來走出去。

※　　　※　　　※

△如歆走出邱杰的房間來到客廳，見他很頹喪地坐在黑暗中的沙發上。

△如歆尷尬上前，不知該開口說些什麼才好。

邱杰：走，我送妳回家。

△說完，他率先地出了家門。

△她只能無奈又歉然地跟上，替他將家門給帶上。

S：61　景：景宅外
時：夜　人：如歆、邱杰

△夜，景宅外觀。

△邱杰騎車送如歆回家，到景宅之後如歆下車，拉著邱杰的手肘。

如歆：（歉然）對不起。
邱杰：不用說對不起，我知道妳心裡還有蘇維哲。沒關係，等這麼久我都等了，我會等妳有一天真正愛上我。

△如歆陷入沉默，無言以對。

邱杰：天很冷，快進去吧。我回去了，晚安。
如歆：嗯，晚安。騎車小心！

△邱杰發動引擎，摩托車緩緩地離去。

△如歆主觀視線望著邱杰騎車離去的背影，直到他完全消失在她的視線。

S：62　景：如歆房
時：夜　人：如歆

△如歆進房，把房門關上，並將自己摔跌在床上哭泣。

△如歆坐在書桌前打開抽屜，拿出幾年前自己與維哲的合影，一遍又一遍地看，邊緬懷過往邊掉眼淚。

S：63　景：琴房
時：日　人：如歆

△如歆窩在小沙發上，抱著布偶娃娃若有所思。

△INS：平安夜在邱杰房裡與他繾綣的畫面……，再回到本場。

△如歆沮喪地輕歎一口氣。

如歆：（OS）自從那天晚上，我與邱杰繾綣到一半就急喊卡的事情發生以後，邱杰雖表面上說沒事，但他好幾天都不曾理會過我。以我對他的瞭解，他絕非生氣，也並非對我失去耐性，而是這件事情對他而言是個極大的挫折，甚至我的斷然拒絕於他而言，是很沒有面子的一件事情。

S：64　　景：景宅客廳
時：日　　人：如歆、景父、景母、邱杰

△如歆偕邱杰進入景宅。
△景父景母很是開心地歡迎邱杰。
△一行四人於廳裡坐著，一起喝著下午茶，氣氛非常愉快。
△邱杰與景父景母聊天的畫面。
△邱杰於景父景母面前拉小提琴，景家雙親很是欣賞。
△如歆跟著微笑。
△以上畫面搭以下如歆的OS。

如歆：（OS）我特別邀邱杰來家裡見爸媽，並且陪我一同練琴。心想再重新開始與他之間的一切。邀他來家裡做客，等同於是有點半公開我與他之間的戀情了，至少他可能會開心一點。我強迫自己必須忘掉維哲，不能一直因為他而讓自己過得不快樂，甚至是因他而傷害了深深愛我的邱杰。

S：65　　景：景宅琴房
時：日　　人：如歆、邱杰

△在琴房練琴的時候，如歆陶醉於大提琴的琴音裡。拉琴拉到一半的時候，她抬眼望他，見他一臉木然、紋絲不動地坐在一旁，像靈魂出竅一般沒有任何表情與舉動。
△如歆停下拉琴的動作，走到他身旁。

如歆：（輕喚）邱杰……
△他抬起眼來凝睇著我，沒有說話。
如歆：你是不是還很介意、介意那天……
△他雖沒有回答，然而他的表情足已說明一切。
如歆：（深吸了口氣，鼓足勇氣）：今天，我準備好了。
△他愕然地望著我。
如歆：我準備好了，把自己給你。

△他仍是動也不動。

△我拉他起身，將他帶向自己，然後主動地吻上他。

△他掙脫我，似乎有點驚嚇。

邱杰：就在這裡？

如歆：（點頭）爸媽出去了。其實他們從來不會在我練琴時進入琴房干擾我。

△聞言，他臉上的表情很是複雜，又像是猶豫。總之，說不出是高不高興。

△如歆偎近他，然後擁抱著他。

△畢竟是有血氣的男孩，如此這般的靠近與擁抱，讓他很難以自持。尤其，他是如此愛她。

△他將她推向琴房的牆面，深情濃烈又帶有點急迫粗魯地擁抱與親吻。他如是表現是珍惜外加害怕失去，復又加上對於她的渴望。

△他拉提她的裙襬，邊吻邊撫觸著她的大腿，接著，他一直地往前攻陷……

△關鍵時刻他驟然頹然地放手推開她，迅即地衝出琴房往廁間方向跑去。

△她有些錯愕，不知該如何是好地歎口氣，然後將自己的洋裝整理好。

△稍後，他回到琴房來，一臉頹喪地望著我。

邱杰：對不起，我做不到。妳心裡還有別人，妳不是心甘情願，妳只是可憐我，將自己當成禮物要償還我。我不要，我不是一個用下半身思考，可以有性無愛的人。

△她愕然地望著他。

如歆：（OS）老實說我有點震憾，為何我內心所有的想法，他都可以完全清楚地洞悉？如果不是真的用心深愛一個人，在乎一個人，那是絕對做不到的。

△尷尬，十分尷尬，他們之間都有點兒不知所措，因此避開彼此的眼神。

△最終，他仍展現了男士風度，他上前擁抱著我，輕輕地拍

著我的背脊。

邱杰：妳乖乖練琴，不吵妳了，我先回家好嗎？

如歆：（乖乖地點頭）好。

△他放開我，頭也不回地離開琴房。

△如歆在樓上窗臺邊，靜靜地看著他騎了摩托車緩緩地離去。

S：66　景：學校教室
時：日　人：如歆、俞庭、邱杰、同學若干

△教室走廊上，俞庭正拎著早餐走來。

△如歆上前，跟她打招呼。

如歆：嗨，早。

俞庭：早。

如歆：我今天要去琴房拉琴，妳也一起去嗎？

俞庭：（笑）好啊。對了，妳吃早餐沒，我今天多買了一份，我們一起吃吧。

如歆：嗯。

△兩人一起走進教室，裡面已有零星幾位同學正在說話或看書。

△如歆與俞庭坐定，俞庭將袋子裡的早餐拿出來，遞給如歆。

△如歆接過，打開。

俞庭：如歆，有件事情我想問妳。

如歆：什麼事妳問。

俞庭：妳跟邱杰，是不是……，在一起了？

△如歆停下打開餐盒的動作，不語。

俞庭：聖誕化妝舞會結束要回家的時候，我看見妳跟邱杰在一起。

△如歆還是不說話。

俞庭：（勉強一笑）妳能夠走出蘇維哲的陰影和邱杰在一起，我替妳高興。

△如歆盯著俞庭看，從她的表情看出了不尋常。

如歆：妳喜歡邱杰，是不是？

△俞庭愣了一下，沒有正面答覆，只是笑。

俞庭：從高中邱杰就很喜歡妳了，我一直是知道的。
如歆：妳沒回答我的問題。
俞庭：如歆，要我回答妳什麼呢？邱杰喜歡的人是妳不是我呀。今天會問妳這件事情，一是關心妳；二是想確認妳是不是真和邱杰在一起。
如歆：（歎息）妳應該要讓我知道妳的想法，同學這麼久了我居然沒有察覺到。
俞庭：我的想法是什麼不重要，重要的是邱杰到底喜歡誰。而且，我對感情這種事情向來不是很執著，既然他喜歡妳，而妳也不再拒絕他，那麼你們在一起是很自然的事情，妳沒有對不起任何人。
如歆：（搖頭）對不起，我居然搶了妳喜歡的人。
俞庭：我說了，妳沒有對不起任何人。
△俞庭停住，將話給吞了回去。
如歆：我心裡很不好受，畢竟妳是我最好的朋友。
△俞庭拉著如歆的手，笑了笑。
俞庭：別這樣，老實說知道妳跟邱杰在一起之後心裡確實有點失落感，但其實我反而高興妳能接受別的男孩。我說真的，不是違心之論也不是安慰妳。
△如歆低頭，無奈反應。
俞庭：如歆，不要因為這件事情有罪惡感，我希望妳跟邱杰可以好好在一起。他人很好，對妳也很認真，妳應該比我更清楚才是。
△邱杰拎早餐入鏡，走到如歆與俞庭身旁。
邱杰：我買了早餐，沒想到妳們已經在吃了。
△俞庭收拾桌上的餐盒。
俞庭：不吃了，你跟如歆一起吃吧。我先走囉。
△俞庭淡然一笑，拎著東西走出教室。
△邱杰坐在如歆對面，拿出袋裡的早餐。
△邱杰與如歆對坐著吃早餐，兩人皆靜默不語。
△一想起彼此之間親熱的事情，如歆覺得很尷尬。

邱杰：（沒話找話）對了，哪天要去餐廳唱歌，我送妳。
如歆：不用了，太麻煩。
邱杰：（眼神堅定）接送自己女朋友不麻煩，是我樂意做的事。
如歆：（不忍拒絕）好吧，那，就今天晚上八點來我家接我。
邱杰：好，今晚我準時到。

S：67　景：龍山寺
時：日　人：向母、環境人物

△城市空景。
△龍山寺內香火鼎盛，信眾正在焚香祈禱。
△向母燃香，在佛前閉眼跪拜祈願。
△CU.向母喃喃祈求時虔誠的神情。
△向母擲了幾次筊，求到籤詩，一看笑了。她握緊籤詩，像為自己加油打氣一樣。

S：68　景：鋼琴餐廳
時：夜　人：如歆、邱杰、天使、客人若干

△夜，餐廳外觀。
△邱杰載如歆來，如歆下車。
△如歆在餐廳內的臺上彈琴唱歌。如歆的琴音與歌聲起，唱著〈微風往事〉。
△客人坐在臺下，用餐、喝咖啡或者是閒聊。
△臺下一隅，邱杰深情地凝視著臺上的如歆。
△唱完歌，如歆見臺下正坐著戴帽子、墨鏡跟黑口罩的天使。
△換完衣服，如歆來到天使的桌位。
如歆：好幾次都沒見到你來，學校功課很忙嗎？
△天使點頭。
如歆：今天沒喝咖啡？我請你好不好？
△天使搖頭。

△邱杰緩緩地走來，出現在如歆與天使眼前。

△天使不說話，有點疑惑地望著邱杰。

△如歆淡淡一笑，對邱杰做介紹。

如歆：這位是我的粉絲，叫天使。

△邱杰見天使如此裝扮，不解反應，他向天使頷首。

邱杰：（自我介紹）我是如歆高中跟大學的同學，也是她男朋友。

△如歆有點怔住，潛意識裡她似乎不希望天使知道邱杰是自己男朋友。

△天使聽了邱杰的話，整個人僵在位置上好久好久，沒有任何反應，甚至連頭也不點。

△如歆狐疑不解地注視著天使。

邱杰：如歆，要走了嗎？看是要去吃點東西還是我送妳回家。

如歆：嗯。（轉對天使）先走了，你，你還要再待在這嗎？有沒有朋友來載你，還是要我幫你叫輛計程車？

△天使搖頭，揮手示意如歆與邱杰先走。

如歆：那，我們先走了。晚上如果有上線的話再聊。

△邱杰拉著如歆的手往門口方向走去，只剩天使獃坐在位置上。

S：69　　景：師大夜市
時：夜　　人：如歆、邱杰、環境人物

△夜市人聲鼎沸，小攤販擠滿了吃東西的客人。

△鏡頭審視夜市各角落景況。

△沿路有攤販老闆叫賣或是招攬客人的聲音。

△如歆與邱杰在某個攤子上吃東西。

△兩人逛夜市，如歆卻意興闌珊，一點興致也沒有。

△兩人來到放摩托車的地方，邱杰跨上車子、戴上安全帽。

△如歆也戴上安全帽，跨上摩托車後座。

△邱杰載著如歆離去。

S：70　　景：馬路上
時：夜　　人：如歆、邱杰

△邱杰騎車載著如歆，速度極快地奔馳在沒什麼人車的馬路上。

△寒風襲來，如歆瑟縮著，整個人縮在邱杰背後躲著刺骨寒風。

如歆：（因風大，所以大聲問）你冷不冷？

邱杰：（轉過頭來）還好，妳呢？

如歆：（發顫）我好冷。

邱杰：那我騎慢點，妳就趴在我背上抱著我，這樣比較不冷。

△邱杰才正要放慢速度，卻沒能及早注意到前有彎路，所以來不及減速。彎路處有些傾斜，摩托車因此打滑。

△整臺摩托車失速無法控制，眼看著就要摔車。

邱杰：（大吼）如歆小心！

△車子倒地。邱杰不忘動作迅速地轉過身來抱住如歆。

△兩人一起摔落，跌滾到一邊去，車子則繼續滑行約莫十幾公尺遠。

△靜止了，一切都靜止了。如歆與邱杰被離心力拋落在路旁，摩托車停止了打滑。

△路燈照射下，如歆見自己整個被邱杰給護住；邱杰則毫無任何護己的動作而摔傷，表情很是痛苦。

如歆：（急問）你還好吧？邱杰、邱杰——

邱杰：我，我，我的腿⋯⋯。

△如歆往邱杰的腿一看，見他牛仔褲已完全磨破，露出的大塊面積幾乎是一片血肉糢糊。

如歆：（驚呼）啊——，你的腿都是血！

邱杰：妳有沒有受傷？

△如歆看著自己發痛的手肘，袖子磨破了，她咬牙隱忍。

如歆：只有肘部有些擦傷。

邱杰：（表情痛苦）妳沒事，那就⋯⋯，那就好。

如歆：（哭了）你好傻，為什麼要抱住我？

邱杰：妳，不能受傷，我不能讓妳受傷……。
如歆：別再說了！（擦乾眼淚）我打電話叫救護車。
　△如歆掏出外套口袋裡的手機，撥電話。

S：71　景：邱宅／邱杰房
時：日　人：如歆、邱杰

△邱杰捧著本書坐在床上閱讀，腿已上了石膏。
△如歆小心翼翼地為邱杰換藥，在他額頭敷完藥後貼了塊白紗布。
△如歆為邱杰端來食物，餵他吃東西。
△如歆打掃邱杰的房間、擦桌子、整理他的書桌。
△如歆拿衣服丟進洗衣機裡洗。
△如歆替邱杰疊衣服，疊好以後放進衣櫃。
△時間過程。
△Fade out.
△鏡頭畫面全黑。

S：72　景：醫院／雜景
時：日　人：士鈞、向父、向母、曉菁、醫生甲、乙

△向父、向母與曉菁陪士鈞看另外的醫生，醫生甲看了檢查報告，搖頭表示這病無藥可醫。
△向父、向母與曉菁陪士鈞四處求醫，醫生乙搖頭。
△向母去中藥行買藥材。
△向母熬中藥給士鈞喝，士鈞忍著藥苦喝下。
△向母暗自落淚，士鈞見狀很是痛苦。

S：73　　景：街景／公園
時：日　　人：士鈞、環境人物

△士鈞一個人默默地來到公園，獃獃地坐在長椅上。

△士鈞主觀鏡頭，見遠處有一雙父母陪他們的孩子玩球，一家和樂。

△第一次，士鈞有種不知將來會如何，自己又將何去何從的感覺。他望著天空，鏡頭畫面旋了起來。

S：74　　景：向宅客廳／陽臺
時：夜　　人：向父、向母

△向母打電話給士鈞，一直無人接聽，向母顯得心焦。

△CU.時鐘，時針指向十，已是晚上十點鐘，未見士鈞回家，向父、向母很是憂心。

△向父走到陽臺，向樓下張望，樓下安靜無人，只有狗兒吠了幾聲。

△向母打電話給曉菁。

向母：喂，是曉菁嗎？是，我是向媽媽。我是想問妳，士鈞是不是跟妳在一起？啊，沒有？

△向父、向母相偕出門尋找。

S：75　　景：雜景
時：夜　　人：向父、向母、路人若干

△向父、向母尋找士鈞，不停地向路人詢問。

△向父、向母各自分頭找人，各自詢問路人的畫面。

S：76　　景：公園
時：夜　　人：士鈞、曉菁

△公園的路燈，放射出柔和的白色光華。

△曉菁走在公園外的紅磚道上，地上一隻斜影陪著她。來到公園入口，進入。

△曉菁在一盞公園燈下，見士鈞獃坐在那裡。

曉菁：（大喊）士鈞——

△士鈞向曉菁處望去。

△曉菁連走帶跑地來到士鈞面前。

曉菁：（上前擁抱士鈞）還好，找到你了。向媽打電話給我，說你還沒回家。他們很擔心你，你知道嗎？

士鈞：（冷然）幫我回去告訴他們，好好過日子，當我死了，沒我這兒子。

曉菁：怎麼可以說這種話？向伯向媽要是聽見了有多難過？

士鈞：我對不起他們也對不起妳，如果我死了大家就不用痛苦了。

曉菁：（含淚）不許你說這種喪志話。

士鈞：如果活著，要歷經多少痛苦，要做多少努力跟奮鬥妳知道嗎？與其如此，不如死了倒乾脆。

曉菁：（大罵）如果連死都不怕，那為什麼不好好活著，為愛自己的人好好活著？士鈞，我們都愛你呀。

△曉菁的話使士鈞如夢初醒，他深深地凝望著她。

△兩人緊緊地擁抱在一起。

S：77　　景：醫院診間／一樓大廳
時：日　　人：如歆、邱杰、醫生、環境人物

△Fade in.

△上字幕：「1 month later／一個月後」。

△醫院診間內，醫生小心翼翼地為邱杰拆下腿上的石膏。

如歆：謝謝你，醫生。
　　△醫生頷首，離去。
邱杰：要把這拆下的石膏帶回去，這石膏是我們之間愛的證據，我要一輩子好好保存，留著將來給我們的孩子看。
　　△如歆勉強一笑，什麼也沒有說，隨即換上一張憂傷的臉。

※　　※　　※

　　△醫院一樓大廳，電梯門打開，如歆小心翼翼地扶邱杰走出。
　　△邱杰伸了下懶腰，攬著如歆的肩，一臉燦爛的笑容。
邱杰：等我腳完全好了，就可以再騎機車載妳了。
如歆：看樣子你真的摔不怕。
邱杰：（幸福笑）如果摔車能得到妳無微不至的照顧，那摔一百次也願意。
如歆：胡扯，別胡說八道！（臉上仰，雙手合十，喃喃）壞的不靈好的靈，童言無忌、童言無忌。
　　△如歆惡狠狠地盯著邱杰，氣他亂言。
　　△邱杰傻笑。
邱杰：受傷這段期間真的謝謝妳，要不是妳細心的照顧跟陪伴，恐怕我的傷也不會好得這麼快。
如歆：別這麼說，照顧你……（遲疑）恐怕是我能償還你的唯一方式。
邱杰：（不解）償還？償還什麼？
如歆：你不覺得，我們之間的感情太不對等嗎？
邱杰：我不在乎。
如歆：但我在乎，我不要你一直前進、一直奉獻自己，那會讓我承受不住，我的壓力會很大。你懂嗎？
邱杰：那，妳希望我怎麼做？
　　△如歆的肩膀垂了下來，很無力也很無奈。
如歆：我們，我們是不是……。
邱杰：（追問）怎麼樣？
如歆：分手，邱杰，我們分手好不好？

△邱杰整個人瘋了似地搖頭。

邱杰：（大吼）不好，我不要！

如歆：邱杰，分手吧，我真的沒辦法給你，你想要的那種愛情。

邱杰：妳不能給沒關係，我給，這樣不行嗎？

△如歆沉默不語。

邱杰：那，不然先暫時一陣子不見面，我不給妳壓力，也不吵妳，只要不分手就好。好嗎？

如歆：（大聲喊）邱杰，你怎麼還是搞不清楚重點？

△邱杰不管醫院大廳裡人來人往，死命緊緊地抱著如歆。

邱杰：拜託不要，妳一說分手我的世界幾乎就要塌了。我愛妳，求妳讓我留在妳身邊好不好。如歆？

△如歆從邱杰的懷裡掙脫。

△如歆不說話，只覺得好無力，好難過。

△見如歆不說話，邱杰上前。

邱杰：（試探）妳是不是，不分手了？

如歆：（搖頭）我只是在想，要用什麼樣的方式分手才不會讓你那麼痛苦。

△邱杰哭了，一滴眼淚驟然地蹦出，沿著臉龐滑下來。

△邱杰的淚愈盈愈多，兩隻眼睛像淚窪一樣，猶如一個被棄養的可憐小孩在一旁啜泣，好久好久才終於抑制住激動的情緒，走向如歆。

邱杰：求妳，可不可以再考慮一下？求妳！

如歆：邱杰……。

邱杰：求妳，求妳再考慮一下，不要馬上跟我分手好嗎？

如歆：我……（歎氣）。

邱杰：冷靜考慮一段時間，之後如果還是要分手，那……，我就不再挽留妳。

△如歆看著邱杰企求渴望的眼神，心軟了。牙一咬，閉著眼睛點了下頭。

如歆：好，我考慮。

邱杰：情人節晚上六點鐘，在學校對面那家咖啡館見面。那天再告

訴我妳的決定。好不好？
△如歆點頭，看著邱杰。
△Fade out.
△鏡頭畫面全黑。

S：78　　景：咖啡館內／外
時：夜　　人：如歆、邱杰、服務生、客人若干

△全黑畫面連。
△上字幕：「1 week later／一週後」。
△疊入咖啡館內零星客人的畫面。
△悲傷音樂起。
△咖啡館外，如歆很痛苦地來了，沒進去，只在窗外往館內看去。
△如歆主觀鏡頭，見邱杰買了束好大好豔的玫瑰花放在桌上，還有一個精美繫著絲帶的禮物盒子放在鮮花旁邊。
△如歆掏手機看了下時間，CU.是18：00，她猶豫，仍沒勇氣走進去。
△時間過程。
△如歆不知在窗外躊躇了多久，再看手機時間，CU.上面顯示為19：00。如歆抬眼望去，見邱杰仍像尊雕像一樣地坐在位置上，臉色木然，沒有太大太明顯的變化與動作。
△如歆心痛反應，眼底噙著淚水。
△時間過程。
△守在咖啡館外的如歆再看手機，CU.時間顯示為20:55。
△如歆緊握手機，低頭，捧著胸口，淚水一顆顆不停地往下掉。
如歆：（OS）邱杰，求求你，求你別再等了。我不會現身的，你為什麼還要這麼傻，苦苦地等？
△時間過程。
△如歆再看手機，CU.時間顯示為23:30。

△如歆向窗內望，主觀鏡頭見咖啡館的客人一個個地買單走出，只剩邱杰還堅守在他的位置上，動也不動。
△一位服務生走向邱杰，好像在他耳邊說了些什麼。
△邱杰似乎回了服務生一些話，服務生點頭，然後走開。
△一分鐘後，如歆的手機響起，她掏出一看，CU.來電顯示是「邱杰」。
△如歆咬著下唇，一串眼淚滑落，將手機緊緊地握在手裡，不打算接聽。
△手機一直響，來電顯示為「邱杰」。
△隔了一會兒，手機又響，來電顯示又是「邱杰」。
△手機鈴響和絃終於靜下，如歆望著手心裡的手機一臉痛苦。
△如歆再看向咖啡館，見邱杰正走到櫃臺買單，之後落寞地走出來。
△如歆見邱杰走出，趕緊躲到黑暗隱暱的角落去。
△服務生追了出來，追上邱杰。
服務生：欸等等，你的花跟禮物忘記帶走了。
△邱杰靜默沒有表情地接下服務生手中的花束與禮物盒子，沒有道謝，靜靜而沮喪地走遠。
△角落裡的如歆，揪心痛苦地哭了。
如歆：邱杰……
△悲傷音樂漸隱。

S：79	景：街景
時：夜	人：如歆

△如歆慢慢地走回家，臉上掛有一行清淚。
△風吹亂了如歆飄逸的秀髮。
△街上行人自如歆身邊掠過，甚至撞到她，她也毫無反應。
△車輛從如歆身邊呼嘯而過，對她按喇叭，她也一無所謂。
△如歆一個人淚眼婆娑地走了好久好久，街景不斷地轉換。
△Cut.

S：80　　景：邱杰房
時：夜　　人：邱杰

△邱杰坐在房間的地板上默默地掉淚，地上雜亂的書刊以及啤酒空瓶。

△邱杰淚流滿面，抱著他原本要送給如歆的禮物與花束。

△INS邱杰與如歆至陽明山吃晚飯、觀星賞月、親吻、聖誕化妝舞會的共舞、車禍受傷、如歆無微不至的照顧以及醫院大廳提分手……等片段。

△CU.放在床舖上的手機。

△邱杰拿起手機，輸入訊息。

S：81　　景：如歆房
時：夜　　人：如歆

△如歆默坐在房裡的書桌前。

△如歆走到床畔，將自己重重地摔在床上，一直不停狠狠地痛哭。

△SE簡訊提示聲，如歆打開收訊匣，見邱杰的來訊。CU.手機螢幕上的訊息：明白了，不會再給妳壓力。以後要好好照顧自己，不要讓我連分手了都還掛心妳。只有一個願望，希望妳幸福快樂。答應我，一定要快樂起來。如果分手可以讓妳自在，我願意成全。心痛的邱杰。

△闔上手機，如歆的心在顫抖，她咬著下唇哭出。

如歆：邱杰，對不起、對不起，真的對不起你！

△如歆無法抑制地嚎啕大哭。

△以上S-80/S-81兩場對跳剪接。

S：82　　景：學校琴房內／外
時：日　　人：如歆、邱杰

△琴房內，邱杰拉背入鏡正在拉小提琴。
△鏡頭拍邱杰拉琴時落寞、哀傷的神情，甚至眼角還泛著淚光。
△鏡頭由邱杰的臉帶到琴房窗外的如歆，然後聚焦在如歆身上。
△如歆主觀鏡頭見邱杰悲傷地拉琴，心裡相當痛苦。
△邱杰拉琴，以不同角度、人物不同服裝等畫面交疊，以呈現出每天都在拉琴療傷的時間過程。以此些畫面搭以下如歆OS。

如歆：（OS）邱杰，你的琴音我聽得懂，那琴音有太多滿溢而不可言喻的傷痛，還有許多情感的糾結與不能理解的憤怒。（歎息）維哲毫無預警地在三年多前離開我、傷害我，而我又深深傷害了你。原來每個人都有可能被傷害，也有可能去傷害別人。當傷害別人時，其實也會有一個反作用力傷到自己，我藉著在餐廳打工時的彈唱，也在療傷。

△Fade out, 畫面全黑。

S：83　　景：街景
時：日　　人：士鈞、曉菁、計程車司機、環境人物

△CU.「永康街」路牌。
△街上，行人來來去去。
△士鈞與曉菁相偕逛街。
△兩人走進一家小麵館，吃午餐。
△吃完午餐走出麵館，再從巷子裡來到大馬路，士鈞突然無預警跌倒，曉菁很吃力地想扶他站起來。
△路旁的計程車司機見狀，上前幫忙曉菁攙扶士鈞。

司機：這情形多久了？

△士鈞與曉菁聽了，皆愣怔反應。

△曉菁意會過來，回答。

曉菁：剛發病不久。

司機：（瞭然點頭）要去哪，我載你們吧。

曉菁：（微笑）嗯，謝謝。

△司機幫忙扶起士鈞，坐進車內。

△曉菁隨士鈞坐進車子，司機關上門，繞到駕駛坐，坐進。

司機：（邊開車邊說）我女朋友，一樣的病。（笑開）我女朋友多漂亮啊，以前一直都很健康，可是怪了咧，說病就病。老天爺啊，唉。

△士鈞與曉菁皆沉默反應。

司機：本來都要結婚了，婚紗挑了、婚照拍了。（沉吟）她把戒指還給我，要我去找能給我幸福的女人。（哽咽）她說不想拖累我。

△司機嗚咽地哭起來。

△士鈞在後座，眼眶蓄滿淚水。

△曉菁的淚已然落下。

S：84　景：教會
時：日　人：士鈞、曉菁、牧師、信徒眾

△教會空鏡。

△士鈞與曉菁做禮拜，會眾正唱詩歌，天籟般的歌聲迴盪在教堂內。

△牧者在講臺上證道。

△禮拜後，牧師與教友們紛紛地關心士鈞的病況，為他加油打氣。

S：85　景：醫院／診間內外連走廊
時：日　人：士鈞、醫生

△醫院空鏡。

△診療室內，醫生向士鈞問診。

△醫院走廊，士鈞與醫生兩人邊走邊談。

醫生：士鈞，我知道年紀輕輕得了這樣的病對你打擊很大，甚至會毀掉你的大好前途。可是很多事情你無法選擇，既然碰上了，希望你能勇敢面對，不要被疾病給打敗。好嗎？

士鈞：（沮喪）以後還能做些什麼，還有什麼希望可言？

醫生：（停下腳步，看著士鈞）你知道「遠端肌肉無力症」是罕見疾病嗎？

△士鈞點頭，卻沒有說話。

醫生：如果你願意用自己的生命，去做些有意義的事情，那麼就要勇敢地活下去。如果你能如此，才有機會可以貢獻自己的力量，幫助那些跟你一樣的罕見病患。

△士鈞聽見醫生的話，眼睛一亮。

醫生：加入罕見疾病基金會吧，這些病人，需要很多人的奔走協助。這個悲壯的命運，落在罕見疾病病患身上，因為你們的存在，讓很多人知道要珍惜自己的生命。所以你的存在，一定會有價值與意義……

S：86	景：鋼琴餐廳
時：夜	人：如歆、客人若干

△Fade in.

△鋼琴餐廳內的臺上，如歆正在彈琴唱歌。

△SE如歆的歌聲與琴音起，她正唱著老歌〈哭砂〉。

△如歆唱著不同的歌、著不一樣的服裝、每回唱歌時主觀視線皆往臺下搜尋天使的身影卻尋不到他的畫面交疊，藉以呈現時間過程。

△歌聲與音樂結束。

S：87　　景：公寓樓下大門
時：日　　人：如歆、向士鈞（畫外音）

△如歆步行，緩緩地來到天使所住的公寓樓下。

△如歆有些怯懦反應，深怕自己突然來訪會過於唐突。

△猶豫了一會兒還是鼓起勇氣，按下門鈴。

△沒多久，一個年輕男孩（向士鈞）的聲音從對講機裡傳了過來。

士鈞：（畫外音）找誰？

如歆：對不起，我找向士鈞，請問他在嗎？

士鈞：（畫外音，有點警戒）妳，妳是誰？找他什麼事？

如歆：我叫景如歆，念OO大學音樂系，在餐廳打工駐唱。天使……，喔，是向士鈞之前常來聽我唱歌，因為很久沒來了，有點擔心所以才過來拜訪。

士鈞：（畫外音）妳，怎麼會知道地址？

如歆：之前撿到士鈞的皮夾，裡面有他的駕照，我是按著上面地址找來的。

士鈞：（畫外音，刻意隱瞞）對不起，向士鈞已經不住在這裡了。

如歆：（驚）啊，那他搬去哪兒了？

士鈞：（畫外音，支吾）這個……，我不方便告訴妳。

如歆：為什麼？我是士鈞的朋友又不是陌生人。

士鈞：（畫外音）是妳說的，又不是士鈞親口跟我說，我不能隨便把他住處的地址給我不認識的人。請妳離開吧。

△士鈞話一說完切斷對講機通話。

如歆：（大吼）欸，等等、等等——

△對講機已沒有任何聲音了，如歆默默地望著對講機，沉吟好一會兒。

△如歆沮喪地離開公寓。

S：88　　景：景宅如歆房
時：夜　　人：如歆

△房裡，如歆躺在床舖上，主觀鏡頭望著天花板發獃。

△躺在床上的她轉頭看看枕畔的泰迪熊，又看看房門，最後將視線落在電腦上。

△如歆眼神突然發亮，像想到什麼似的。

如歆：有了！

△如歆起身，興奮地跳下床走到電腦前。

△如歆上網，CU.電腦螢幕上Google的搜尋引擎。她動手在鍵盤上打字，搜尋框格內出現「向士鈞」三字。

△如歆按下Enter鍵，一串搜尋結果List在她眼前，她稍微地瀏覽一下螢幕上的資料，其中有一條訊息非常引起她的注意。

△如歆點開一看，網頁上的資料是某大學三年多前的新生錄取名單，CU.××大學企管系錄取名單……向士鈞。

如歆：（眼睛一亮，喃語）這個向士鈞跟我所認識的向士鈞會是同名同姓的兩個人嗎？應該不會，畢竟姓向的人並不多。

△如歆繼續地盯著電腦螢幕上的資料。

如歆：（喃語）如果是同一個人，那麼這個向士鈞所念的是××大學企管系，就是維哲沒休學之前所念的學校跟科系。算算時間他應該跟我還有維哲一樣都是大四。難道，士鈞與維哲曾經是同學？

△如歆繼續地看下去，沒一會兒發現錄取名單中居然也有維哲的名字，CU.「蘇維哲」三字。

△如歆笑，確定士鈞與維哲是同學。

S：89　　景：學校大門／教室
時：日　　人：如歆、同學甲、同學若干

△校園大門外觀。

△如歆來到某大學校門口，接著往校園裡走去。

△來到走廊，如歆湊近教室窗口，主觀鏡頭見一名男同學正好伏在課桌上寫筆記。

如歆：對不起，我找向士鈞，可不可以麻煩幫我找一下？

同學甲：向士鈞喔，他兩天沒來學校上課了耶。

如歆：為什麼？

同學甲：不知道。

如歆：那，你應該認識一位叫蘇維哲的同學吧？

同學甲：蘇維哲……？（側頭想了一下）喔對對對，他是我們的同學，可是他大一下就休學了耶，跟他沒有什麼特別交情。

如歆：那你們班同學有沒有人跟他還有聯繫的？

同學甲：應該沒有吧，他大一下就休學，沒跟班上同學有什麼特別的感情。大家都忙自己的課業跟社團，不太可能會跟休學的同學聯繫。

如歆：（失望）不好意思打擾你。謝謝你。

同學甲：對了，妳叫什麼名字，向士鈞要是來上課的話我再跟他說。

如歆：不用了，我改天再來。（突然想起）呃對了，你有沒有向士鈞的手機號碼？

同學甲：啊，有，妳等等。

△同學甲掏出手機，查了一下通訊錄，將手機螢幕show在如歆眼前。

同學甲：喏，這是他的手機號碼。

△如歆拿出手機，快速地將士鈞的號碼輸入通訊錄內儲存。

如歆：（頷首）謝謝你喔。

同學甲：不客氣。

△同學甲搔搔腦門，回座，繼續寫筆記。

△如歆則靜默地離開教室，往校門口的方向走去。

S：90　　景：校園一隅
時：日　　人：如歆、士鈞（畫外音）

△如歆邊走邊打士鈞的手機號碼，電話終於接通，如歆心裡一喜。

士鈞：（畫外音）喂……。

如歆：你好，請問是向士鈞的手機嗎？

士鈞：（畫外音，警戒）妳是……。

如歆：不好意思，我是景如歆，是這樣子的……。

△如歆話還未說完，士鈞立即切斷電話收線。

如歆：喂，喂，喂——

△如歆不死心地又再打了一次。

△傳來語音：對不起，您撥的用戶已關機，請稍後再撥。

△如歆沮喪，不解。

S：91　　景：街景／7－11門口
時：日　　人：如歆、士鈞、邱杰、路人若干

△如歆漫無目的地走在街上，與路人擦肩而過。路人開心的表情，對比她的沮喪陰鬱。

△如歆不知不覺地走到一家7－11，想進去。

△走近7－11，卻看見一個男孩走出來，是向士鈞。

△如歆驚愕反應。

如歆：（喃語）向士鈞？他居然沒戴口罩跟墨鏡？大白天出現在大街上？

△士鈞拎著一大袋所買的東西走出來，如歆悄悄地跟在他身後。

△逛街的路人很多，如歆刻意地讓幾個路人夾雜在她與士鈞之間，小心翼翼地跟蹤。

△跟蹤士鈞一會兒之後，邱杰迎面而來驟然地出現在如歆面前，如歆不得不停下跟蹤的腳步。

△如歆見邱杰滿臉未刮的鬍渣、憔悴的臉龐還有無神空洞的雙眼，嚇了一大跳。

如歆：邱杰，你，怎麼會在這兒？

邱杰：（笑）如歆，是妳！真的是妳！

如歆：你，怎麼沒在學校上課？

△邱杰別過臉去，什麼也沒說。

△如歆想安慰他，卻又不知該如何安慰起，沉默片刻索性想一逃了之。

如歆：不好意思邱杰，我還有事，先走了。（慌張走了幾步）

邱杰：（嘶啞）難道妳就這麼不想見到我？

△如歆停下腳步，回頭走向他。

如歆：不是的，你誤會了。我只是——

△邱杰抓住如歆的手，懇求。

邱杰：如歆，可不可以我們從頭來過？

△如歆無語地低下頭來，一會兒又不放心地抬眼看向愈走愈遠的向士鈞，再看著可憐無辜的邱杰，處在一個掙扎為難的狀態。

邱杰：如歆，說話好嗎？如果妳沒辦法愛，那就讓我來愛妳吧。

如歆：我不是公主，不值得你這樣守候；你不是卑微的人，不需要委屈自己做這等卑微的事情。清醒點好嗎，邱杰，我們沒辦法繼續下去了，不要為難自己也為難我好不好？

邱杰：如歆……，算我求妳了。

△如歆搖頭，邊後退邊跟邱杰說話。

如歆：對不起邱杰，我真的還有事，先走了。你快回學校去吧，再見。

△如歆撇下狼狽可憐的邱杰獃在原地，自己卻迅急地逃走了。

△邱杰崩潰的吼聲在如歆身後揚起。

△如歆聽見，既痛苦又揪心反應。

S：92　　景：學校教室走廊
時：午　　人：如歆、同學甲（同S-89）

△翌日，如歆蹲在教室外的走廊上，目光獃滯。

△一位男同學走過來，拍了如歆的肩膀一下。

同學甲：欸，是妳喲。

△如歆抬眼一看，是之前跟自己說過話的男同學。

如歆：嗯。

同學甲：妳沒打電話給士鈞嗎？

如歆：有，可是他關機了，我打了很多次都沒有辦法跟他聯絡上。

同學甲：妳到底有什麼急事非找到他不可？他有女朋友啊，該不會妳是他劈腿的另一個女朋友吧？

△如歆猛然地搖頭表示不是，有些為難，不知如何說明解釋。

△同學甲見如歆一臉猶豫，聳聳肩。

同學甲：算了，不問了。呃對了，今天上午士鈞有來學校上課耶。

如歆：他有來？

同學甲：對啊，妳錯過了。下午是選修課，他沒課就先走了。

如歆：那明天呢，他會不會來？

同學甲：不知道。他最近怪怪的，老是不來上課。

如歆：最近？

同學甲：是啊，他以前不太會這樣，也不知道為什麼。

如歆：知道了，謝謝你。

同學甲：妳應該也在念書吧？不要再等士鈞了，好好回去上課，我碰到士鈞會跟他說妳找他。好不好？

△如歆點頭，勉強笑了一下離開教室走廊。

S：93　　景：景宅客廳
時：傍晚　　人：如歆、景母

△景宅空鏡。

△如歆進入客廳，見母親正板著張臉坐在沙發上。

△如歆有些怯步，不過還是上前。

如歆：媽，怎麼了？

景母：怎麼了？問妳呀。

如歆：什麼意思？

景母：妳為什麼好幾天都沒去學校上課？

如歆：誰告訴妳的？

景母：俞庭說妳根本沒放棄過維哲，這幾年來一直都在找他，還去餐廳唱歌，有個粉絲跟維哲有什麼關聯的。怎麼回事，難道妳搞不清楚愛情跟前途哪個重要嗎？

如歆：「前途」？是妳跟爸的前途，還是我的？在餐廳飯店打工難道沒有前途嗎？

景母：妳明知道我們要的不是這個。

如歆：那是什麼？要我穿漂亮禮服在臺上演奏對嗎？我不是那塊料。

景母：誰說妳不是？從小到大妳比賽得了那麼多獎，那些老師都誇妳要考大提琴首席不是難事……。

如歆：我很清楚我不是，琴藝高超不代表我的個性適合。

△景母氣極敗壞，站了起來。

景母：什麼時候變得這麼不聽話，背著我跟妳爸去餐廳打工不說，還瞞著我們去找蘇維哲。到底還有什麼事情瞞著我們妳說！

如歆：不想說，我累了，先上樓去。

△如歆往樓梯的方向走，正打算要跨出步子上樓。

景母：（大聲吼）站住！

△如歆停下腳步，手放在樓梯的扶手上，動也不動。

景母：搞清楚是他不要妳，不聲不響撇下妳就走。所以從今天開始不准妳再去找他，我會要妳爸每天開車接妳上下課。還有，不能再去餐廳打工。

如歆：（深吸口氣，鼓起勇氣）我答應，不再浪費時間去找人，不過我不可能讓爸接我上下課，更不可能不去餐廳飯店打工。如果妳跟爸硬要規定我這麼做，那我也只能先住到外婆家。我當了很多年聽話的乖女兒，累了，想做我自己，關於這一

點希望媽能諒解。

△如歆有種釋放的感覺，頭也不回地邁開腳步攀上二樓。

△景母愕然、不可置信反應。

S：94　景：鋼琴餐廳內／外
時：夜　人：如歆、士鈞、客人若干

△臺上，如歆彈琴唱歌，SE歌聲與琴音起，她正唱著李泰祥所作的老歌〈你是我所有的回憶〉。

△如歆主觀鏡頭往臺下座位望去，見是不認識的客人正在用餐聽歌。

△疊入之前天使坐在相同的位置上喝咖啡的畫面。

△再疊回不認識的客人用餐聽歌的畫面，形成一種如歆的想像。

△時間過程。

△如歆唱完歌、琴音止，收拾好東西下臺。

△如歆走到餐廳外，主觀鏡頭乍見一名身形高大的男孩拉背入鏡。

△男孩轉過身來，是士鈞。

△如歆上前，見士鈞臉上還有霓虹燈閃耀的彩光，很清晰的一張臉（沒有口罩、墨鏡與帽子）。

△如歆冷冷地看士鈞一眼，沒有說話，靜靜地從他身旁掠過。

士鈞：景如歆……

△如歆停下腳步，神情冷漠。

士鈞：對不起！

如歆：你沒有對不起我什麼，是我厚臉皮一直不停地找你，現在我不想找了。

△如歆話說完正打算要走。

△士鈞卻扳住如歆的肩。

士鈞：給我十分鐘時間好嗎？

如歆：憑什麼？

士鈞：總之給我一點時間，讓我把所有事情都解釋清楚好嗎？

如歆：那好，先回答我問題，你不是一直都戴帽子、口罩跟墨鏡，而且行動不便嗎，為什麼現在會好端端地站在我面前？

士鈞：（輕歎）妳看到的人根本就……。

如歆：（憤怒搶白）耍我嗎？你是故意裝出來搏取我的同情是不是？

士鈞：不是這樣子的，妳聽我說……。

如歆：（憤怒大吼）還要我聽你說什麼？

士鈞：（大吼）我根本不是妳的天使！

如歆：（愣住，遲疑）你不是天使？

士鈞：對。

如歆：那你是誰？

士鈞：我是向士鈞，我是我自己。

如歆：那天使呢，他到底是誰？

士鈞：天使是蘇維哲，妳找了很久的蘇維哲。

△士鈞的話使如歆相當震驚，她睜大眼睛幾乎說不出話來。

士鈞：（低喚）景如歆？

△如歆回過神來，崩潰。

如歆：不要再耍我了行不行？

士鈞：我沒有耍妳。我跟維哲確實是大學同學，不過大一下他休學之後就參加隔年的考試，考上別的學校又從大一開始念起。

如歆：（懷疑）是嗎，為什麼他要去考別的學校？

士鈞：因為他不想讓妳找到他。

如歆：（哽咽）為什麼要躲我？

士鈞：因為他生病了。

如歆：（錯愕）生病？

士鈞：大一那年他罹患「遠端肌肉無力症」，知道沒有辦法給妳幸福，所以消極地選擇逃避。我是他大學死黨，在他休學後還一直跟他保持聯繫。當他知道妳在餐廳打工，時常忍受行動不便晚上出現在妳唱歌的餐廳，因為不想讓妳認出是他，所以才會一身黑衣的打扮。

△士鈞對白，搭以下畫面呈現：

△士鈞與維哲相互見面，士鈞照顧生病的維哲。

△維哲去西餐廳聽如歆唱歌。

如歆：那為什麼去華納威秀那次，我揭開口罩跟墨鏡的時候是你？

士鈞：那陣子妳跟維哲在MSN上說話，他知道妳懷疑了，一定會想辦法搞清楚他到底是誰，所以拜託我代替他到餐廳聽妳唱歌。那次去華納威秀掉皮夾的人其實是我。

△士鈞對白，搭以下畫面呈見：

△INS：如歆與天使在MSN聊天的畫面。

△士鈞在家著一身黑衣、戴口罩與鴨舌帽，代替維哲到西餐廳聽如歆唱歌。

△INS：華納威秀前，如歆掀了天使的帽子、摘他墨鏡，卻發現他不是維哲的畫面。

△INS：如歆寫道歉信給天使的畫面。

如歆：為什麼不早告訴我，為什麼我打電話找你、到學校等你你都避不見面？

士鈞：維哲曾經交代，無論如何都不能告訴妳，他不想妳擔心，我承諾他的事情不能不做到。

如歆：那現在你為什麼要告訴我？

士鈞：妳應該感覺到他已經很久沒來餐廳了吧？

如歆：嗯。

士鈞：因為他車禍受傷，人在醫院。（歎）維哲患有「遠端肌肉無力症」，他就是行動不便才會發生車禍。

△如歆表情凝重，鏡頭對跳如歆與士鈞兩人的神情。

士鈞：我再也看不下去了，妳跟維哲明明很愛對方，互相想念，卻因為他的病必須分開，我於心不忍，告訴妳是因為他現在很需要妳的鼓勵。

△如歆聽完士鈞所說的話，震驚、崩潰，忍不住當著他的面痛哭起來。

如歆：（喃語）維哲、維哲，為什麼這麼傻……。

△如歆嗚咽不停地掩面哭喊，雙肩顫抖。

△士鈞安慰地拍拍她的肩。

士鈞：雖然讓妳難過，但應該已經解開妳的心結了。

△如歆緊緊地拉住士鈞的手肘。

如歆：維哲住在哪家醫院？

士鈞：我正要去看他，要不一起去？

△如歆點頭。

S：95　　景：醫院走廊／病房內／外
時：夜　　人：如歆、維哲、士鈞

△醫院空鏡。

△醫院走廊上的電梯門開，如歆與士鈞從裡面走出來。

△士鈞領著如歆走在走廊上。

△如歆的神情顯得既期待，又很緊張。

△終於來到病房前，如歆卻停下腳步。

△士鈞回頭。

士鈞：進去吧，維哲就在裡面。

如歆：（喃語）真的是他嗎，真的可以見到他嗎？

士鈞：（點頭）不過要有心理準備，他的傷勢有點嚴重。

△如歆咬了咬下唇，點頭。

△士鈞替如歆開了維哲的病房門。

△如歆走了進去，士鈞也跟在她身後。

△如歆見維哲臉上有擦傷，且有點腫脹，他正閉著眼睛躺在病床上休息，手肘打上石膏裹著白紗布被吊掛在胸前，腿也是。

△如歆目不忍視，不捨地哭出來，為怕驚動他，她趕緊以手掩住自己的嘴。

△維哲還是被如歆的啜泣驚擾了，張開無力的雙眼看著她。

△維哲很吃驚，很不可置信反應，接著就看向士鈞。

維哲：士鈞，是你告訴她的嗎？

士鈞：對不起維哲，我實在沒有辦法不告訴她。你們明明深愛對方，你很清楚景如歆找你找得有多苦，你自己也沒有辦法不關心她。不是嗎？

△維哲不語，長歎，虛弱地躺在病床上。

△如歆再也忍不住激動的情緒，撲到維哲的病床旁，悽愴哭喊。

如歆：維哲、維哲⋯⋯

△維哲伸出手來，摸摸如歆的頭。

維哲：如歆，對不起。

△如歆抬起婆娑的淚眼，注視著維哲。

如歆：所有的事情向士鈞都告訴我了。

士鈞：你們慢慢聊，我先到樓下買東西。

△士鈞退出病房，留了時間給如歆與維哲獨處。

△如歆走到床前，替維哲把病床給搖起來，讓他可以靠著坐。

△如歆坐在床畔，仔細地看著維哲那刀削似的臉龐。

如歆：你瘦了些，也憔悴了。

△如歆很是心疼，禁不住地哭了，哭了好久好久。

△維哲不說話，以另一隻未受傷的手輕攬如歆，不停輕輕地拍打著她的背脊，好像安慰一個受委屈的小女孩。

△如歆的情緒稍平撫，帶著濃濃的鼻音問。

如歆：你怎麼，會知道我在餐廳唱歌？

△維哲泛起一絲笑容。

維哲：有一回跟家人去那家餐廳附近吃飯，發現寫有妳名字的海報，知道妳在那裡彈琴唱歌。經過那裡很多次，實在是太想知道妳的狀況，所以就把自己偽裝起來，進去聽妳唱歌。（哽咽）聽妳唱〈留不住的故事〉時很激動，好多回憶都回來了。（長歎）

△如歆點頭，眼淚撲簌簌地掉下來。

如歆：是啊，回憶。這三年多來我就是靠著從前的回憶才能撐到現在。

維哲：對不起，讓妳受苦了。

如歆：為什麼一句話也不說就離開？為什麼不讓我跟你一起分擔痛苦？

維哲：妳知道什麼是「遠端肌肉無力症」嗎？

△如歆呆了一下，什麼也不知道，搖頭。

維哲：妳知道這樣的病人生活上需要注意些什麼嗎？

△如歆還是一無所知，又搖頭。

維哲：既然都不知道，為什麼說要一起分擔痛苦？

△如歆注視著維哲，想說些什麼，卻什麼也說不出來。

維哲：如果只憑一時感情衝動，我不要。我不希望妳在什麼都不懂的情形下跟我在一起，之後又後悔。與其如此，我寧願只維持朋友關係。

如歆：可是我……

維哲：如歆，先別急著回答，回去好好想清楚好嗎？

如歆：維哲……

維哲：放心，不會再不告而別了。這一次我會等妳。

如歆：（破涕為笑）嗯。

S：96　　景：如歆房
時：夜　　人：如歆

△如歆坐在電腦前，開始打字。CU.電腦螢幕搜尋引擎的框格裡出現「遠端肌肉無力症」。

△如歆按下Enter鍵，電腦螢幕出現一堆資料。

△如歆點進，CU.網頁資料內容：「遠端肌肉無力症」是一種罕見疾病，由於這種病全世界只有不到四十例，所以資料很有限。這是一種遺傳性疾病，沒有什麼藥物可以治癒，好發於十八、九歲的年輕人，雖不會有立即性的生命危險，可是會從腳開始退化無力，一直到大腿、臀部，發病十幾年之後必須依靠輪椅才能行動，所有身體的肌肉會逐漸地失去作用而萎縮，體內由肌肉所構成的臟器也會慢慢地衰竭，最後走向死亡……。

△CU.網頁資料上的文字：走路時常會跌倒，甚至需有人攙扶……。

△如歆邊看資料邊掉眼淚，淚水佔據了雙眼。

S：97　　景：醫院病房
時：夜　　人：維哲

△躺在病床上的維哲，一臉若有所思的神情。

△INS　S-95如歆見到維哲後，哭泣心疼的畫面。

△回本場，維哲既心痛又無奈反應。

△S-96 / S-97兩場對跳剪接。

△Fade out.

S：98　　景：醫院病房
時：日　　人：如歆、維哲

△中場開出。

維哲：妳真的，想清楚了嗎？

如歆：維哲，不要再確認了，我很清楚自己想要的是什麼。

維哲：妳能接受行動不便一輩子都要坐輪椅的我嗎？

如歆：如果，這是上帝的旨意，那我欣然接受，因為要是跟你分開，我也不知道自己以後還能何去何從。

△聽了如歆所說的話維哲別過臉去，似乎在怪罪自己。

維哲：如果我沒有忍不住去餐廳聽妳唱歌，就不會有今天。妳選擇跟我在一起，要承受的不只是不健康的我，還有妳爸媽的反對以及朋友的不認同，妳將因此受到煎熬。

如歆：如果恨你愛你都會痛苦，那我寧可選擇因愛而苦，起碼不會有任何遺憾。

△維哲低頭深吸口氣又慢慢呼出，像無奈的歎息。他抬起頭來看向如歆。

維哲：那麼答應我，現階段不要有重大決定，我們只是在一起、彼此陪伴，我會好好把大學念完，而妳就去做妳該做的事情。好不好？

如歆：好，畢業製作的音樂會我一定全力以赴，希望你能來參加。

維哲：（點頭）我一定參加。

△兩人相視而笑。

S：99　　景：學校琴房走廊／琴房
時：日　　人：如歆、騰耀、瑾絹、曼雅、俞庭

△琴房外的走廊，陽光斜射進來，一片金黃燦亮。

△SE大、中、小提琴四重奏合奏的樂音起。

△琴房內，如歆坐在椅子上忘情地拉奏大提琴；瑾絹、曼雅陶醉地拉奏中提琴；騰耀則是小提琴手，負責拉小提琴；俞庭為他們做鋼琴伴奏。五人沐在射進來的金黃色陽光裡。

△鏡頭以不同角度拍攝五人演奏的神情。

△時間過程。

△琴聲漸隱。

S：100　　景：演奏禮堂
時：夜　　人：如歆、維哲、邱杰、士鈞、俞庭、騰耀、瑾絹、曼雅、蘇父、蘇母、景父、景母、許多聽衆

△四重奏音樂會揭開序幕，騰耀穿著黑色燕尾服與西褲、繫白色領結，瑾絹、曼雅以及如歆身穿鵝黃色露肩、胸口綴有亮片的長裙禮服上臺，四人開始進行演奏，俞庭則身著白色禮服在一旁以鋼琴伴奏。

△SE演奏樂音起。

△演奏琴音搭以下畫面進行：如歆在鋼琴餐廳彈唱、與天使一起喝咖啡、如歆傷心掉淚、如歆尋找向士鈞、如歆到醫院探視維哲、如歆答應與維哲復合……的片段。

△時間過程。

△四重奏的琴音有了一個漂亮的結束。

△音樂會結束，如歆、騰耀、瑾絹、俞庭與曼雅向臺下所有

人躺躺。

△所有觀眾掌聲四起，連綿不絕。

△如歆、騰耀、瑾絹、俞庭與曼雅笑容燦爛地接受臺下同學的掌聲與喝采。

△騰耀、瑾絹、俞庭與曼雅自舞臺退下，只剩如歆一人。

△如歆拉過嘜克風，深吸了口氣，開始說話。

如歆：音樂會最後，將由我帶來幾首耳熟能詳的流行歌曲，先介紹我要演奏的曲目：〈留不住的故事〉、〈跟我說愛我〉以及〈被遺忘的時光〉。

△鏡頭審視臺下的觀眾，以及蘇父、蘇母。

如歆：這三首歌是從高中時期就開始唱的，會選擇演奏這三首曲子是為了要將它們獻給一直陪伴在我身邊也帶領我成長的一位很特別的朋友——蘇維哲。演奏之前想跟大家說一個我個人的小故事。

△鏡頭CU.維哲深情、感動凝望的神情。

△音樂會會場一隅，落寞悲傷的邱杰悄悄地現身。

如歆：記得高中時期維哲曾參加過吉他社，教會我唱很多年代很久遠的民歌或是老歌，那些歌曲曾陪伴我們度過年少青春的歡樂與苦澀。一直覺得我與維哲之間的青春時光除我以外，早已經被遺忘了，唱歌是一種心情的抒發，也是自憐。

△邱杰心痛、流淚反應。

如歆：某種因素使我與維哲長時間分離，一度以為自己是個被拋棄遺忘的人，我受傷，不相信自己不相信別人，同時又不甘心地在尋找一個曾經與我是命運共同體的人，我在尋找過程中傷害自己也傷害了深深愛我的人。一直到後來有個朋友告訴我維哲之所以離開的真正原因，我才恍然原來是自己錯怪了他。

△維哲感動的神情。

△邱杰含淚注視如歆的神情。

△鏡頭帶到臺下的士鈞，士鈞微笑。

如歆：他曾用他所瞭解的音樂陪伴我，現在他是個深陷生命低潮的人，希望從今爾後我能以我的音樂為他加油打氣，陪他度過

最低潮無力的時刻。這就是我要說的故事。現在為大家一一演奏剛才所介紹的曲目，將這些曲子獻給維哲，獻給所有有過青春往事的人，獻給所有的誤解、斷章取義與傷害，同時也獻給我的青春。

△語畢，如歆摒氣凝神，手持琴弓運用全身的力量開始拉琴。

△SE〈留不住的故事〉樂音起。

△如歆主觀鏡頭，清楚地看見維哲眼裡閃著淚光。

△如歆主觀鏡頭，見景父景母驚訝的神情，還有蘇父、蘇母感動的表情。

△舞臺布簾後，騰耀、瑾絹、俞庭以及曼雅被撼動的表情。

△如歆忘情地拉奏大提琴的各個角度、隨旋律擺動的身體，以及沉溺的神情。樂音從〈留不住的故事〉溶接〈跟我說愛我〉再接〈被遺忘的時光〉。

△如歆演奏完畢，現場師生、家人與觀眾皆報以最熱烈的掌聲。

△如歆見所有人都站起來，隨之而來的是迴盪在大禮堂連綿不絕的掌聲與喝采。如歆感動落淚，驟見角落裡的邱杰，淚水更是止不住地掉落。

△邱杰黯然離去的背影。

△Fade out.

S：101　　景：海邊小木屋廚房
時：午　　人：士鈞、曉菁

△小木屋廚房裡，士鈞與曉菁正在準備午餐。

△士鈞回頭，主觀視線見窗外的如歆與維哲在沙灘上，如歆正推著維哲的輪椅。

△士鈞與曉菁相視微笑，繼續做午餐。

S：102　　景：沙灘
時：午　　人：如歆、維哲

△海天一片，無限蔚藍。

△金黃色的陽光灑在維哲與如歆的肩上。

△如歆推著坐在輪椅上的維哲來到海邊吹風，海面捲來陣陣沁涼的海風，海鷗不時飛過，點綴著藍天。

△如歆閉起雙眼，享受海風的沁涼舒爽。

維哲：（看著海）好想彈吉他唱歌喔。

△如歆張開眼，對他微笑。

如歆：我有帶啊，你等等，我去拿。

△如歆返回小木屋，連跑帶跳地拿來吉他，直接坐在沙灘上。

如歆：你想聽什麼我來彈。

維哲：就以前我們時常唱的那些歌。

如歆：好。

△如歆撥動吉他的弦，維哲跟著開始唱和。他們唱著老歌〈風中的早晨〉。

△吉他與歌聲，隨著海風不停地延續。

△鏡頭拉遠，帶到一片寧靜的海平面。

S：103　　景：蘇宅客廳／路景
時：日　　人：維哲、蘇父、蘇母

△客廳內，維哲正坐在沙發上看書。

△維哲表情痛苦，捧著突然劇痛的腹部，休克昏倒。

△蘇父、蘇母見狀皆很驚愕，趕緊圍到維哲身旁。

△蘇父打電話。

△路上，救護車呼嘯而過。

S：104　　景：醫院診療室
時：日　　人：醫生、蘇父、蘇母

△醫院空鏡。

△診療室內，醫生正仔細地看著電腦螢幕上所顯示的掃描光片。

醫生：蘇先生、蘇太太，根據檢查結果顯示，蘇維哲腹部主動脈長了一個腫瘤，腫瘤太大導致腹內大量出血，依這情形看來，能救治的希望相當渺茫。

蘇母：（不可置信，崩潰哭吼）不，不可能，我們家維哲還這麼年輕啊——

△蘇父心痛落淚，攬著蘇母的肩。

S：105　　景：醫院病房
時：日　　人：維哲、如歆、蘇父、蘇母

△病房內，維哲一臉慘白地躺著。

△如歆趕到，打開病房門撲到維哲的病床前痛哭。

如歆：維哲，你醒醒！我是如歆，我來陪你了。維哲、維哲……

△維哲依然動也不動地躺著。

△蘇父、蘇母一臉哀傷。

△如歆淚如雨下，撫摸著維哲的臉龐。回憶之前去海邊唱歌時的快樂情景。現在，他卻動也不動地躺在醫院裡。

S：106　　景：醫院病房
時：日　　人：維哲、如歆、士鈞、醫生

△維哲一臉慘白地躺著，一旁置有一堆維持生命的管線、儀器連到他身上。如歆則在床畔照顧著他。

△士鈞趕到，站在病床旁凝視維哲，一臉相當沉痛反應。

△醫生至，探視維哲的狀況。

△如歆崩潰地哭求醫生。

如歆：為什麼維哲還不醒？醫生，求你一定要救救維哲，才剛跟他重逢，我不能失去他。（跪求）求求你——

醫生：小姐妳別這樣，如果能救我一定會救的。妳快起來。

士鈞：如歆別這樣，醫生會盡力的，妳別擔心。

△ 士鈞幫忙扶起如歆。

S：107　景：如歆房
時：夜　人：如歆

△房內，如歆翻著從前的照片，回憶自己與維哲之間，自小及至成長後的點滴，INS從前與維哲相處的畫面。

△回本場，如歆哭得不能自己……

S：108　景：醫院病房
時：日　人：維哲、士鈞、如歆

△病房內，維哲依然昏迷，動也不動。

△如歆拿棉花棒蘸生理食鹽水，塗抹他泛白的雙唇。

△一旁的士鈞，見狀內心相當痛苦。

△如歆拿毛巾為維哲擦臉，邊擦邊凝視他邊掉眼淚。

如歆：（喃喃）維哲、維哲，聽得見我說話嗎？（放下毛巾，握住維哲的手）如果聽見我說話，動動你的手指好不好？

△士鈞趨近，拍拍如歆的肩膀安慰她。

S：109　景：病房外走廊
時：日　人：士鈞、如歆

△如歆坐在病房外的椅子上，不停地啜泣拭淚，士鈞注視著她，歎息，然後在她身邊坐下來。

△士鈞遞了手帕給如歆，如歆接過，拭淚。

士鈞：其實，我倒希望維哲就這麼走了，不要再醒來。

△如歆停下拭淚的動作，很詫異地看著他。

士鈞：他所受的苦，這些年我全看在眼裡。我知道這種病很辛苦，一旦患上這樣的病，這輩子的每一個步伐都會是艱辛的。

△如歆低頭，沉默不語。

士鈞：正因為維哲是我最好的朋友，所以我不願見他受苦。

如歆：我懂你的意思。可是，我與維哲好不容易重逢了，卻……我們這輩子分開的時間那麼多，相聚的時間卻這麼少。

士鈞：相聚時間多少不是重點，重要的是你們能不能夠相互影響、珍惜那些曾經在一起的時光。

如歆：（哭）我們一直很珍惜，可是那不夠，不夠，我們不是才二十幾歲而已嗎？那麼年輕的生命……

士鈞：不論年紀老少，一旦無常找上，沒有任何人能逃脫得了。如歆，妳應該明白「生命有時」這句話的意義，與其讓維哲這麼痛苦，應該放手，讓他去一個沒有禁錮快樂的地方。

如歆：（哭）士鈞，我、我真的捨不得。

△士鈞輕拍如歆的背脊安慰她。

士鈞：知道嗎？其實，我也跟維哲得了一樣的病，只不過進程沒那麼快。

△如歆停止哭泣，驚詫地看著士鈞。

士鈞：最近才發病的，所以我很能體會維哲無奈無助的感受。（看如歆）如果上帝給妳兩個選擇，一是維哲的生命很短，卻沒有任何痛苦；二是維哲的生命很長，卻要歷盡病痛折磨，妳會怎麼選擇？

△如歆凝視著士鈞，若有所思，不知該如何抉擇。

士鈞：（笑）好了，打起精神來。（看錶）該吃飯了，一起去吃午飯吧。

△如歆點頭，起身。

△士鈞站起來，雙腳卻突然動彈不得，整個身子癱回椅子上。

△士鈞一聲痛苦呻吟。

△如歆驚愕反應。

如歆：怎麼了？

士鈞：（苦笑）沒什麼，只是又發病了而已。

△如歆見狀，心裡相當難過。

S：110	景：醫院病房
時：日	人：維哲、如歆、士鈞、蘇父、蘇母、醫護人員若干

△病房內，蘇父、蘇母、如歆與士鈞皆圍在維哲身旁照看著他。

△維哲病床旁的儀器突然發出莫名聲響，所有人一聽全慌亂起來。

蘇母：怎麼回事？

士鈞：我去叫醫生。

△士鈞出鏡。

△醫護人員急入，士鈞跟在後面。

如歆：醫生，拜託你，一定要救維哲。拜託、拜託——

△醫護人員一陣忙亂地搶救，最後仍告無效。

△儀器上顯示心跳狀態的螢光曲線拉成一條直線。

醫生：（斂容）很抱歉，蘇維哲沒有生命跡象了，（看錶）他已經在凌晨十二點四十五分病逝。

△護士為維哲摘除接在身上的管線，覆上白布。

△蘇父、蘇母撲在維哲身上崩潰地大哭，如歆亦同，士鈞則是一臉痛苦，靜靜地流淚。

△SE悲傷音樂起。

△Fade out.

S：111	景：墓園
時：日	人：如歆、士鈞、曉菁、蘇父、蘇母、牧師、同學眾

△Fade in.

△墓園空鏡。

△陳珊妮所作的歌曲〈來不及〉搭配以下畫面呈現。

△如歆、士鈞、曉菁、蘇父、蘇母、景父、景母、同學眾，所有人全站在維哲的墓前。

△牧師念了段經文以後，接著舉行安葬骨灰罈的儀式。

△CU.如歆、士鈞、曉菁、蘇父、蘇母等人哀悽流淚的神情。

△鏡頭一轉，草地上擺設了派對筵席，一旁有很多的鮮花與汽球，還有一些小點心與飲料供人取用。

△許多色彩繽紛的汽球被升放至天空，所有人都拍手歡呼。

△如歆看著許許多多的汽球緩緩地飄上天去。

△如歆以下OS搭配以上的畫面進行。

如歆：（OS）縱使有萬般不捨，維哲還是離開了我們。維哲走後，蘇爸爸、蘇媽媽跟我決定捐出他身上部分有用器官，遺愛人間。維哲是個樂觀開朗的人，我知道他一定不會希望所有人是哭著送他離開的，所以才會決定辦一個歡送他到天國的派對……

△每個人臉上皆笑中帶淚；淚中帶笑。

△〈來不及〉歌曲漸隱。

△Fade Out.

S：112　景：公園
時：日　人：如歆

△公園裡，如歆一個人抱著吉他，傻傻地坐在長椅上回憶過往。

△INS病房內，如歆拜託醫生一定要救治維哲的畫面。

△INS醫生搶救維哲，宣告不治的畫面。

如歆：（OS）維哲，我知道你很辛苦，其實捨不得你走是我的私心。我知道士鈞說得對，愛你就不該讓你痛苦，應該……，應該放手，讓你走，去一個沒有痛苦的樂園。

△如歆抬眼，望向蔚藍的天空，邊看邊流淚。

如歆：（OS）雖然你已經不在了，可是我真的好高興，因為，你不

用再承受痛苦了。現在你在天上，一定很快樂地在跟天使唱歌；唱那些年我們常唱的那些歌曲。對不對？

△Fade out.

S：113　　景：鋼琴餐廳
時：夜　　人：如歆、客人衆

△城市夜晚，萬家燈火景象。

△鋼琴餐廳外觀。

△如歆在臺上拉著大提琴，是民歌〈微風往事〉的曲。

△SE悠揚的琴音，搭以下如歆回憶的畫面呈現。

△INS如歆與維哲自小青梅竹馬的相處、學校、音樂會、重逢與生離死別的每個畫面……。

△上字幕：「The End」。

△Fade Out.

△琴音持續，直到畫面鏡頭全黑。

△上字幕：所有工作人員名單。

——全劇終——

小說／劇本分隔頁

（劇本內容請由封底開始閱讀）